W0066973

Norman Manea
Training fürs Paradies

NORMAN MANEA

TRAINING FÜRS PARADIES

STEIDL VERLAG · GÖTTINGEN

Die Erzählungen wurden von Ernest Wichner aus dem
Rumänischen übersetzt; »Die Stiefel und die Violine« über-
trug Roland Erb, »Kinderland« und »Lektüre im Kinderland«
übersetzte Veronika Riedel.

1. Auflage September 1990 · © Copyright: Steidl Verlag Göttingen 1990. © Copyright 1981 by Norman Manea. Titel der
rumänischen Originalausgabe: Octombrie ora opt. · Alle
Rechte, insbesondere das Recht der Vervielfältigung und Ver-
breitung, vorbehalten. Kein Teil des Werkes darf in irgendeiner Form (durch Fotokopie, Mikrofilm oder ein anderes
Verfahren) ohne schriftliche Genehmigung des Verlages
reproduziert oder unter Verwendung elektronischer Systeme
verarbeitet, vervielfältigt oder verbreitet werden. Umschlag-
gestaltung und Buchausstattung: Gerhard Steidl unter Verwendung eines Fotos von Kaspar Seiffert · Gesetzt aus der
Bembo der H. Berthold AG, Berlin · Gesamtherstellung:
Steidl, Druckerei + Verlag, Düstere Straße 4 · 3400 Göttingen
ISBN 3-88243-100-8

INHALT

VORAUSSETZUNGEN
FÜR MARIA

Was wir wissen und was uns berichtet wurde und das, was noch fehlte, wurde anläßlich des Besuches von Herrn Barth wieder lebendig.

Dann tauchten plötzlich auf dem Schreibtisch wieder all die Karteikarten auf, all die zweideutigen Antworten, als hätte die ganze Inszenierung erst ihren Anfang nehmen müssen, wo sie doch in Wirklichkeit längst vorbei war.

Das tragische Ende hatte allerdings niemand vorhergesehen.

Die alten Fragen kehrten wieder, stellten sich neu: Wie ist das bäuerliche Waisenkind im Hause des Großvaters – wie eine seiner Töchter – aufgewachsen; was war es, das die Opferbereitschaft der jungen Frau rechtfertigte und bestärkte, die sich, eine schmale Flamme der Hoffnung, erhoben hatte, Steppe und Todeslager zu überwinden; wie durchschritt die Heldin die Fallgruben, Siege und Nachkriegsspitäler auf die Endstation happy suicide zu, von der man noch nicht wußte, daß sie so nahe war.

Der Tourist Barth tauchte im Frühling auf. Dies war die erste Überraschung...

Seit vielen Jahren verkauft das Land seinen Sommer an jene, die unter der Überschrift »die Herrschaft der konvertierbaren Währung« aus allen Himmelsrichtungen zur Sommertour an ihre Geburtsorte zurückkehren. Hotels, Motels und Restaurants sind dann allein für die Ausländer reserviert, selbst wenn diese zu kommen vergessen. Nicht einmal einer etwas saubereren Bierkneipe kannst du dich nähern. Die Reaktionen der Einheimischen werden apathisch: Was auch immer geschehen würde, selbst wenn sie auf der Straße plötzlich dem Gespenst ihrer vor einem Jahrhundert nach Rhodesien ausgewanderten Tante begegnen würden, es würde sie nicht interessieren. Alle wissen, daß das Drama der sie besuchenden Herrschaften woanders gespielt wird, und für unser eigenes haben sie schon lange keine Antennen mehr. Außerdem sind die Begegnungen auch nicht gerade erlaubt. Wenn sie sich trotzdem ergeben: hermetische Sätze über das Wetter, das Auto, die Familie. Erfreut scheinbar, die einen wie die anderen, die Bilanz der Jahre vermeiden zu können, seitdem wir, jeder von uns an je einer Ecke, den geplatzten Ballon des Planeten auf den Abgrund zuschieben.

Doch es war noch nicht Sommer, derart dünkelhafte Erwägungen wären verfehlt gewesen. Es war Frühling; die Touristensaison hatte noch nicht begonnen. Eben war der Frühling gekommen.

Die Überraschung, von einem unbekannten Herrn Barth aufgesucht zu werden, wurde durch dessen synkopische Erklärungen nicht geschmälert.

Der ehemalige Rumäne sprach über das Städtchen S., blieb beharrlich bei der Vergangenheit, redete pathetisch und wirr über »die verdammten Schwarzhemden, Grünhemden, Braunhemden«, Krieg, Leid und Ungerechtigkeit, »wir alle wissen, was war«...

Es war schwer zu verstehen, wie er unsere Adresse herausgefunden hatte, vor allem, da sein Esperantoschwall uns mitteilen wollte, daß er eigentlich jemanden anderen suchte, der Herr Fotograf Barth … very kind, Sie sind *sehr höflich,* enchantee, mais non, nicht an Sie, auch nicht an Ihre Eltern erinnere ich mich, I remember, of course, mais non, will jenes Mädchen, your servant, your maid servant, sie war sehr schön, most beautiful, mein Bruder war sehr verliebt, Heroine, the hero of the hour, she wanted save you, from Lager, yes, Lager, sie wollte euch helfen, yes, my brother loved her, der Ehemann großer Kommunist, her husband, yes, Würdenträger, I don't know, leader, may be war er, nicht das ist der Grund, of course, mais non, sie zu sehen, my brother's memory, sicher, please, mais non, certainly, she forgot, unbedingt, if you like, bitte sehr, toda raba.

Das Unvermeidliche war geschehen. Der Tourist auf der Suche nach Sensationen, Spekulationen, Beruhigungsmitteln. Die, deren Geldbeutel für Miami, Cannes, Copacabana nicht reicht, finden auch in unserer herrlichen, sich gerade erst entwickelnden Landschaft die Chance, von oben auf die armen Fußgänger herabzusehen, sich, wie man so sagt, den psychischen Aszendenten wiederherstellen zu lassen, die Selbstachtung.

Die mürrischen Antworten konnten Herrn Barth nicht entmutigen. Von »the hero of the hour« gefesselt, hatte er auf jene Herablassung verzichtet, mit der Leute wie er unser Reservat der letzten vorgeschichtlichen Exemplare betrachten. Er war ausschließlich mit der ehemaligen »beautiful servant« beschäftigt, der Flamme der stürmischen Vergangenheit …

Da war nichts mehr zu machen. Also sollten an einem Sonntag, als wir noch in der geräumigen Wohnung mit den hohen Glaswänden wohnten, die Vergangenheit, die

Zukunft und der Tourist Barth auf die Genossin T. treffen. Sie hatte angekündigt, daß sie in Begleitung des Mädchens kommen würde, das sie vor mehreren Jahren adoptiert hatte.

Frühling, kurz vor elf Uhr. Helligkeit umgab uns, strömte durch die großen Fenster. Die Eingangshalle war für den Empfang lange gelüftet, sorgfältig für das Spektakel vorbereitet worden.

In der Rolle der Mutter, eine ältere Frau, sanft, aufgeregt, die viel redete. Sie hatte einen eleganten Rock angezogen, sich, wie gewöhnlich, nachlässig geschminkt. Der Vater scherzte, diskret das Alter mißachtend, mit der Schwiegertochter, die, erstaunt über die komplizierten Gefühle der anderen, die Rolle der schönen, unberührbaren Frau probte. Genossin T. erschien zur angekündigten Uhrzeit. Als sich die Tür öffnete, streckte die Besucherin mit gezwungener Heiterkeit einen Strauß roter Nelken von sich.

Genossin T., nun eine Frau an der Schwelle der Sechziger, war sorgfältig gekleidet. Sie hatte sich frisieren lassen, sich geschminkt; es stand ihr überhaupt nicht gut. Die Handtasche ließ sie auf dem Boden neben dem Sessel stehen. Sie schien verlegen.

Sie war zum ersten Male in die Wohnung des jungen Paares gekommen. Man zeigte sie ihr. Sie überschlug sich, ihre Freude auszudrücken: Ja, die Wohnung ist sehr schön, ihr habt Glück gehabt, jetzt hätten sie euch keine zwei Zimmer mehr gegeben, das Gesetz hat sich geändert, gut, daß ihr euch versteht, und daß die Braut schön ist und blaue Augen hat, ich sehe, daß deine Frau blaue Augen hat...

Der gleiche alte und weiche Dialekt. Sie sprach zu laut, rückte fortwährend ihre dunkle Brille mit den kleinen Brillengläsern zurecht, die nicht zu ihrem Gesicht paßte.

Der Kaffee wurde serviert, doch Genossin T. durfte keinen Kaffee trinken: Ich war zwei Monate im Spital, jede Menge Ärzte, die mein Weinen heilen wollten, ich heulte die ganze Zeit, bei jeder Kleinigkeit, Valeriu war, wie ihr wißt, die ganze Zeit über unterwegs, bloß Letizia kümmerte sich um mich, ein Glück, daß sie anständig ist und ein Herz hat. Sie streckte ihre lange, faltige Hand aus und streichelte dem dünnen, sommersprossigen Mädchen zu ihrer Rechten die Haare. Letizia hatte das Haar zu einem afrikanischen Haarknoten aus vielen dünnen Strähnen zusammengeflochten, hatte schnelle, kleine Augen, lange und spitze, grüne Fingernägel; grün, glänzend und wild.

Genossin T. probierte den Napfkuchen, lobte die Konfitüre, das Kompott. Der richtige Augenblick für Mutters alte Geschichtchen: wie irgendwann Maria all dies gemacht hatte, das sauer Eingelegte, die Konfitüre, das Kompott, was für einen Haushalt wir geführt haben, Maria, wie du den Tisch gedeckt hast, jeden Tag wie für einen Feiertag, immer ein frisches Tischtuch, weiß, weiß wie der Schnee, und das Besteck, die Gläser, Servietten, und was für Speisen, und die Heiterkeit…

Genossin T. hatte bloß mit einem angedeuteten Lächeln an diesem Beginn der Erzählung teilgenommen. So daß man zur Aktualität überging: die steigenden Preise, die elenden Kliniken, die Energiekrise, die Geldnot, die Charakterschwäche, die Angst, die Demagogie, die Neurose, die Langeweile, die Gerüchte, die Tyrannei, der Tyrann und die Tyrannin, und der Sohn, und die heilige Familie, und die Verwandten, und, und die Kälte, die Dunkelheit, das Fleisch als Luxusgegenstand, der Abriß der Häuser, die Zensur, die Zeitungen. Schließlich verweilten sie bei den Zeitungen und dem Fernsehen ... Die Jahre sind vergangen, sieh, Krankheiten und Nöte, doch die Gefühle sind nicht gealtert, ihr solltet es wissen, diese jungen Leute fragten ständig, wie es damals war, und wie du ausgesehen hast, und wie du uns bei unserer Rückkehr empfangen hast, und, und.

Sie wandten sich also dem Kind von damals zu, doch ich hörte ihnen schon nicht mehr zu, blickte bloß auf die bleiche, aufgedunsene Wange der Besucherin.

Die Ausschnitte, jene nebligen Ausschnitte: Der Fotograf, der sich um Maria bemüht, der im Vorbeigehen das golden glänzende Haar des Jungen streichelt, für Maria seltsam klingende Worte murmelt, der manchmal ihre Hand zu ergreifen versucht, der Junge auf dem hohen Stuhl, ein Foto, noch eines, Extrapositionen, wie der unglückliche Mann sie sich wünschte, das sagte er, ein unglücklicher Mann wartet täglich darauf, daß die Tür aufgeht und ihr ihm die Sonne bringt, Filmschauspieler wird dieser Junge werden, Extrapositionen, und immer wieder setzte er seinen Helden anders hin, ich werde dir die Fotos nach Hollywood schicken, mein Junge, du wirst berühmt werden, und berühmt wird unser armseliges Nest werden, und der armselige Barthof wird reich werden und Maria in Gold kleiden, dann wird sie mich nicht mehr auslachen, gemeinsam werden wir die Fotos betrachten, die uns das Glück gebracht haben, jeden Tag, das ist mein Glück, Fotos, jeden Tag, bis diese Schöne nicht mehr über meine Verrücktheiten lachen wird.

Der Duft jener geheimnisvollen Abende, als das Militärmotorrad ums Haus dröhnte, und die Eltern lachten, und Maria lachte und sich versteckte, damit der Offizier sie nicht finde, der geschworen hatte, Haus, Frau und Garnison zu verlassen, wenn bloß Maria mit ihm käme, sein Leiden würdigte und seine kostbare Uniform...

Und die schwarze, braune, grüne Angst im Rauch des Bahnsteigs, die Viehwaggons fürs zusammengepferchte, erstickende Vieh, Vater, Mutter, die Großeltern, der Junge, zusammengepfercht, einer über dem anderen, Marias Schrei von einem Ende des Bahnsteigs zum anderen, die Waggons, Soldaten, das Gestöhne, Marias Schrei, die Höllentüren mit den Glöckchen, die sich vor dem Pagen aus Hollywood eine nach der anderen öffneten, der Schrei Marias, die auf dem Bahnsteig geblieben war, der Schrei von einem Ende des Bahnsteigs zum anderen, fern, einmal, immer...

Und die Wirbelstürme der Abenddämmerung, rhythmisiert vom Militärmotorrad, und das Lager, und die Wachposten, und der Rausch der Abende in Gemurmel, Verwunderung, Hoffnung: Maria, Maria, Maria; Maria ist gekommen, die schöne Dame vor dem Häuschen der Militärposten, große Lederkoffer für Vater, Mutter, die Großeltern, *sie lebten noch, lebten noch,* Tränen, Küsse, Geschenke für den Kleinen aus Hollywood und für den Fotografen, der ins Grab des großen *Blitzkrieges* gefallen war, neben andere Heiden, Verwanzte, Schläfenlockige ohne Hoffnung.

Und, und, und *perpetuum:* Maria, die Genossin des Genossen T., das festliche Nachkriegspaar, das auf dem Bahnsteig der Verheißung die Überlebenden empfängt, die Skelette, die ruhmlosen Titelträger der unwahrscheinlichen Wiederkehr; Schluß mit der Vergangenheit für immer. Die Sonne, die Zukunft, die Gerechtigkeit, das schwor der Genosse T., der kommunistische Kopf der Stadt, neben der Viktoriastatue, für die er sich zerrissen

13

hatte; überwunden, das Meer roten Blutes vom Gemetzel, arisch, nichtarisch, der lange, versteinerte Serienfilm – zweitausendundwieviele Jahre perpetuum mobile, Maria, das Wunder, Messias, morgen, übermorgen, irgendwann, nie, das Paradies der verlorenen Verheißungen.

Und, und, und ... das laizistische Gebet: der Großvater, der Buchhändler, der Lange, der Bärtige. Die Vergangenheit also: Der strenggläubige Spaßvogel hatte die Waise aus dem armen Bauerndorf aufgenommen, und Maria betrachtete sich als seine Tochter, die er anbetete, und als Mutter, Schwester, Tante des schmächtigen Kindes, das vor der Zeit geboren worden war, eine einzige Familie, bevor die schwarze, braune, grüne Pest ausbrach, als Maria die brennende Steppe überwand, Nahrung, Kleider, Medikamente für den angebeteten Großvater schleppte, er ruhe in Frieden, für seine Tochter, die angebetete, für den schmächtigen Hollywoodschauspieler, mögen wir alle in Frieden ruhen, und möge die Erde uns leicht sein wie der Maiduft, wie das Wunder, das Maria ihren Henkern entriß, die sie verurteilt hatten, wegen der Hilfen für die Vertriebenen und wegen des Verrats am Vaterland, an Volk und Glaube, und wie das Wunder, das sie vor das Angesicht der Überlebenden gebracht hatte und sie danach durch die Feuersbrünste trug und durch die Maskeraden des Nachkriegs in die unbarmherzige und schlichte Wahrheit der Spitäler ohne Linderungsmöglichkeiten, in Erwartung jenes post mortem befreienden Wunders.

Und jetzt: Der Waggon ist vergrößert, Glaswände, Frühling, Fenster und Teppiche, und ein weißes Tischtuch, weiß, Schnee, Mutter, Vater, Maria und eine neue Schauspielerin, Letizia mit ihren langen, grünen Spießen, den *langen, grünen, phosphoreszierenden Krallen,* der Waggon ist farbig nun, wohlriechend, döst schläfrig, pick-pick, jene vergangene Vergangenheit ist aufgezehrt, pick, pick, pick, farbiges Gift, Gelatine ... wenn Genossin T. wieder auftaucht. Die Gegenwart – der große Strauß roter Nelken, das heißt: eine angenehme Frühlingskonversation, wie die Dramaturgie sie vorsieht, die letzte Umarmung. Das Feuer der großen Blumen; rot, wie ein plötzlicher Selbstmord, und das schneidige Grün des verwaisten Blicks, und die verschreckten Schatten nach dem Zusammenbruch jenes Perpetuums der Hoffnung, und noch etwas Unentschiedenes, Rätselhaftes, auf das die Neurose unserer Fragen und Niederlagen stets zusammenbrechend zuirrt.

So also war der westliche Herr Fotograf Barth, der Bruder des ehemaligen Fotografen Barthof, schließlich zu Besuch gekommen, um über das und jenes zu quatschen, sich an die Zeiten zu erinnern, die er endgültig vergessen wollte.

Doch dies ist ein anderer Sonntag in einem anderen Frühling. Wieder sind Monate, Jahre und Zeiten vergangen. Wir wohnen nicht mehr im Haus mit den großen Zimmern in Neu Sfintul-Ion. Der Genosse Bürgermeister hat dort seine frühere Frau einquartiert, die berühmte Handballerin.

Ins Zimmer, das von den Fliegen der Kantine aus dem Erdgeschoß belagert wird und erschüttert wird vom Straßenverkehr, dringt die Sonne eines kindlichen Morgens. Eine verrückte Zeit, gerissen, dünne, unsichtbare Teufelchen seufzen in allen Ecken und Nischen.

Die richtige Uhrzeit für die Wiederbegegnung mit Fräulein Letizia ... Jetzt, an diesem besoffenen Vormittag sind die gottesfürchtigen Eltern weit weg, die Ehe-

frau, die an Gott glaubt und an die Liebe, ist weit weg;
allzu fromme Normen und Ideale können vergessen werden. Wir könnten über die Aufmerksamkeit sprechen,
mit der der Esperantotourist sie damals prompt umgab,
und über die Ausweichstrategie, die das Kätzchen angesichts der konvertierbaren Währung sofort anwandte.
Die Courtoisie des lasterhaften Alten: Zigaretten-Ge-
tränke-Strümpfe-Röckchen–Blüschen-Parfüms. Der Hin-
terhalt der erfahrenen Jugendlichen: das leger gekrin-
gelte Zöpfchen, ein bißchen verderbt, nicht wahr, bereit,
sich zu erwärmen, nicht wahr, im Kreis um die Beute, sie
schnell auszusaugen, schnell und angenehm, nicht wahr,
so angenehm wie möglich...
   Allmählich würden wir uns auch an die Tante erinnern, die Mutter, die Patin: die Genossin, wie das perfide
Weib sie nennt. Wir würden von der Sorgsamkeit reden,
mit der sie ihr Adoptivkätzchen Schritt für Schritt,
Nacht für Nacht, Wunden über Wunden erzogen hat:
Genossin T. hat so, plötzlich, als keiner es erwartete,
die Motoren abgestellt ... Als die Plackerei und die Sorgen gerade nachgelassen hatten, eben dann, siehst du,
Harakiri, keiner hätte ihr solche Exzentrizitäten zuge-
traut.
   Sieh, das frühlingshafte Gezwitscher und das Rauschen eines beliebigen Vormittags könnten plötzlich,
wer weiß, die Lösung anzeigen, oder das Rätsel, oder den
Schlüssel, wie auch immer wir es nennen wollen. Wir
verstünden dann vielleicht endlich, was die gottesfürchtigen Eltern mit Genossin T. verbunden und was sie voneinander getrennt hat, und was uns verbindet, die einen
mit und gegen die anderen, und weiter, immer so weiter.
Das leere Zimmer im ohrenbetäubenden Aufruhr des
Gegenwärtigen; überraschenderweise ließe sich sogar

der Empfängerkasten nachweisen, eingestellt auf diese verschlüsselten Frequenzen.

Das Telefon hätte klingeln müssen, ja, ja, gewiß, schon vor längerer Zeit, es gibt keine unpassende Zeit für den Zugriff der Krallen, mit denen wir schließlich die alte und verfaulte Schale so vieler vergeblicher Unschlüssigkeiten aufgerissen hätten. Ein müder Tag wie dieser, eine blasse Sonne, ein Zimmer, eine Zelle, ein Käfig, so gut wie alles andere ... das Zicklein ist allein, verloren, wie eine von zu langem Warten krank gewordene Antenne. Zu viele Gebete und Ratlosigkeiten ohne Widerhall. Der Tisch überladen von Papierrollen mit Varianten, die alle eine Antwort suchen: nicht aufgelöste Gleichungen, in die einen und dann in die anderen Kolonnen eingetragen, die Daten und der Zweck und die unbekannte Auflösung, das Bekannte, das Mögliche, das Gesuchte, die Hypothesen so vieler fortlaufender und widerstrebender Funktionen; lediglich ungewisses, punktuelles Leuchten, das schwer zu fassen ist. Das Geheimnis, die Vergangenheit, die Zukunft, alles im Trichter der Gegenwart zusammengedrängt. Die Gleichung, der Spannungsmuskel, die Matrix namens Vergangenheit, das heißt, was *man weiß:* Der junge Genosse T. war nichts als ein gutaussehender Droschkenkutscher, oder mußte auf dem Bock seiner klapprigen, romantischen Kalesche hinter dem Bahnhof von S. so erschienen sein, als Maria ihn zum ersten Male sah. Beschämt scheinbar durch ihre allzu sichtbare Schönheit schritt sie voran. Kleine, zögerliche Schritte, die Spitze ihrer schweren Schuhe, der riesige blaue Blick. Kein Jahr war vergangen, und sie waren verheiratet! Es vergingen nicht mehr als ein Jahr und noch ein Jahr, und der Krieg, und der Frieden, und noch etwas Perpetuum, bis der Genosse den Vater aufgerufen hat zum letzten Gefecht, auf unserer Seite oder gegen uns, das Vorwärtsstreben der Geschichte, der Totengräber des Kapitalismus, Schluß mit dem dunklen Vergangenen, ein Schritt vorwärts und wie viele rückwärts, Heer der Sklaven wache auf, einig auf ewig. Vater wurde also vom Ersten unter den Parteigenossen des kleinen Städtchens konvertiert; dem Ehemann der guten Fee konnte man voll und ganz vertrauen. Jetzt konnte man Maria sehen, wie sie große, rote Plakate an alle schmutzigen Wände unseres alten, wiedergeborenen Städtchens klebte. Die Illusionen von 45–46–47, das Herz wie Glut im Kraterherde nun mit Macht zum Durchbruch dringt, der alte Westen der Welt würde untergehen, das Licht aus dem Osten, das monolithisch zusammengeschweißte Lager, unbesiegbar, wo die Sonne ohne Unterlaß scheint, das einig ist, eines allein, unbeirrbar … allein, unbeirrbar, so waren Genossin und Genosse T. Dann sind sie in die Hauptstadt umgezogen, und die Nachrichten über sie kamen vermischt mit den kalten Stürmen der Zeit, *die Epopöe der Fanatiker der Utopie,* der Marschrhythmus, ein Dichtervolk, dürstend nach Illusionen wird das ganze arbeitende Volk sein, das wertvollste Kapital, jedem nach seiner Leistung und Lüge, die Freiheit auf Zuteilung und die Kinderkrankheiten und der goldene Traum … und, perpetuum, noch etwas, wofür keine Zeit mehr blieb.

Man weiß es, erzählte es sich, kann es sich vorstellen, was es für die Genossin T. bedeutete, keine Kinder haben zu können.

Die *bekannten* Fakten vermehren die hier auf dem Tisch ausgebreiteten Karteikarten zunehmend, bringen sie durcheinander. *Der Schlüssel, die Antwort, die Wahrheit* sind möglicherweise die gemilderten, nicht ganz unbefangenen Varianten der Märchen, die den Nachkriegsschlaf quälend störten. Mithin: Ein schöner, junger Mann, unbarmherzig gegenüber Ideen und Schwächen, nachsichtig mit Kindern, dem Wein zugetan, großzügig mit Witzen und dem Geld, steigt recht schnell die soziale Leiter empor, vorsichtig, damit er nicht in eine der Fallen trete, die da Abweichung heißen, Komplott, dagegen. So also: Der Genosse T. hatte nicht das tragische Schicksal so vieler seiner Freunde, mit denen er sein Geld, die Scherze und Prinzipien teilte. Aber auch von den Privilegierten an der Spitze der Pyramide hat er nicht profitiert. Er kam gut durch die Phase, da der Feind den Kampf anheizte und die Klasse aufhetzte, er hat rechtzeitig eingeschätzt, wann wenigstens fünf Prozent der Kritik richtig waren, die Schuld wuchs ständig an, und zwar massenhaft, die Minderheit unterwirft sich der Mehrheit, die Beschlüsse kommen von oben, sind für alle verpflichtend. So daß es dem Genossen T. gelungen ist, unter den Lebenden zu verbleiben, in der Mitte des Feldes; jedem nach seinem Glück und seiner Strategie. Seine Instruktionsmissionen und seine revolutionären Inspektionen glich er mit der bitteren Heiterkeit des Weines aus oder durch häufige Besuche in Waisenhäusern. Stundenlang stand er unbewegt da und betrachtete die Reihe der gesichtslosen Köpfe derer, die in Kolonnen vor ihm angetreten waren.

Die Nachrichten über die schöne Ehefrau kamen jedoch immer seltener. Man wallfahrtete nicht mehr zur guten Fee. Frauen, Männer, Kinder, das ganze Figurenarsenal des Märchens hatte erfahren, daß sie die Gunst der Götter verloren hatte. Als Mutter hinfuhr, um für Vaters Rettung vorzusprechen, welcher der fünf Prozent Schuldhaftigkeit angeklagt worden war, hatte die ermüdete Seele der Genossin nichts mehr anzubieten, als blasse Ratschläge, schwache Tröstungen. Krank, hilflos... hätte sie selbst ein Wunder nötig gehabt, das hatte Mutter erzählt.

Was wir wissen und was uns berichtet wurde und was uns fehlt ... es formuliert zweideutige Antworten. *Die Wahrheit* – als zweckmäßige *Vermutung*, als relativ wahrscheinliche Ableitung? ... Das Gesicht von Traurigkeit abgezehrt, von Leid und etwas perpetuum Namenlosem. Das Licht des blauen Blicks einer volkstümlichenMadonna. Der Grenzbahnsteig, damals, bei der Heimkehr aus der Hölle. Oder die großen, faltigen Hände, die das Wachstuch des Küchentisches immer wieder durchkneteten, als der kindliche Student mit der Tür ins Haus fallend angekommen war, um »wahre« *Erinnerungen* über Großvater Avram zu erfahren, jene Minuten der Stille, des eisigen Sturmes, bis Maria begriffen hatte, daß der exaltierte Jugendliche die *Wahrheit über die Wahrheit* wissen wollte, die wahre Wahrheit über Vater, Mutter, Großvater, das Lager, die Wiedergeburt, die Lüge, die Kälte, die Angst, die Fahnen, die Lieder, die Maskerade ... Wahrheit, Wahrheit, zu große Worte, Liebster, wir sollten uns vor ihnen hüten, Kleiner, und sollten sie vor uns hüten... Dein Großvater, der Himmlische, der Großartige, er nahm mich neben seiner Tochter auf, Deiner verschwenderischen und nervösen Mutter, zu heißblütig für ihren besonnenen Mann und für Dich, den Hollywoodkünstler. Auf der Suche nach Euch habe ich die Wüste durchquert, allein Euch hatte ich, dort, beim Kriegsgericht wollten sie mich erschießen, nie wieder war ich so glücklich. Das ist ein Geheimnis, Liebster, nur für Dich, Du darfst es niemandem verraten, nichts kann mehr so sein, wie es damals war; wenn ich noch einmal

20

von vorne anfangen müßte, ich wäre nicht mehr die gleiche ... Und sie war es auch dann nicht mehr, als sie ihren dichten und ergrauten Haarknoten aufsteckte und mit der Linken versuchte, die verschwitzte Wange des jungen Ingenieurs zu streicheln, der gekommen war, um in einer heißen Sommernacht Nachrichten zu überbringen, die erfreuen sollten. Ich freue mich wirklich, ja, Du sollst es wissen, ich freue mich, wenn sie schön ist und gut, und wenn Ihr Euch liebt, schön, mit blauen Augen und gut, so müßte sie sein, seufzte Maria kraftlos.

Hätte sie nicht mehr von vorne beginnen können? Sie hatte jenes unsichere Bündel Mensch in die Arme genommen, das Genosse T. von einer seiner seltsamen Abwesenheiten mitgebracht hatte. Der Alptraum namens Mensch und der Alptraum Geschichte auf dem Gesicht des kleinen Waisenkindes: Pickel und Wunden, Letizia war sechs Jahre alt, doch es war, als wäre sie drei oder dreißig gewesen: Blutgerinsel, Ekzeme, Eiter. Vielleicht war sie gar nicht aus dem Waisenhaus, sondern von seinen unbekannten Reisen, brummte Maria, um mich, bis ich sie auf den Beinen habe, mit jener Sterblichkeit zu vergiften, und danach hatte sie nur noch Lust am Spiel und an Betrügereien, doch alles hat sich gelegt, auch Valeriu hat sich beruhigt, ich komme zurecht, Letizia ist die Seele, die man mir zwischen diesen häßlichen Wohnblockwänden hinterlassen hat ... ein Wechselbalg mit Pawlowschen Überlebensreflexen, das Luderchen, alle ihre Instinkte sind an die Gegenwart angepaßt, Luderchen.

Strenggläubig, optimistische Eltern, die müde, märtyrerhafte Madonna, ihr widerstandsfähiger Genosse T.? Wir können nichts mehr wiederbeleben, alles hat sich aufgelöst, ist vom engen und kranken Jetzt verschlungen worden. Die Chiffre so vieler verlorener Beziehungen? Wir konnten sie nicht beherrschen, fortschreiben und verstehen, es ging nicht, sie gehört einer anderen Zeit an. Versuchen etwa all diese Papierfetzen mit den Fragmenten von Gleichungen darauf lediglich, uns vor dem Phantom der Langeweile zu bewahren, das die Welt durchstreift? Schließlich hatte auch mich die stupide Nostalgie überwunden; und wieder wecken mich die Tricks der Flucht aus der Gegenwart auf, die tiefere Verknüpfung mit dem Augenblick, der Wirklichkeit ist.

So also betrachte ich in diesem Augenblick den leeren Stuhl vor mir. Jederzeit kann ich den schweren Körper der Frau sehen, die nicht mehr ist. Ich sehe die dicken und rauhen Hände zittern, das Glas Mineralwasser in der rechten Hand. Ich beobachte die Falte, Ticks, das Stammeln, begreife manchmal ein erschrockenes Zusammenzucken, bleibe beharrlich, gewahre das müde und wäßrige Blau des hinter den dunklen Brillengläsern versteckten Blicks.

Es ist keine Ausflucht, lediglich eine gemäßigte aber sichere Lösung, ein familiärer Weg, den Nachklang des Ereignisses herbeizuführen, die Explosion der Sekunde, die ich selbst bin.

Ihre Hand zittert. Das leichte Beben des Glases hindert mich nicht daran, die dicken Adern zu sehen, die rauhe, gelbe Haut, runzlig und faltig, auch über der Wange und dem dicken Hals. Ich weiß, daß sie sich im Vorspiel zum letzten, fatalen Gestus befindet. Sie wird ihn in wenigen Augenblicken vollziehen.

Der Augenblick ist selbstverständlich auch eine plötzlich zusammenschießende Summe: das Paradox der Befriedung. Sanfter Zustand, beruhigende Bilanz? In den letzten Jahren wohnte sie in einer komfortablen

Wohnung, geschmackvoll und mit Freude eingerichtet. Sie hatte Mann, Kind, Hündchen, Fernseher, Telefon, eine Maschine für dieses und Tischchen für jenes und Maschinen überhaupt. Die Krankheiten hatten sich seit einiger Zeit zurückgezogen, gewährten ihr etwas Heiterkeit. Valeriu war häufiger zu Hause, und Letizia blieb nur noch selten nachts weg, und beide brachten gestiegene Gehälter mit und gute Laune. Das Leben floß in annähernder Zufriedenheit dahin. Die Müdigkeit hatte mit den Jahren mäßigende Effekte angenommen, Versöhnlichkeit und Toleranz.

Der Tag, der das seltsame Ereignis beherbergt, ist sonnig und sanft, wie es auch der unerwartete Abschied ist. Die Gedanken irren fern umher, perpetuum, irgendwo, nirgends, alle meinend und niemand.

Sanft Wehendes scheint ihr zu begegnen. Ab und zu lächelt sie erleuchtet. Die schweigsame Dame merkt nicht, daß der kleine Hollywoodkomiker schon lange vor ihr sitzt, den Blick erstarrt auf das Glas gerichtet. Das Glas zittert, erwartet den Sprengstoff.

In der Hand hält sie also, wie mir Letizia erzählt hat, ein gewöhnliches Glas mit Mineralwasser. Sie wird die Handvoll fataler Pillen nicht in ein Glas mit gewöhnlichem Leitungswasser vom Wasserhahn werfen, sondern in eines mit Mineralwasser.

Das Kind, das sich zum hundertsten Mal die gleiche Schlußszene vergegenwärtigt, kann von diesem lächerlichen Detail nicht loskommen: das Mineralwasser! Es wird davon scheinbar noch stärker beherrscht, als vom Ansturm der Fragen. Die Gespenster, der Spuk, die unerwartete Wiederkehr jener, die nicht mehr unter den Lebenden war ... Die fragmentarischen Gleichungen, abgeleitet: wer war ich, waren sie, sind sie geworden, bin ich geblieben. Aber die banale Kleinigkeit? *Das Mineral-wasser,* beweist es etwa, daß alles purer Zufall war? Daß das Ausklinken unfreiwillig geschah? Die Faust, die sich über dem Glas öffnete ... eine plötzliche Unterbrechung des Kontaktes? Oder ... wer weiß, im Gegenteil, ein trügerisches Sich-Wiederfinden. Jenes Perpetuum, und noch etwas, das unmöglich anzuhalten ist?

Eine Art experimenteller Lektion, wie man sagt. Das Kind beginnt sie von neuem, wer weiß, zum wievielten Mal. Nicht unbedingt, um das Unzugängliche zu verstehen, sondern um erneut den Augenblick zu belauern, da die linke Hand sich plötzlich über der Öffnung des Glases in der rechten entleert.

Wieder ist die Alte jung und wieder alt, und wieder jung, alt. Allein mit sich selbst, vollkommen allein, das Zentrum der Welt, die Welt selbst, fern plötzlich, einen Schritt weit entfernt vom alten Kind, das sie nicht berühren kann. Schauspieler und Zuschauer sind wir, jedoch in eins. Bewegung und Fühlen geschehen gleichzeitig: die diskrete Kinetik der Geste, ein beinahe selbstverständliches Gleiten, zufällig, die unsichtbare Grenzlinie der Leere. Das Geschehnis muß lediglich wieder vergegenwärtigt, muß wiederbelebt werden. Die Einzelheiten stellen sich von alleine ein. Das Verlassenwerden. Die müde Versöhnung. Das im Lächeln gereinigte Gift.

Das Gespenst taucht immer wieder, aus der Unendlichkeit des Tages kommend, in unserem solitären Forschungslabor auf. Legende, Traum, Asche? Träge, überdrüssig gibt es auf. Der gewaltigste Vorrat an Energie und Krise: der Augenblick, der Augenblick allein, schlicht und einfach.

Der gespannte Blick, den ich auf den Bildschirm richte, belebt: kurz, das Zittern der alten Hände. Friedlich, ein rätselhaftes Perpetuum, und noch etwas, etwas Unberührbares in der Bewegung der Hand, die den Tod in den farblosen, rettenden Mund des Glases entläßt.

Leben und Tod sind schließlich vereint. Einzigartiger letzter Wimpernschlag. Der Augenblick der Summe, der Zeugenschaft, der Augenblick bloß. Explosion. Endlich die vollkommene Explosion.

ERZÄHLUNG IN ROSA

Eine ruhige und weite Nacht schien über dem Fluß und jenseits des Flusses zu liegen, wo meine Vorstellung schon nicht mehr hinreichte. Im Zimmer, in jedem einzelnen war die Stille erstarrt; zuerst in den Alten, in den Eltern, den Tanten, in dem Jungen, von dem ich dir erzählt habe, daß er dir ähnelte.

Sie konnten nicht einschlafen, warteten, daß die Ruhe des Flusses zerspringe, die Nacht durch die Fenster dränge. Plötzlich, wenige Minuten vor Mitternacht, die Musik. Sie ergriff sie, ließ sie dahinschmelzen. Sie hielten den Atem an.

Die Kapelle neben der Brücke begann leise, wurde allmählich feierlicher und stärker. Der Trauermarsch schwamm über der Nacht heran, wollte sie treffen, verletzen; dumpfes, racheerfülltes Getrampele war zu hören. Danach kehrte für einen Augenblick wieder Ruhe ein; Zeit, im Dunkeln die Blicke der anderen auf sich ruhen zu fühlen, Blicke, die Verständnis suchten.

Dann zersprangen die Fensterscheiben zu Splittern, Flammen schossen in den Himmel und ein Chor von Seufzern – die auf der Brücke Eingeschlossenen waren es, mit Kanonen, Pferden, Motorrädern, ihren Feldküchen, Lastkraftwagen und Pferdegespannen.

Ein Durcheinander von verzweifelten Schreien. Die im Zimmer näherten sich den leeren Fensteröffnungen, sprangen aber sofort zurück: der zweite Einsturz erdröhnte. Nun war es die zweite Brücke, die Eisenbrücke, etwas weiter weg. Der Lärm war sicher noch größer, doch hörten sie ihn wegen der Entfernung gedämpft. Genau so, wie der Schlingel mit der Brille es gesagt hatte: zuerst die Holzbrücke in der Nähe ihres Hauses, dann die Eisenbrücke einige Kilometer weiter.

Und jenes kurze Sirren begann, spitz, Kugeln, vor Grauen irr gewordenes Stöhnen. Die von der Brücke waren es, oder die von diesseits der Brücke, vielleicht aber jene, die gerade ertranken, oder die jenseits der Brücke. Jetzt, zwischen den Gewässern der Nacht, hatte keiner der Flüchtenden mehr die mörderische Heiterkeit des Tages an sich. Die Stadt war ihnen fremd und feindselig, sie haßten sie. Den ganzen Tag über hatten sie sich gebrüstet, sie würden die Stadt nicht eher verlassen, bis sie nicht alle umgebracht hätten.

Vom Licht der brennenden Brücke beleuchtet, blickten die im Zimmer sich an. Von einer Hoffnung wachgerüttelt, gesprächig geworden und verstört, erinnerten sie sich an den Jungen mit der Brille, den Freund jenes Jungen, von dem ich dir erzählt habe, daß er dir ähnlich sah.

Im Morgengrauen des nun beendeten Tages waren bei dem Jungen von gegenüber einige Soldaten und ein Offizier aufgetaucht. Sie waren nicht, was sie zu sein schienen, trugen bloß diese grünen Uniformen. Sie hatten Waffen bei sich, echte: einen glänzenden Revolver, eine kurze Maschinenpistole, die beiden anderen hatten Gewehre. Der kurzsichtige Junge hatte all dies keuchend erzählt, von der Brille irritiert, die zu groß für ihn war, ihm ständig auf die Nase rutschte und ihn daran hinderte, die Einzelheiten so schnell von sich zu geben, wie er es gerne getan hätte.

Sie hatten nicht bloß Waffen, sondern auch Musikinstrumente. Als sie das Haus betraten, grüßten sie die Hausherren und baten, sich ausruhen zu dürfen. Sie freuten sich, als sie hörten, daß im Haus auch ein General untergebracht sei und sie auf ihn würden warten können. Furchtsam hatte man sie empfangen, in den Tagen des Rückzugs geschahen alle möglichen Ungeheuerlichkeiten. Doch man konnte sie nicht abweisen, wer weiß, welches Unglück dann geschehen wäre. Der Schrecken der Hausbewohner legte sich erst nach der Rückkehr des Generals. Dann, so sagte er, ging einer der neu Angekommenen die Musikinstrumente holen. Offenbar jedoch nur für sie, denn den General haben sie dann tatsächlich verhaftet. Sie schlangen das Seil einige Male um seinen dürren Körper, und der General widersetzte sich nicht, er verstand die Lage, als hätte er sie vorhergesehen. Diese Geschichte hatte man von dem Jungen mit der Brille erst so gegen Abend gehört, nach dem Vorkommnis mit der Füllfeder.

Gleich nach dem Mittagessen waren zwei bewaffnete Männer die Treppe hochgestiegen, sie waren etwas benommen, hatten die Jacken aufgeknöpft. Im Gesicht standen ihnen die Bedrohungen, die sie erst später ausgestoßen haben – es war ihnen anzusehen, daß eine riesige, beängstigende Armee sie verfolgte, daß es kein Entkommen mehr gab. Sie waren Ortsansässige, hatten den Fremden gedient. Nun brachen sie zusammen, blind vor Angst und Grausamkeit, verzweifelter noch als jene, in deren Schatten sie sich zu retten hofften.

Eine Uhr wollten sie haben, wußten nicht, was sonst, wollten davonkommen. Sich wenigstens den Eindruck verschaffen, daß sie davonkommen würden, egal, was sie nun kriegen konnten. Sie verlangten eine Armbanduhr, aber keiner hatte mehr eine Uhr. Man rannte zu den Nachbarn, auch dort nichts, denn niemand hatte mehr eine Uhr. Sie wurden gebeten, die Füllfeder zu nehmen, es war alles, was noch übriggeblieben war. Die Füllfeder mit der glänzenden Feder, wie neu. Die Stadt hatten sie verloren, den Stolz, die Macht; brüllten, sie würden sich nicht so mir nichts, dir nichts zurückziehen ... Und die Mutter rannte verängstigt die Treppe hinunter und kam mit einem Offizier. Seine Uniform erschreckte uns, doch hatte er ein bleiches und verschwitztes Gesicht. Er verjagte die beiden und teilte Kekse aus, hatte alles verloren und wußte, daß es keinen Sinn mehr hatte.

Der Junge, der sich ständig die Brille zurechtrückte, behauptete, die Musikanten in den falschen Uniformen würden um Mitternacht spielen und bei ihrem Zeichen würden die Brücken in die Luft fliegen. Zuerst die Holzbrücke und danach die eiserne, weiter weg.

Und all diese Schreie trieb die Nacht dem Morgengrauen zu, die Kugeln und die Hoffnung, und die Verwunderung jener, die aus ihren nun offenen Häusern zusahen, wie all das sich erfüllte, was der Freund des Jungen gesagt hatte.

Am Morgen des nächsten Tages lagen die Straßen voller Leichen in grünlichen Uniformen, aber bis mittag hatte man die Toten ausgezogen. Zwischen den gestern noch Flüchtenden, die nun durch ihre Nacktheit und die Hitze der Lächerlichkeit preisgegeben waren, standen überall die Wagen und Laster herum mit Konserven, Margarine und Schokolade, mit Decken, Handschuhen und Stiefeln. Vom anderen Ufer her wurde ununterbrochen geschossen, als hätten sie irgendwie noch die Wagen und die ekelerregend aufgewärmten Leichen verteidigen wollen.

30

Und ebenfalls am nächsten Tag sah man, daß die Armee, welche die Fremden verjagt hatte, nicht riesig war und angsteinflößend, denn der beginnende Tag hatte lediglich eine Gruppe sehr junger und recht fröhlicher Reiter auf kleinen flinken Pferden in die Stadt gebracht, die in Erwartung der richtigen Armee, die erst nach einigen Wochen ankommen konnte, die Stadt durchstreiften.

Doch bis dahin lag ein unerträglicher Gestank über den Straßen. Die Leichen der Flüchtenden wie jener Einheimischen, die in die Irrflüge der Kugeln geraten waren, verfaulten. Sie konnten nicht weggebracht werden, denn sie waren von den Wagen und Autos eingeschlossen, die voll beladen waren mit Schokolade und Bonbons, Stiefeln, falschen Bleistiften, die explodierten, falschen Bällen, die explodierten, falschen Puppen, die explodierten, glänzenden Würfeln, die explodierten, Konserven, Margarine, Teigwaren, Getränken...

Und noch bevor die Ruhe kam und der Gestank sich aus den Straßen verzogen hatte, stürzten sich die Menschen habgierig zwischen die Decken, Konserven und Margarine, zwischen die zusammengepferchten und umgestürzten Pferdewagen und Autos. Die Kinder aber, angeführt von jenem mit den wunderlich blauen Brillengläsern, stürzten sich lärmend über die falschen Bleistifte und falschen Puppen; rissen sich die falschen Bälle und die glänzenden Würfel aus den Händen...

BEINAHE ZU VIERT

Weiß glitten die Tage über uns hinweg, ein Weiß von glühendem Eisen, und aus ihnen sprang mitunter eine Ecke hervor, um uns zu ängstigen, zu vertreiben, uns voneinander zu trennen.

Der Wald erwartete die Abenddämmerung, alle spürten wir sein Rauschen, das unsere Heimkehr beschützte.

Wir hatten das Bündel betrachtet, wie es sich auf der Stelle drehte und sich dann vom Wasser hinwegtreiben ließ. Fand man neben unserer improvisierten Behausung weder Federn noch Blutspuren, noch verstreute Därme, so würden wir den Verdächtigungen und Verfolgungen entkommen ... Ich wußte nicht, daß die Verdächtigungen sich trotzdem, ungeachtet der Beweise, um uns zusammenziehen würden, bis wir verstünden, daß wir auch so durchhalten könnten, versteckt hinter einem bunten und wechselhaften Schleier.

Wir hatten das Bündel betrachtet, das sich drehte. Hofften, das Durcheinander von Angst, das unsere Tage und Nächte ausdünnte, die Angst vor Menschen, vor Läusen, vor Uniformen, vor dem Hunger, würde letztlich kraftlos werden und zusammenfallen, denn wir waren immer zu dritt, ja sogar zu viert, und unsere Blicke waren von der Gewißheit beschützt, immer drei zu sein, sogar vier. Wir hatten das Bündel betrachtet, das sich auf der Stelle drehte, sich entfernte. Die Verlockung war vergeblich, umsonst die Betörung mit duftenden Ohnmachtsversprechungen, mit denen der Wald uns jedesmal zu rufen oder zu beherbergen trachtete, eine unnütze und traurige List, mit der er meine Augenblicke der Einsamkeit oder Zweifel belauerte, vergeblich die langsame List der Bäume, des Erdreichs und der Blätter, der Jahreszeitenwechsel, denn wir würden solidarisch auch den Ängsten widerstehen, die ihr Gift auf uns losschickten, widerstehen dem Refugium des Waldes, beruhigend und grün. Wir mußten bloß beisammen bleiben, sicher sein, daß keiner was verrät.

Wir hatten das Bündel weggeworfen; es war in Zeitungspapier gewickelt. Jetzt konnten wir gehen, doch wir blieben reglos stehen, die Blicke, ohne zu wissen, warum, aufs Wasser geheftet, sinnlos die Blicke aufs Wasser geheftet, von dem wir annahmen, es sei kalt.

Ich spürte, daß Mutter beschützend lächelte, ihre Hand streichelnd über seine Hand legte, und daß er antwortete, nicht der Liebkosung, sondern dem Lächeln, und daß er auch lächelte, schwieg, das Wasser betrachtete und sich schließlich entschloß, uns alle zu befreien.

Schluß jetzt, wir können gehen...

Es schien, als reichte dies nicht, keiner bewegte sich. Benommen blieben wir stehen, wie in Schlaf versunken, ließen wir den Augenblick verstreichen, wußten nicht um ihn; und eine andere Hand, eine andere als die, die ihn gestreichelt hatte, eine heiße Hand glitt mir durch die Haare. Ich wußte, nach all dem, was mir an der Brücke zu beweisen nicht gelungen war, daß es lächerlich wirkte, wenn ich den erwachsenen Mann spielte. Und trotzdem mußte ich mich als erster losreißen. Ohne mich von der Liebkosung zu befreien, die mir das Haar zerwühlte, sagte ich zu allen anderen und zum Wald:

Komm, Finlanda...

Wir beide gingen vorneweg, ich im gleichen Schritt mit Finlanda. Aufmerksam achtete ich auf ihre Hand, die vergessen in meinen verwilderten Haaren spielte. Daß ich den ganzen Namen aussprach, kam ihnen merkwürdig vor, alle sagten Fina zu ihr oder Anda. Es war ein komischer Name – Finlanda –, und ich war mir sicher, daß alle Kinder, glücklich, daß sie über einen Spottnamen lachen können, ihr hinterherschreien würden. Die Kinder haben ihr nicht hinterhergerufen, vielleicht hatten sie sich darauf vorbereitet zu rufen; als sie jedoch unter ihnen auftauchte, wurde sie erstaunt betrachtet und mit eiliger Ernsthaftigkeit suchte man sich zwischen den Steinen der Straße andere Beschäftigungen. Ich alleine spielte mit ihrem ganzen Namen, sprach ihn klar und kühl singend aus, während sie abgelenkt meine Haare durchwühlte.

Wir konnten alle zufrieden sein mit dieser Heimkehr; es hatte sich unerwartet leicht und mit einer lange schon ersehnten Klarheit erfüllt – das ganze Abenteuer, dem wir uns mit so viel Vergnügen hingegeben hatten, von der letzten Nacht bis zum Morgengrauen des Tages, der nun zu Ende ging. Doch Finlandas heiße Hand konnte mich nicht von der Niedergeschlagenheit darüber abbringen, den Erfolg nicht so vollendet zu haben, wie ich es mir gewünscht hatte. Ich hatte die Geste gesucht, die den Triumph vervollkommnen und erheben sollte, wie eine rot und grün und weiß und gelb gefärbte Fahne, die Siegesfahne und die Fahne der zukünftigen Siege; eine beherrschte und sparsame Geste, mit der ich langsam, scheinbar gelangweilt, ohne jede Eile, angewidert gar, die Aufregung verachtend, die uns beherrscht hatte und die uns weiterhin beherrschte, vollkommen lustlos das verräterische Bündel losgelassen hätte, das den ganzen Tag über versteckt und für den Fluß bestimmt war. Sie hatten die Freude dieser Geste verdient, und die Zufluchtsstätten des Waldes hatten die Warnung durch solch eine Geste verdient, und ich hatte den großartigen Effekt dieser Geste verdient, zu deren Erinnerung ich hätte zurückkehren können, wie zu einem beruhigenden Landstrich, zumal in den schweren Wochen, die über uns hereinbrechen sollten und in denen ständig bewiesen werden mußte, daß wir drei oder sogar vier stärker waren als die Hunde, die Wächter, die Uniformen und der Hunger, und die Läuse und die Ängste, die uns umtrieben. Stärker als die Läuse und die Kugeln, und der Wald, und die niedrige Versuchung durch das Fleisch von gestohlenem Geflügel.

Beherrscht von der Aufregung der schnellen und zahlreichen Genüsse, die ich in der kurzen Zeitspanne erhascht hatte, wurde die Last jener Nacht und jenes Tages auf mir zu schnell sichtbar, wenige Augenblicke nachdem wir auf der wackligen Holzbrücke fern von jenem unbekannten Dorf stehengeblieben waren, habe ich übereilt das Bündel ins schnelle und klare Wasser fallenlassen. Befreit von der Pein der langen Aufregung, bedrängt vom Kleinmut, der Hast des Hilflosen...

Das Bündel, in Zeitungspapier gewickelt, voller Federn und blutverschmierter Gedärme, drehte sich nur einen Augenblick lang. Sicher dachten sie bloß an die goldgelbe Suppe und an den Braten, die wir alle zu Mitternacht gegessen hatten, um danach das unerhoffte Fest, das mit der Abenddämmerung begonnen hatte, bis gegen Morgen auszudehnen. Ein langes Fest: bis wir es gefangen, es geschlachtet, die Federn gerupft hatten, danach das Kochen, das heitere Wallen des Wassers, das wundersame Braten im Fett, die Betörung während all dieser phantastischen Etappen, als wir bis zur Selbstvergessenheit vom Zauber des Fleischgeruches beherrscht waren.

Gewiß dachten sie in dem Augenblick, als das Bündel vom Wasserlauf fortgetragen verschwand und die Spuren des ungesetzlichen Mahles getilgt wurden, an nichts anderes als an diese Etappen des Festes, das nun zu Ende war. Sie ahnten nicht, daß ich das andere Fest vorbereitet und verfehlt hatte, das wahre Fest: den Akt, der ritualisiert und verlangsamt die gierige Hast hätte kompensieren sollen, die am Vortag ausgelöst worden war.

Nun gingen wir, umspielt vom Rauschen des Wassers und dem Herabgleiten des Abends, das den Wald aufwühlte, nach Hause zurück, und es widerhallte etwas auf unerklärliche Weise in jedem von ihnen. In jedem von ihnen dreien, denn der Besiegte konnte bloß noch zurückdenken an die Chance, in den Besitz der Herrschaft über eine Legende zu treten, die ich unerfahren und aufgeregt vertan hatte.

Ich spürte jedoch, wie die Gedanken sich in ihnen verstreuten, sich verflüchtigten, und wie sie ihnen mit ungelenken Gesten nachzusinnen suchten, sich allzuleicht von der Umarmung des raschelnden Waldes erschöpfen ließen. Auch Finlanda gab auf; die Hand in meinem Haar, merkte sie nicht einmal, daß sie wohl eher die Luft liebkoste, die unsere Körper umspülte, ihren aufgeblühten, trägen Leib dem Spiel der frischen Lüfte überlassen hatte, der Kühle und dem Tannenduft, die sie betörten.

Sie gingen hinter uns her, waren vielleicht ebenso abwesend. Finlanda begann mit mir zu scherzen, ich begriff, daß ihr die Stille, die zwischen uns vieren einfror, unnatürlich vorkam. Ich antwortete auf ihre Scherze wie sie es wollte, lachte unbeherrscht, überschlug mich vor Heiterkeit.

Doch wollte mir das lange Lachen, wie sie es erwartet hatte, nicht gelingen, auch das schien mir unnatürlich: Mir fiel ein, daß sie es zu oft auf diese Weise probierte. Und ich erinnerte mich an die Geschichte mit Mutters Kleid, an den schwer aufzutreibenden Stoff, der, ich weiß nicht, wie, bezahlt wurde, von Vater gekauft, die Art, wie er ihn ihr hingehalten hatte, froh über ihre Freude, seit zwei Jahren waren wir in Lumpen einhergelaufen, sie sollte sich ein Kleid daraus machen. Wie sie ihn lange fragend und verstehend ansah, ich weiß nicht, warum sie sich nicht freute. Sie sagte ihm, es stände ihr nicht mehr gut, sie sei zu sehr abgemagert in diesem Krieg unter den fremden Menschen. Aber sie hat es doch genommen, ist sogar selber zu Finlanda gegangen, ans andere Ende des uns feindlich gesonnenen Dorfes, wo sie mit ihren Eltern wohnte, hat ihr den Stoff gegeben. Finlanda hat sich daraus ein Kleid gemacht, in dem sie sich schwebend bewegte und jede Annäherung steinern abwehrte. Dann, der Abend, als sie im neuen Kleid bei uns erschien: wie es plötzlich still wurde, und sie mit mir zu scherzen begann, wie jetzt, und ich lachte. Ich habe auch letzte Nacht wie ein Dummkopf gelacht, als wir das Huhn gerupft hatten und Mutter mich losschickte, sie zu rufen, damit sie mit uns esse. Ich war ans andere Ende des Dorfes gegangen, obzwar wir schon genug waren. Kaum angekommen, begann sie wieder mit mir zu scherzen, mir das Haar mit ihrer heißen Hand zu durchwühlen, heiß war ihre Hand, als käme sie aus der Glut.

Mir kam es merkwürdig vor, wie ein Dummkopf zu wiehern. Ich ließ mein Lachen erstarren, drehte mich um, sie zu sehen: Sie gingen nicht nebeneinander her, sondern einer hinter dem anderen. Sahen weder die Bäume noch das Wasser, blickten bloß auf ihre kleinen Schritte, mit denen sie hinter uns hergingen.

Ich begriff, daß sie nicht einmal ihr Gehör vom Wald verführen lassen wollten, oder von der Nacht, die von oben, von unten und von den Seiten her ankroch, sie schienen nicht einmal mehr zu sein, lediglich noch zu gehen. Ich war überzeugt, daß ich irr lachte und daß Finlanda mich abwesend streichelte. Ich befreite mein durchwühltes Haar, und sie merkte es nicht einmal, hatte sich an den Zauber der hereinbrechenden Nacht verloren, wie mir schien, oder an andere unverständliche Träumereien.

Wieder wandte ich mich um, wollte ihn ansehen, der unmittelbar hinter mir ging, seine Aufmerksamkeit erregen. Er hob tatsächlich den Blick. Sah mich geradewegs an, undurchdringlich, schützte sich überhaupt nicht. Wie man einen Blinden ansieht, oder so, wie man über jemanden redet, der nichts versteht, und der trotzdem neben einem einhergeht. Den Blick zurück in seine Augen gerichtet, machte ich einige Schritte. Ich wünschte mir, ihren unruhigen Brennpunkt zu sehen, doch fand ich nichts, was meine Unzufriedenheit gerechtfertigt hätte.

Wieder wandte ich den Kopf nach vorne, ein Streifen Himmel, von Sonne und Licht überflutet, blitzte an einer freien Stelle zwischen den Bäumen auf. Wir blieben stehen, Finlanda war als erste stehengeblieben, waren beherrscht von der beschützenden Strenge der Laubbäume, einem letzten, schmerzhaften Erstrahlen des Tages, das mit der Abenddämmerung in den Wald schwebte.

Ich wußte nicht, ob sie sich von der ausgeklügelten List des Waldes einfangen lassen oder ob sie widerstehen würden, ob sie mir helfen könnten, zu widerstehen, sie wiederzufinden. Verloren und verirrt blieb ich stehen, vergaß die Brücke und alles andere, spürte später erst, wie Finlanda sich neben mir löste und sich schweigsam entfernte und daß eine luftige Stille zurückblieb – die Augenblicke der Luft vergehen, es vergehen die Augenblicke der Vergessenheit, und wieder löst sich ein Rauchgesicht und verschwindet – ich blieb verloren, allein mit all der traurigen und kranken Last zurück, die mir die Brust zusammendrückte, die ich nicht verstehen wollte, vor der ich Angst hatte, ich konnte sie nicht brauchen.

Ich weiß nicht mehr, wie lange ich so, die Hand auf der rauhen Baumrinde, aufmerksam die Leere betrachtend, die ringsum gähnte, dagestanden habe. Lange Augenblicke vergingen wie in einem schnellen Schlaf. Als ich den Blick hob, war die Ordnung, in der ich hierher gekommen war, zerstört. Immer abwesender, hatte Finlanda sich schon weit entfernt. Gleich hinter ihr entfernte auch er sich, war scheinbar gefesselt von den Blättern und vom rostigen Licht ihrer wehenden Haare...

Ich sah, wie sie alles verließen. Wollte sie rufen, sie hassen, doch sie gefielen mir, sie waren immer lustig mit mir, scherzten...

Ich hätte bei Mutter sein müssen, mit ihr gegen die anderen. Doch sie hatte keine Geduld, war ständig gereizt, nervös. Ich hatte sie an meiner Seite vorgefunden, sie hatte mir den Rücken zugekehrt, wußte nicht, daß ich ohne zu verstehen ihr Flüstern und ihre Skandale begriffen hatte, nachts, wenn sie nicht gehört werden wollten. Sie konnte mich nicht sehen, klebte dicht am Baum. Vielleicht war sie die einzige, die wirklich von der

List der Düfte und den Verlockungen des Waldes, der sich nun der Nacht hingab, eingefangen worden war.

Ohne jeden Anspruch auf Entschuldigung hatte ich alles vertan, was ich ihr an der Brücke zu zeigen geplant hatte. Doch bot sich eine unverdiente Gelegenheit zur Rehabilitierung an. Entschlossen, ihr für die Verblüffung, die ich ihr neben der Brücke vergeblich bereitet hatte, einen Ersatz zu bieten, versteckte ich mich hinter einem Baum. Dort wollte ich bleiben, wie lange auch immer, bis ihre Ruhe ein Lachen benötigen würde, sie, verstört vor Sorgen, mich suchen würde, und wenn sie mich dann – sehr spät – fände, würde sie sich erschöpft einer kindlichen und zärtlichen Freude hingeben, die sie so lange schon vergessen hatte, ihrem begehrten Lachen.

Doch es hielt bloß wenige Augenblicke an ... ich erzitterte, vielleicht quoll dieser riesige Braten immer mehr auf, stieg alles wieder in den Hals hoch, in den Mund, das traurige Scheitern, die Betäubung durch den Wald, der Selbstekel, der Ekel vor ihnen, vor dem Wald, vor dem Essen, der Haß, mit dem ich davonlaufen wollte, mit all dem grünlichen Ausfluß, der meinen Mund erstickte und verklebte; ich müßte die Bäume beschmutzen, das Gras, mich für alles rächen, mich entleeren. Ich würgte in ekligen Schüben, lehnte an der Rinde des Baumes ... blieb zerbrochen, alleine stehen, ließ mich kraftlos, ausgewrungen neben der rauhen Rinde der Eiche nieder, neben dem Dreck, der aus mir herausgebrochen war, dem Gestank nach Fäulnis und Aas. Ich war leer, betäubt, hingestreckt: Kilometer, tausende Kilometer von Augenblicken strömten an meiner Unbeweglichkeit vorbei ... Bis ich wieder den Blättern zuhörte, das Gras zauste. Ich wachte auf, doch die Zeit schien nicht enden zu wollen, wieder bekam ich Angst vor dem hinterlistigen Wald, der meine Schwächen belauerte, auf daß ich ihn benötige, mich ihm anvertraue. Ich beherrschte mich nicht mehr, beeilte mich, alles zu beenden, war überzeugt, daß sie ihm und Finlanda gefolgt war, ohne sich an mich und an den Wald zu erinnern.

Ängstlich betrachtete ich den Weg, der aus dem Waldsaum führte. Sie war nicht dort. Ich kehrte um, schleppte mich erschöpft zwischen den Bäumen hindurch, stolperte und wankte. Wieder sah ich sie an der gleichen Stelle! Mit kleinen Schritten, müde schwankend und keuchend, leicht auftretend, damit sie mich nicht hörten, schlich ich hin ... Ich hätte vor ihnen auftauchen wollen, sie noch erschrecken mögen, gerne noch die Kraft gehabt, sie zu überraschen, ihre lang erwartete Heiterkeit zu verursachen. Gemeinsam loszuziehen, zufrieden mit dem phantastischen Tag, der nun vergangen war, die beiden anderen ignorierend, Finlanda, die am Horizont verloren war, und ihn, der ihr von der Flamme ihrer rostigen Haare geblendet folgte.

Mit größter Mühe kam ich zu dem Baum an ihrer Seite, zu den Blättern, von denen sie sich hatte streicheln lassen, war bereit, meinen Zorn herauszuschreien, die Scham, das Elend, den Überdruß und die Einsamkeit und die Ängste, die uns besiegten, uns erniedrigten, trennten, verhöhnten und ... doch es blieb mir keine Zeit und auch keine Kraft mehr vor ihren Augen und ihrem Gesicht, das in der Abenddämmerung und mit den großen und braven Tränen seltsam klar strahlte. Sie hatte sich zu schnell ergeben, gab auf, völlig hingegeben an den hohen Wald, der beruhigt in die Nacht hinüberglitt.

DIE VERBLASSTEN FARBEN
DER WOLLKNÄUEL

Hinter den Armeen kehrten wir nach Hause zurück, zurück zu den Orten, von denen wir vertrieben worden waren. Monatelang hielten wir jeweils in einem Marktflecken an. Kinder, unbekannte Leute, am besten war es, man hatte mit keinem etwas zu tun.

In einem Zimmer wohnten wir, in dem anderen die Fremden. Zwischen beiden Räumen war ein Flur mit buntem Mosaik. Kräftige Farben. Ich sah es mir minutenlang an, die schmutzigen Fingernägel gruben sich mir ins Fleisch.

Lange betrachtete ich die Farben, fand nichts, womit ich hätte zuschlagen können.

Aber eines Tages könnte ein Unglück geschehen. Das Spiel derer auf dem Hof war großartiger als sonst, außergewöhnlich. Ich aber habe mit ihnen gestritten, sie sind hinter mir hergerannt. Als ich das Wasser überquert hatte und sie merkten, daß sie mich nicht mehr würden einholen können, riefen sie Jud-, Jud-, Jude...

Vielleicht konnten sie nicht wissen, daß ich jedesmal auf sie zukommen, die Katastrophe bezwingen wollte. Weil sie dies nicht verstanden und weil sie meinen Schimpfnamen riefen, als sie mich nicht mehr einholen konnten, hob ich die Schraube auf. Durch den Vorhang der Tränen, die mich nicht bezwingen konnten, spielten die Farben des Mosaiks: grün, rot, rot, grün, schwarz. Die

Schraube flog gewaltig, das Mädchen fiel in Ohnmacht. Sie fiel wie gefällt, und sie war bleich, doch weniger bleich als ich.

Ich spürte nicht einen der Schläge, die man mir verabreichte. Ich wußte, daß sie mich zwangen, wieder mit der Heimtücke zu beginnen, es war mir nicht gelungen, mit einem Schlag zu entkommen, wie ich es geplant hatte.

Die Strafe für meinen Ausbruch und für alles andere, das ich noch getan hatte, lautete, ich müsse vom Neid geheilt werden. Die ermüdende Lauer, die Berechnungen. Vor dem Neid und vor der Einsamkeit rettete mich jedesmal die Bosheit. Bosheit, nein. Vielleicht etwas anderes, Verzweiflung. Als ich das Mädchen getroffen hatte, konnte ich, völlig durchgedreht, weil sie mich jetzt zwangen, sie zu verlieren, ihre Gesellschaft nicht einmal mehr wünschen. Zwischen der Gutmütigkeit und der Bosheit, die mich erdrückten, fand ich keinen Raum für mich selbst.

Früh schon wurden die Fenster mit blauem Papier abgedeckt. Das blaue Papier verbreitete eine schwebende Stille, die einen erstickte. Am Abend schlossen die Stricknadeln und die Brille mich zwischen ihnen ein. Das blaue Papier führte den Abend zu schnell herbei.

Ich saß, den Kopf auf altmännerart zwischen den Händen aufgestützt, da. Wurde ich müde vom Betrachten des blauen Papiers, der Brille, der Bettdecke und der Stricknadeln, so schloß ich die Augen und frischte die List auf, die mir die Kraft geben sollte, einzuschlafen und einen neuen Tag zu erwarten. Ohne daß jemand etwas merkte, holte ich die Bosheit, den Lärm, das heitere Inferno von draußen unter den Tisch herein. Dann wußte ich, daß ich ruhig abwarten konnte.

Sie hatte bei ihrem Leben geschworen, daß ich es nicht mehr tun würde, doch als sie mich zum ersten Male erwischte, erwartete ich, daß sie mir gerührt über das Haar streicheln würde, ich hatte mir dies so sehr erträumt, daß ich erst viel später verblüfft merkte, daß es nicht so gekommen war und daß ich sie nur noch aus Mitleid würde lieben können. Ich hatte den Augenblick, da sie mich erwischen würde, so genau vorausbedacht – und ich wußte, daß sie mich erwischen würde, denn ich konnte nicht genau berechnen, wann sie wiederkommen würde –, daß ich sicher war, sie müßte über meinen zu kleinen Streich schmerzhaft lächeln, schließlich war er zu gering für das, was mir zugestanden hätte. Mit ihrem traurigen Lächeln hätte sie mich erobert, so wünschte ich es mir ... Sie schlug mich nicht. Hatte keine Zeit dazu, keine Kraft, sie liebte mich zu sehr.

Hätte sie verständnisvoll oder gerührt gelächelt, mich geohrfeigt, alles wäre noch möglich geblieben. Aber sie hat es ihm gesagt, und ich hörte: »Dieses Kind wird mich in einigen Jahren sogar verprügeln.« Ich spürte, wie ich unterging, mit den Armen ruderte, vom Grauen gepackt war, weil die um mich herum glaubten, ich scherze, wenn ich rief, daß ich nicht schwimmen kann.

Ich fand keinen Raum zwischen der Bosheit derer draußen und der Güte derer drinnen, keinen Ort für mich.

Die Wollknäuel starben nicht; wenn sie kleiner zu werden begannen, tauchten neue auf. Kleine und große. Runde, dichte. Ich konnte es nicht ertragen zuzusehen, wie sie kleiner wurden, sich in Handschuhe, Schals und Ärmel verwandelten. Ich brauchte sie an meiner Seite, benötigte sie einfach so. Sie hatten keine Farben, waren verblichen, aus Resten zusammengemengt. Sie ergaben ein Gewebe ohne Farben, blaß, dicht und stark. Am Anfang versteckte ich bloß eines. Nicht das größte. Ein mittelgroßes, festes, das gut sprang.

Als sie mich zum ersten Mal auf dem Flur antraf, wunderte sie sich. Sie schimpfte nicht mit mir, nahm es mir weg und sagte, ich solle sie an ihrem Platz lassen. Sie erwischte mich wieder. Die Farben waren verblaßt, doch sie liebkosten die Farben des Mosaiks. Schweigsam und scheinbar abwesend paßte ich die Gelegenheit ab, da ich alleine war, auf den Flur hinausrennen konnte und somit gerächt war für den Glanz der Spiele auf dem Hof. Sie nahm sie mir auch beim zweiten Mal weg. Beim dritten Mal begann sie zu schreien. Dann schwor sie, sie würde sterben, wenn ich so fortfahre; ich spürte, daß es nicht wahr war und daß sie es nicht ernst meinte.

Als sie das Gewicht ihrer Gesetze und Ungerechtigkeiten erhöhte, um mir jeden Rückweg zu ihr hin abzuschneiden, begann ich, die farbigen zu belauern. Sie tauchten selten auf, mal ein rotes, mal ein blaues. Einmal war auch ein grünes dabei. Ich war hinter ihm her, versteckte es mit einem der üblichen an einer Stelle, die ich mir einige Tage vorher schon ausgesucht hatte.

Bei ihrer ersten Abwesenheit ging ich beruhigt auf den Flur hinaus, sicher, schon bald erwischt zu werden. Doch das farbige Wollknäuel, das schon seit drei Tagen fehlte und dessentwegen schon so viele Streitereien ausgebrochen waren, wurde nicht bei mir gefunden. Ich wurde mit einem gewöhnlichen Wollknäuel erwischt, ein Vergehen, das nunmehr herabgestuft war, denn das farbige Wollknäuel fehlte, das einzig farbige, das zur Zierde gedacht war, ohne das es nicht weiterging. Ich sah weg, streckte bußfertig und verachtungsvoll, als hätte es mich nie interessiert, das Wollknäuel hin.

Erst nach einigen Tagen nahm das farbige Knäuel seinen Platz wieder dort ein, wo es erwartet wurde. Es vergingen auch Tage, an denen es keine Wollknäuel mehr gab und auch noch keine neuen aufgetaucht waren. Dann wurden Ärmel oder Finger zusammengefügt, tauchten seltsame Schals auf, feindselige Pullover, Strümpfe, langweilige Handschuhe.

Der Lärm aus dem Hof kam wieder, schrecklich. Ich bedauerte, ihnen damals, als sie mich zu verständnislos empfangen hatten, nicht verziehen und das Mädchen getroffen zu haben, das nun wieder blond und heiter mit ihnen herumtollte.

Das Warten wurde schwerer, aber es war nicht mehr vergebens. Manchmal konnte die Freude sogar größer sein. Das erste Wiederauftauchen der Wollknäuel begann mit einem farbigen. Eine Freude, die von der Beharrlichkeit vergiftet wurde, mit der ich das Erscheinen der gewöhnlichen, mittelmäßigen Wollknäuel abwarten mußte, um dann von neuem das Vergnügen zu planen. Sie tauchten wieder auf, wieder konnte ich mit Stolz und Überlegenheit den unerträglichen Lärm von draußen und das sanft verlöschende Klimpern der Stricknadeln beherrschen.

Ich gewann Sicherheit über meinen Stolz, nie mit einem der verführerischen, farbigen Wollknäuel erwischt worden zu sein; dieser Stolz ließ die lärmende Ausgelassenheit auf dem Hof jämmerlich erscheinen und mittelmäßig. Ich war stark geworden, vertraute meinem Stolz, den ich schwer errungen, den ich langsam und berechnend aufgebaut hatte, und den ich mit Verbissenheit hütete. Ich hütete ihn mit solch einem Durst und solch einer grimmigen, nie dagewesenen und unerschütterlichen Entschiedenheit, die so drückend, die so endgültig und grimmig war, daß ich Lust hatte, die Tür aufzubrechen und mich wie ein Verrückter hinauszustürzen.

MÄRCHEN

Unglaublich waren, Herr, die Umarmungen, das Jammern und Wehklagen! Denn die, zu denen wir zurückkehrten, schienen gesund zu sein, ihre Häuser ausreichend versorgt, die Kinder wohlgenährt und voller Spiellaune. Und wir lebten noch, waren begierig, mit ihnen zu feiern, als würde die ganze Welt wieder uns gehören. Gealtert, aber gerettet, mit der guten Zeit gekommen, die sich ankündigte. Leicht hinters Licht zu führen, kindlich wie der Wind jener Frühjahrsmonate. Fünf Jahre lang schienen wir spurlos verschwunden.

Andere erinnern sich vielleicht, wenn sie an den Ort und an die Zeit jener unglaublichen Heimkehr denken, an nichts anderes mehr, als an das Licht, das über den Straßen erstrahlte.

Die Heimkehr jedoch geschah nicht auf einem verzauberten Teppich. Monate von schweren, langen Tagen schleppten wir uns, erschlagen vom Gedröhne der Kanonen, betäubt vor Hunger, hinter den Truppen her. Doch die Zeit verlosch letztlich, so schien es allen, schrumpfte zusammen zu einem sekundenlangen Flug über die goldene Brücke zwischen zwei Welten. Noch hatte keiner sich auf die Begegnung mit dem anderen Landstrich vorzubereiten begonnen. Neue Gesichter, neue Worte, Häuser, Blumen, Lieder, Parks, Familien, alles stürzte gleichzeitig auf uns ein. Eine lärmende, küssende, weinende

Welt war aus dem Boden geschossen, die uns zurückforderte, die immer schon mit uns verwandt gewesen sein wollte. So also waren die ersten Speisen, Kleider, das Bett, die ersten Geschenke. Die ersten Vorwürfe: Der Schnauzbärtige, der sich Gevatter nannte, hatte nur ein Kopfkissen gegeben, jener, eine Art Vetter von Großmutter, hatte einen alten Teekessel gebracht, während der andere, jener hohe Pojaz mit Brille, von dem keiner etwas erwartet hätte, mit Kleidern, Hemden und Schuhen beladen ankam, selbst einige Kerzenleuchter hatte er dabei.

Die Überraschung eines Marktfleckens, der in den Wolken lag, mit weißen Häusern, die sich still unter den dichten Kronen der Straßenbäume verloren, Kaleschen schwebten durch die Straßen. Eine Metropole, ein Märchen.

Erstaunen über die Wunder und die Bahaglichkeit und den Schrecken eines Hauses; Entzücken, weil es gerade jenes Haus war; Verwunderung und Furcht wegen der Dinge, die darin geschahen.

Langsame, träge Stunden, versunken im Kanapee. Die Ecken waren noch nicht aufgetaucht, die Schnittpunkte so vieler Geraden, magische Zeichen am Spiegelrand; auch die Scheibe des Fahrrads noch nicht; nicht die Schreie, die wie Geschosse die Wände durchlöcherten. Das Kanapee senkte sich immer tiefer herab, auch der Plafond, der Streifen Fenster, den manchmal, wenn die Sonne mit ihren runden, blutroten Flammen draufgefallen war, durch die Augen des Vorhangs hindurch der rote Strom der Straße traf. Manchmal konnte man auch die Kanten der Mauern erkennen, die Wölbungen über den Türen, das opale Viereck an der Zimmerdecke, die rosafarbenen und grünen Ecken mit dem Fliegendreck, die vielen unerwarteten Bilder, die Staubschicht über dem alten Anstrich, das kurze Aufblitzen der Vorhangsringe. Dann die Stühle, Streitwagen, die das Feld der Hefte, Lineale, Dreiecke und bunter Kreiden umstellten.

Dann der blitzende Spiegel: Parallelen, die von einer Schrägen geschnitten wurden. Einmal hörte man von weither die Wörter kommen. Zwei Parallelen, die von einer Schrägen geschnitten werden; die Konkurrenz der Sekanten. Der geometrische Ort der Schnittstelle der Mittellinien eines gleichschenkligen Dreiecks, das eingezeichnet ist in ... Die Wörter kamen immer näher. Mittellinien, Pyramiden, Sinusbogen, Alpha. Farbige Geraden, denen dünne Schlangen entsprangen, die Beta hießen, Kotangente. Manchmal waren ermattete Stimmen zu hören. Die an der schwarzen Wand der Tafel klebenden Häftlinge erwarteten jeden Augenblick die Exekution.

Lediglich das Mittagessen unterbrach kurz die Ereignisse. Auch das Auftauchen des Postboten kam dazwischen. Das Haus lag an der Straße, gegenüber von jenem hohen Haus, an dem der Postbote anhielt. Er lehnte sein Fahrrad an den Strommast. Wenn er aus dem Gebäude kam, um weiterzuziehen, war die große, abgeschabte Tasche aus rötlichem Leder beinahe leer. Er stieg auf, die Speichen drehten sich plötzlich, die Scheibe fing die Sonne ein.

Doch die Verurteilten kamen ständig, einer wechselte den anderen ab, es begann vormittags um zehn. Sie stiegen einige Stufen hoch, das Erdgeschoß lag leicht erhoben über der Hauptstraße. Lange streiften sie ihre Schuhsohlen ab, man hörte es. Sie klopften an die Tür, verharrten, traten scheu ein. Kinder oder wirkliche Herren, junge Frauen. Alle waren sie ausreichend verstört.

Sehr langsam nahmen sie ihre Bücher heraus, die Hefte. So sehr sie es auch verzögerten, sie würden doch an die Tafel geraten.

Im ersten Raum, dem großen, war die linke Wand die Tafel. War eine vollgeschrieben, so wurde sie nach oben gerollt und gab dahinter eine weitere frei. So daß die Tafeln, sich verlängernd, die ganze Wand bedeckten. Aus der schwarzen Ecke kamen zögerlich die kleinen, erschreckten Stimmen, das Gebrüll des Henkers.

Nach und nach hatte die Gewohnheit die Verblüffung schwinden lassen, den Zauber und den Schrecken dieser Vorstellung. Daß er sich nicht in einem Irrenhaus befand, war nicht allzu schwer zu verstehen. Bloß eine Art Schule, wenn die normale Schule in den Ferien war. Vorbereitungen auf die Reifeprüfung, Fähigkeiten und Fertigkeiten, Sitzenbleiber.

Häufig gab es nur einen Lehrer und einen Schüler. Der Direktor arbeitete mit seinem Schüler in Algebra, Trigonometrie, Arithmetik. Seine Frau, die Blonde, flüsterte am Tisch in der Ecke mit einem anderen Schuldigen: la prune, la pomme, la poire, l'abricot. Die Schreie des Direktors wurden lediglich dann unterbrochen, wenn das Gezischel jener am Tisch zunahm. Sie waren selbstverständlich bei der üblichen famille de mots angelangt. La feuille, le feuillage, feuilleter, le feuilleton, le feuilletage. Die Schwester des Direktors und der Bruder des Direktors waren auch Lehrer, ebenfalls Mathematiklehrer. Verheiratet, waren auch ihre Gatten Lehrer: Französischlehrer, Geschichtslehrer, Physiklehrer. Von morgens bis in die Nacht hinein erschütterten Stöhnen, Winseln, Brüllen, Zorn und Leiden die Wände. Manchmal brachen verirrte Wörter aus ihren Reihen aus, senkten sich langsam auf die Ecken des Kanapees herab: Pyramide, Pentagon, le professeur, le grand-père, das Pendel, Napoleon, Athen, die Pendelgesetze, das Ohmsche Gesetz, das Gesetz von Joule, Pythagoras, familles de mots. Die Tafel war weiß von Kreide, von roten Kreisen und von Brüchen verbrannt, durchlöchert von grünen Pfeilen, bis sich unter dem Schwamm alles in blaue und gelbe Klammern auflöste, die langgestreckt sich ums Kanapee schlangen.

Es war nicht schwer, die Reihenfolge zu erkennen, in der die Schüler Tag für Tag, Woche für Woche auftauchten. Wie die Lehrer stündlich und täglich aufeinanderfolgten oder sich begegneten. Außer den Schatten des auf dem Kanapee kauernden kleinen Jungen durfte niemand das große, vordere Zimmer betreten. Selten bloß erschien die gebeugte Alte mit den weißen Haaren, die Mutter des Mathematiklehrers. Über einem Eimer wusch sie den grünen Schwamm und den anderen, der voller Kreide war, und das Wasser wurde rot und grün. Den einen feuchten Schwamm legte sie unten an der Tafel ab, dann erhob sie sich auf die Zehenspitzen und legte den anderen feuchten Schwamm oben hin, auf die Tafel. Aus dem grauen Haus auf der anderen Straßenseite kamen einer nach dem anderen Herren mit Aktentaschen heraus.

Ständig beobachtend, ergaben sich mit der Zeit Verbindungen, tauchten Symmetrien auf. In einer Woche, wenn der Postbote auf der anderen Seite der Straße sein Rad besteigen wird und die Scheibe der Räder für einen Augenblick die Netzhaut füllt, wird wie an diesem Samstag, wie heute, man kann es überprüfen, ganz bestimmt wieder die Schwester des Direktors im Raum sein, Emilia, die von allen am lautesten brüllte, die manchmal aufsprang, das Algebrabuch in der Hand, bereit, es dem

Fräulein mit den Sommersprossen und den schmachtenden Augen, sommersprossig scheinbar auch sie, an den Lockenkopf zu werfen.

Die Figuren, die Zeichen, die an der Tafel auftauchten und wieder verschwanden, die unbekannten Wörter und die bekannten, die weite Umwege gingen, sich manchmal je eines in der geruhsamen Ecke des Kanapees niederließen, lebten zeitweilig durch solche Zwischenfälle auf. Die Geschehnisse hatten an Rätselhaftigkeit verloren, waren ermattet.

Aber der magere Herr mit der vergoldeten Füllfeder, die er in der Jackentasche trug, und mit der kleinen Brille, fast so klein wie die Augen, er fehlte an einem Dienstagmorgen. Der Direktor geriet in Zorn, während er auf ihn wartete. Er langweilte sich, sah in einem fort seinen Neffen an, der auf dem Kanapee kauerte. Ein schweigsames Kind, vielleicht zu schmächtig. Zurückgeblieben, wer weiß, in vielem. Verliert seine Zeit, er brauchte eine Beschäftigung. Er sollte lesen, rechnen, auch er sollte jeden Tag Aufgaben vorbereiten, Übungen, Schlachten, damit er die seines Alters einholt. Eine gute Idee, sicherlich. Bald befolgten alle sie. Mit großem Vergnügen wärmten sie sich zwischen den Nachhilfestunden an ihm auf, warfen ihn, ein Ball, von einem zum anderen. Die Teilungen durch sieben, je suis, tu es, il est, elle est, die Zeitungsartikel in große Hefte abgeschrieben, de dictando ... bis zu dem Tag, als die Blonde, die Schwester des Direktors, lange den Jungen ansah, von dem sie gesagt hatte, er sei zu bleich, und sich dann zum Ohr ihres Mannes hinabbeugte. Er weigerte sich, ihr zuzuhören, gab ihr nicht recht, schüttelte den Kopf, wehrte mit den Händen ab. Und trotzdem, vom nächsten Tag an ließen sie ihn in Ruhe. Duldeten ihn aber im Raum wie bis dahin.

Alles beruhigte sich wieder, wurde selbstverständlich, akzeptabel, die Verwunderung ging immer mehr zurück, wandte sich nun der Vergangenheit ohne Straßen und Lehrer zu, wo niemand Pythagoras und Perikles kannte oder grand-père; die Fragen über das Wunder kamen wieder, das plötzlich die Landstriche getrennt hatte, wie lange würde dies hier anhalten, oder wer ist noch dort geblieben, in dem verlassenen Gebiet. Bis an einen Freitag nach dem Mittagessen, als der Direktor mit einem freundschaftlichen Schlag auf die Schulter die Gedanken verscheuchte.

Ich habe dir ein Märchenbuch gebracht.

Es war die Höhe, er, vor dem sich selbst der Bruder und die Schwester fürchteten, er lächelte!

Die ersten Speisen mit ihren Namen, die ersten Kleidungsstücke mit ihren Namen. Das erste Buch, sieh, ein Märchenbuch, in das er unvermittelt eintauchte...

Die Exekutionen vor der Tafel rückten immer ferner, das Zimmer vor ihm ebenfalls. Er war in den Schlafraum mit vielen Betten aber ohne Fenster umgezogen. Es ist zu dunkel, er verdirbt sich die Augen, sagte die Alte. Vor allem, bekräftigte sie, weil er von morgens bis abends spät das Licht eingeschaltet hat und die Nase ständig ins Buch steckt. Seit zwei Wochen, fügte sie hinzu, hätte er es zwanzigmal lesen können. Die gute Alte war weiß geworden wie der Winter, verdrießlich wie das schlechte Wetter. So daß sie ihn in die Küche nahm, wo sie hurtig wie ein junges Mädchen Lauge für die Badewanne vorbereitete, Kleie und allerlei Brotkrusten für das Essen, von einer Arbeit zur anderen hetzte, während vom Hof das Gezwitscher vielerlei Vögel, wie es sie auf der ganzen Welt nicht noch einmal gab, durch die offene Küchentür drang. Sie wußte scheinbar nicht mehr, was sie noch machen könnte, um ihn stattlich heranwachsen zu sehen, dick und guter Laune, rund wie eine Melone. Der Junge saß am Küchentisch und sprach kein Wort, er las zum zwanzigsten und weiß-nicht-wievielten Male das Buch.

Auf diese Weise kehrte er fünfundzwanzigmal in fünfundzwanzig Tagen in die Erdhütte zurück, in der er vor fünf oder fünfhundert Jahren gelebt hatte, eingegraben in Schmutz und Dunkelheit, räudig, rotzkrank, grunzend unter seinesgleichen. Bis eines Nachmittags, an Karfreitag, als er seine Verwunderung scheinbar verstand und die Bezauberung begriff, die Angst, die dem Gelesenen entsprang.

Um es zu überprüfen, klappte er das Buch mit den harten Deckeln zu, die mit grünem Leinen überzogen waren, legte es vor sich hin und schloß die Augen. Er war allein im Haus, stieg auf den Stuhl, pustete einmal kräftig durch die Nasenlöcher, und schon entfuhren ihnen, wie er es erwartet hatte, zwei Flammenschübe, eine in kostbare Steine gehauene Brücke tauchte auf, Bäume standen auf beiden Seiten, in denen sangen Vögel, wie es sie nicht noch einmal gibt auf der Welt. Er aber ging furchtsamen Schrittes mit geschlossenen Augen über Länder und Meere, durch Wälder und Ödnis, wie es gerade kam, bis zum Weihrauchkloster, wo er sich niederließ, auf den dicken Teppichen herumtollte wie auf Kanapees. Als er die Augen öffnete, fand er tatsächlich alle Wunder des Palastes vor: die weißen Wände, die opale Decke, die Ecken grün von den Mücken, die goldenen Ringe der Vorhangsaufhängung, die Schüssel mit der Henne und den Küken aus Gold in kostbaren Stein gehauen, die herrschaftlichen Stühle, die schwarze Tafel der Sünder, den hohen und weichen Thron in der einen Ecke des großen Zimmers, von wo man sie gut im Auge behalten konnte.

Dann, am Heiligen Mittwoch, am Heiligen Freitag und Heiligen Sonntag tauchten die Untertanen wieder auf, die Meister der Teufeleien und Schummeleien, Meister der Hexereien und Plagen, mit denen die Schuldigen versucht wurden. Durch die großen Fenster konnte man manchmal sehen, wie der hinkende Lercherich auf seinem alten Fahrrad reitend eilig über die Berge zog. Die Speichen der Räder drehten sich schnell, schowilk, schowilk, knirschten die Scheiben auf dem Bürgersteig der anderen Straßenseite.

Der schalkhafte Direktor hatte bewiesen, daß das Leben im Weihrauchkloster tatsächlich wunderschön war. Während sich über alles, was vorher war, in einem anderen Gefilde, für immer eine goldene Brücke gespannt hatte, die mit kostbaren Steinen besetzt war.

Am Abend jedoch, bei beginnender Dunkelheit verflog die Begeisterung, zögerten die Bewegungen des Märchenprinzen. Er kauerte sich verängstigt in die Ecke des Kanapees, hatte nicht den Mut, alleine den hohen, weichen Thron zu verlassen. Spät nachts trugen die Höflinge ihn ins Schlafzimmer. Noch wußte er nicht so recht, was die Märchen bedeuteten, er begriff, daß alles sich verwandeln konnte, wie das Ferkel sich verwandelt hatte, das tagsüber, wie Ferkel dies so tun, durchs Haus schnüffelte und nachts beim Schlafengehen die Schweinshaut ablegte und ein Königssohn war.

Abends erstickte er manchmal im Gebrutzel der gebratenen Speckschwarten, hatte die Nasenflügel angefüllt mit Asche und voll von jenem großartigen Duft. Er fürchtete sich vor diesen schlechten Zeichen; es reicht eine Nacht wie fünf Jahre, und alles ist wieder verändert, der Sohn wird wieder das, was er bis vor einiger Zeit war, keiner wird ihn erkennen, niemand ihn befreien können. Die Märchen waren wahr und enthielten alle die Warnung. Alles konnte sich verändern. Jedes Wesen konnte jedes andere Wesen werden. Sie waren wahr, er begriff es, die alten Geschehnisse kehrten wieder. Die Angst war wieder da.

DIE STIEFEL
UND DIE VIOLINE

Alles, was die Erinnerung zurückerstattete, waren der steile Abhang eines gelblichen, in der Sonne erstarrten Straßenstreifens und das kurze Aufglänzen der runden Brottasche aus blauem Blech, in der sich weiße, weiche Hörnchen mit Butter und Schinken befanden.

... Sie aber bereiteten sich immer noch auf ihre Rückkehr vor, ihre einzige Revanche. Geduldig hegten sie dieses letzte Vermögen: die Genugtuung, beweisen zu können, daß sie überlebt hatten. Sie dachten nur noch daran, wieder zu Kräften zu kommen, ehrenhaft vor die einstigen Mitbürger zu treten. Sie machten Pläne, erzählten, stellten sich vor, fragten um Rat. Sie interessierten sich für sämtliche Veränderungen im Leben der Bauern, im Reglement der Offiziere, in der Kleidung, die auf Provinzbällen getragen wurde. Sie ließen sich Nachrichten über Menschen, Häuser, Straßen, Einrichtungen, Geburten und Todesfälle in der Nachbarstadt schicken. Sie dachten daran, wie es gewesen war und wie es sein würde. Dennoch hielt sich niemand für verpflichtet, auch nur ein einziges Wort zu sagen, um den Aufschub zu rechtfertigen. Fast zwei Jahre schon währte der Aufenthalt bei Verwandten, die ihrer immer überdrüssiger wurden. Die Entfernung bis nach Hause war lächerlich gering, das gaben sie zu. Aber es fehlte ihnen an Mut aufzubrechen, sich anzunähern. Immerhin hatten sie inzwischen einige Dinge erworben, es lag wieder etwas Farbe auf ihren Wangen. Ihre Blicke waren erwacht, sie strahlten von der Torheit des Triumphes darüber, daß sie, wie sie glaubten, die gleichen waren wie früher: genauso lebendig wie einst, gekleidet wie immer, auch den Geschmack der Speisen hatten sie nicht vergessen, sie beherrschten die Worte und das Lachen, waren gut informiert über die neuen Tendenzen der Mode. So würden sie zum Beispiel ein Kleid, die Möbel für ein Schlafzimmer, eine Krawatte auszuwählen verstehen. Als wären sie all die Jahre über auf ihren Plätzen geblieben, mitten unter den Geschützten, die sich nicht widersetzt und sich nicht einmal um das Unglück anderer gekümmert hatten.

Das Städtchen von einst war schließlich immer märchenhafter, mit schwarzer feierlicher Transparenz emporgestiegen, und von Zeit zu Zeit erhob es seine Spitzen über die Wolken bläulichen Dunstes, um von weitem seine Macht und Größe zu bekunden. Seine Rückeroberung forderte von allen Anstrengung und Geduld.

Daher schien das Instrument nicht mehr allzu befremdend, die Unterrichtsstunden wurden irgendwie leichter ... Vor allem, weil der Spott der Kinder vom Hof tatsächlich offenbart hatte, daß die Geltung des Unbekannten nicht mehr ignoriert werden konnte, den Spötteleien war die Luft ausgegangen. Sie begegneten ihm verlegen, als schämten sie sich, sie akzeptierten ihn schweigend. Er folgte ihnen mit dem Blick und unterbrach sein Spiel mehrmals, um zu hören, wie die Klänge die Fensterscheiben zerkratzten.

Nur selten und vorsichtig nahm er an ihren Spielen teil. Er vermied es, sich weiterhin den Fragen, Scherzen,

Wettkämpfen auszusetzen. Die Schläge, die Bosheit der Kraft- und Geschicklichkeitswettbewerbe, deren Anforderungen sie immer höher schraubten, hätten ihn schnell unter die anderen gemischt und bloßgestellt. Untrainiert, zurückgeblieben kam er ihnen vor, und er war es auch, er wollte sich nicht mehr kindisch bloßstellen wie am Anfang. Aber sie hatten ihn akzeptiert. Die Komplikation der Verhältnisse hatte ihm tatsächlich genützt. Er blieb in ihrer Mitte, geschützt und frei.

Das Lob des Musikanten aber wurde immer seltener. Und man konnte auch nicht mehr neben ihm stehen, so stark roch er nach Schimmel und angetrocknetem Schmutz. Seine alten, schwarzen und platten Finger zitterten, wenn sie sich auf die Saiten legten. Er schien von den Klängen auf einmal sanft betäubt zu sein. Die Unterrichtsstunde glitt still dahin, sie wurde zu etwas anderem, Unverständlichem und daher zu einer für Momente geheimnisvollen, wichtigen Begebenheit. Der Alte zeigte sich verständnisvoll, er schimpfte kein einziges Mal; und er war schüchtern, verschämt, wie ein Dieb an dem Tag, als der Vater mit seinem Kollegen, der aus Liebhaberei Geige spielte, kam, um beim Unterricht zu hospitieren.

Kurz darauf stellte sich ein richtiger Geigenlehrer vor, präzis und schweigend, der schon vom ersten Augenblick an Brille und Partitur auf dem Tisch ablegte. Mürrisch und pünktlich, schien er mit dem jungen Schüler zufrieden zu sein. Was nicht viel zu sagen hatte: Die Anfänge versprachen immer mehr, als sie zu halten verstanden ... Der Junge bangte vor dem Moment, der nicht lange auf sich warten lassen konnte, wenn sich die Szene, die er, gebilligt vom Schweigen des gefürchteten Richters, noch ruhig entwickelte, leicht zur Seite neigen und ihn aus dem Gleichgewicht bringen würde. Immer verwirrter würde er mit den Armen herumfuchteln, ohne seinen Schwung, die Sicherheit des kurzen Debüts wiederzufinden; das Mißtrauen und die Verärgerung würden die Luft dünner werden lassen, ihn betäuben, bis sich Widerwillen und Langeweile einstellten. Der Professor würde unzufrieden seine blasse, fleckige Stirn heben, sein schütteres, feuchtes, rotes Haar nervös nach hinten werfen, sein spitzes Kinn auf die Schulter in die Aushöhlung der Geige legen und seinen langen Zeigefinger mit dem vom Tabak gelb gefärbten Nagel ausstrecken und auf die dickste Saite setzen, damit sie einmal und noch einmal vibrierte, damit es der Schüler einmal und noch einmal wiederholte, bis er den Ton traf und richtig wiedergab. Und er würde natürlich scheitern, mit immer geringeren Chancen, wieder zu sich zu kommen. Denn schon würde sich die Langeweile herniedersenken und verbreiten, die faulige, laue, einschläfernde Lava, der dichte Dampf des Verderbens.

Er hatte so lange Zeit wie ein tapferer Held zu vergessen versucht, wie sich in seinem Innern nach jedem Anfangserfolg plötzlich Widerwillen breitmachte. Ein Prüfling, der immer weniger imstande war, Haltung zu bewahren, denn er rutschte – er wußte es, es war ihm auch früher schon passiert – auf einer glänzenden, abschüssigen Bahn zu Tal; Scham, Nachlässigkeit, Ermüdung.

So geschah es natürlich nach nicht allzu langer Zeit. Weil ihn das Mädchen aus der Nachbarschaft am Arm gefaßt und auf den Dachboden mitgenommen hatte, um ihm in der Dunkelheit allein zu zeigen, wie sie manchmal ihre Spiele komplizierten. Seit damals sicherlich bevorzugte er die Gesellschaft der Mädchen, so sehr sie ihn auch erschreckte und so sehr ihm der Mut fehlte, sie herauszufordern. Niemals, höchstens für allzu kurze Zeit, würde er die Kraft finden, sie zurückzuweisen oder zu verlassen. Die Handbewegungen, die unerwartete Drehung der Füße, die enthüllte und bedeckte, für einen Moment etwas entblößte, wie sie ihn mit ihrem Gekicher gerufen und fortgejagt hatte ... es war ausreichend, daß ihn die Katastrophe, die sich schließlich in Gegenwart des Musikanten ereignete, nicht mehr interessierte.

Natürlich ohne daß er die Kraft gefunden hätte, sich zu widersetzen oder aufzugeben. Feige, heuchlerisch seit jener Zeit, darauf wartend, daß ihn die Langeweile zermalmte, daß sie ihn kraftlos vor das Strafgericht schleuderte, dem er sich mit einem dunklen und wohlgenährten Schuldgefühl überließ.

Die fieberhafte Tätigkeit, dann die Erschlaffung, die Hinnahme, die Gleichgültigkeit. Etappen nicht nur des Verrats, sondern auch der Hingabe, die seine Freunde, seine Geliebten Jahre danach überraschen sollten. Besiegt, verzweifelt, in Hoffnungslosigkeit versinkend, er wußte es, immer tiefer in die Finsternis gestoßen.

Tatsächlich war er ein paarmal ohnmächtig geworden. Ohne indes zu verraten, daß es wegen der Geigenstunden war. Er wiederholte die Ohnmachten, seine letzte Waffe, aber er verlangte nicht, daß der Unterricht abgebrochen würde. Doch beobachtete er ermattet, wie um ihn herum die Unzufriedenheit der Familie wuchs. Auch der Lehrer übernahm, ohne es zu wollen, einen Teil davon. Von dem er ihm in den Stunden der Qual seinerseits dicke Scheiben der Verachtung und Abneigung abgab. Er fiel jetzt regelmäßig alle paar Tage in Ohnmacht. Manchmal sogar während der Musikstunden, mit dem Bogen in der Hand oder indem er den Fingern plötzlich das Kolophonium entgleiten ließ. Obwohl ihn die Besuche auf dem Dachboden enttäuscht hatten. Das närrische Herumkullern der aneinandergedrängten Körper, die einander unbewußt herausforderten, eine Entfesselung kindlichen Gestöhns, all dies, was sich nicht sehr vom Herumtollen auf dem Hof unterschied, hatte jede Spur der Verwunderung eingebüßt, die ihm das Mädchen an jenem Nachmittag geschenkt hatte. Sie beobachtete nur aus den Augenwinkeln, wie er es ablehnte, sich in das Durcheinander einzumischen; vielleicht wartete sie, daß er sie bat, den Taumel jener kurzen Annäherung für ihn allein zu wiederholen...

Das Ergebnis hatte nicht auf sich warten lassen. Er hatte die Familie enttäuscht, sie ließen ihn mit der Zeit in Ruhe, wenn sie es auch nicht zeigen wollten. Immer ungeduldiger übrigens und aufgeregt: Sie bereiteten sich auf die Rückkehr vor.

Sie bekamen die letzten Geschenke für die Wiedereinrichtung des Haushalts, sie beschäftigten sich sorgfältig mit den Kleidungsstücken, mit denen sie im Städtchen wiedererscheinen würden. Sie kündigten ihm an, daß sie ihm vor der Abfahrt eine neue Geige kaufen würden. Wenn er es wünschte, fügten sie hinzu. Und das hieß in Wirklichkeit, daß sie auf ihren Ehrgeiz verzichteten, daß sie sich damit zufriedengaben, ihren alten Bekannten nur vorzustellen als einen wohlerzogenen, sorgfältig gekleideten Jungen.

Er bat um ein Paar Stiefel. Entschlossen, auf der Bitte zu bestehen, ihren Widerstand und ihr Gelächter zu besiegen. Er hatte die glänzenden, schmalen, hohen, am Bein anliegenden Stiefel nicht vergessen, ihre spitze, wilde Schnauze, die einen mit einem einzigen Stoß in die gegenüberliegende Barackenecke beförderte, den reinen, eleganten Klang, wenn einer den andern berührte, das dumpfe, taktfeste Knallen kurz vor dem Appell, das mit dem Gebell der Wachsoldaten und den Sprüngen der riesigen Hunde verschmolz.

Stiefel trugen jetzt auch die Eltern; sie hatten sie von den Rettern bekommen, den anderen Soldaten, den Roten, wie man sie nannte. Er hörte seine Eltern oftmals entrüstet von den Tanzabenden in dem fremden Land erzählen, aus dem sie zurückgekehrt waren. »Stell dir vor, mein Lieber, sie tanzen in Stiefeln.« Sie entschuldigten sich offenbar für das Vergnügen, mit dem sie die Stiefel trugen. Obwohl sie in gewisser Hinsicht nichts Besseres hatten als diese schweren, weiten Stiefel, die ihnen um die Knie schlotterten.

Nicht solche wünschte er sich; er erklärte dem Stiefelmacher ausführlich, daß sie gut am Bein anliegen und möglichst hoch sein müßten. Aus glänzendem Leder, die Sohle sollte mehrfach verstärkt sein, mit Eisen am Absatz und an der Spitze. Schlank und machtvoll zur gleichen Zeit.

Die Stiefel mußten dem Kleinsten auch die Bewunderung der Klasse garantieren. Auf der Bank neben Argintescu sitzend, dem fetten, kränklichen Streber, der immer und ewig alles wußte, würde er sich mit ihm anfreunden, sie würden sich zu Hause besuchen. Er würde die Zuneigung der Jungen gewinnen, ja sogar die einiger Mädchen, er würde sich mit ihnen verbünden; der schmächtige, mutwillige Neuankömmling würde der Anführer werden. Auch würde man ihm das Ehrenamt übertragen, die Schülerzeitung anzufertigen – ein wahres Juwel, das aus den Händen seines Cousins Lică hervorging. Die Großbuchstaben der Titelzeile würden mit ihren schrägen, roten Schatten auf das Lehrerpult

flattern. Er würde den Fettwanst dem Anschein nach verraten. Weil er nicht fähig wäre, von Anfang an zu widersprechen oder auch nur zur rechten Zeit die Ruhe zu
erschüttern, mit der jener seine Erfolge erwartete und in
Empfang nahm. Immer würde er des erniedrigenden
Schutzes der Macht bedürfen. Der ihn demütigte, weil
die Kraft seines Nebenmannes nichts als ein Ausdruck
der Gleichgültigkeit war. Er würde immer wieder die
Demütigung hinauszögern: so daß die Auflehnung als
böswilliger Bruch erschiene. Und er würde die Trennung allzu bald bereuen; bestürzt von den Konsequen-
zen, bereit, alles hinzugeben, um die falsche Harmonie
wiederherzustellen. Die Feindschaft jener, die ihm einmal nahegestanden hatten, würde ihm unerträglich vor-
kommen. Natürlich spielte er Akkordeon, der Argintescu, von der Bewunderung der Klasse umgeben. So
daß er die Leichtfertigkeit bereuen würde, mit der er
den Unterricht der Geigenspieler aufgegeben hatte, in
einem Augenblick, wo er ihm die Befriedigung eines
Hofes voller feindlich gesonnener Raufbolde gesichert
hatte. Mehr als je zuvor würde er bei solchen Zusammenbrüchen der Verlockung durch den Erfolg bedürfen.
Auch der Wunsch, sich zur Schau zu stellen, würde sich
seitdem immer wieder einstellen. Eine Art flehentlicher
Bitte um Sympathie; der Beschwichtigung der Frauen
zum Beispiel. Denn die Klassenschönste würde ihm zu
Ehren ihre blonden, langen Zöpfe schütteln und auch
ihre gelben, kräftigen Fesselgelenke, die sich im Tanz der
nackten Fußsohlen auf dem staubigen Fußboden drehten. Eine unausstehliche Person schon seit der Zeit, als er
die zarte Bronya mit einer langen Rede erwartete, die er
unter den Wogen des Schneetreibens von einem Diktat-
formular ablas. Gierig nach Beifall, doch rasch verlegen

legen gemacht vom Triumph. Der Tanz der kleinen Polin, die sich, eine Trophäe, für eine Weile drehen würde ... Das Spiel der blonden Zöpfe auf den glänzenden Stiefeln, für einen Augenblick, wie in einem dunklen Spiegel, das wieder verschwinden würde, als ob es nicht gewesen wäre ...

Die dichte Finsternis machte ihn blind wie die Düsternis einer endlosen Krankheit. Er hätte nur noch gewünscht, daß sich der Abschnitt einer Straße auftat, die zwischen aschfarbenen Häusern emporstieg, ein Sonnenstreif, an dessen Ende irgendwann seitlich die schwere Ladentür auf- und zuschlug, und der Junge drang von rechts in die leere Straße ein und schwang über dem Kopf eine runde, blaue Blechtasche, in der die Päckchen mit den weißen, in der Mitte durchgeschnittenen, mit Butter gestrichenen, mit Schinken gefüllten Hörnchen ständig aneinanderstießen.

... Die Stiefel schnürten die Füße und Beine ein wie lederne Bandagen. Sie waren von der Sohle bis zur Hüfte vereist. Er hatte sie auf den Haufen der Büchsen und Pakete gezerrt. Sie waren in den beiden engen, vom Frost versengten schwarzen Röhren bald erstarrt.

Ein paar Koffer, Schüsseln jeglicher Größe, die eingeschlagenen, in die Steppdecke gerollten Kissen, der Sack mit dem von den Verwandten überlassenen Besteck und dem Geschirr, die Vorhänge, der Eimer, der Besen, der Fleischwolf, die Büchsen, das Paket mit den Einweckgläsern. Bis an den Rand gefüllt, schwankte der Schlitten zwischen den hohen Wogen des Schnees dahin.

Seine Beine und Füße ragten, wie er es gewünscht hatte, frei darüber hinaus. Man versuchte sie einzuhüllen, er lehnte ab. Man rief ihm zu, daß er absteigen und zu Fuß hinter dem Schlitten hergehen sollte, um wieder warm zu werden, wie sie es von Zeit zu Zeit versucht hatten, wenn sie gleichzeitig zu beiden Seiten des Schlittens hinuntersprangen. Er war nicht mehr fähig, ihnen zu sagen, daß er die Beine verloren hatte. Er hatte nur noch zwei schlanke Walzen. Nichts hätte sie wieder zum Leben erwecken können. Die Kälte hatte sie ihm vom Leib gerissen.

Der Wind verbrannte die Wangen, während er den Schnee in mächtigen Wogen weißen, gefrorenen Nebels durcheinanderwirbelte und den Weg zuschüttete. Seit einigen Stunden kam der Schlitten nur mühsam voran.

Das Städtchen war, wie sie wußten, nicht weit entfernt. Trotzdem war viel Zeit verstrichen, und die Glocke, die zwischen den Hälsen der Pferde hing, klang immer langsamer, wie erstickt. Und der Sturm nahm zu. Von irgendwo glaubte er, die Stimme des alten Kutschers, das Schnauben der Pferde, manchmal auch die erschöpften Worte der Eltern zu hören.

Dem Kutscher den Rücken zukehrend, starrte er auf den Horizont, von dem sie sich entfernten. Das Städtchen, nach dem sie aufgebrochen waren, schien gerade dort hinten im Nebel emporzusteigen und sie in der Ferne zu begleiten. Kalt und verwegen erhob es sich aus den Schneewolken mit den hohen Spitzen der leeren burgähnlichen Behausungen, in deren Winkeln sich die Bewohner vergraben hatten. Einzig die Stiefel schlugen auf die Marmorfußböden, ein Urteilsspruch, ein trockener, eleganter, metallischer Klang, der die Schuldigen in Schrecken versetzte.

Die Schritte drangen vernehmlich durch das rauhe Geheul des Windes, sie bohrten sich durch die Eiswände. Sie kamen näher und näher, ohne je anzukommen, eine Folter, die eigens für die Verurteilten ersonnen war. Eine weiße, hohe Stadt, wie man sie niemals gesehen hatte, kalt und ausgestorben, sich eröffnend in den Leerräumen zwischen den Schritten, die sie in Besitz nehmen sollten.

Der Schlitten schwankte durch den violetten, goldenen Schnee, einen Teppich, der aufflatterte und dahinglitt. Die Pein der Erwartung wuchs, der Mund wurde schmal vor Ungeduld, die Fingernägel drangen ins Fleisch ein. Der Ausdruck seines Gesichts wäre, hätte ihn jemand betrachtet, deutlich von Wut und Ohnmacht gezeichnet gewesen. Die strahlende Finsternis der Stiefel erhob sich, so sehr er die Augen zu schließen suchte, immer noch über derselben engen, mit gelbem Staub bedeckten Straße, die den Berg hinaufstieg, über den heruntergekommenen Häusern, bis zu der Tür des Ladens, damit der Schrei des blassen, fiebrigen Jungen von rechts hereinstürzen und polternd die Tür aufstoßen konnte.

DER DIEB

Der Tag hatte sorglos begonnen. Ein zarter Frühlingstag mitten in der Woche, da auch die Ereignisse anscheinend geringfügiger werden. Weiche Stunden, keiner dachte an etwas Besonderes.

Nach der Geographiestunde hatte er im Schulhof einen leichten Wind über die Schultern und um den Hals streichen gespürt. Angenehm, unklar, zu kalt. Vielleicht empfand er ihn auch nur deshalb so, weil er noch von der Krankheit geschwächt war. Die Kühle belebte ihn, aber ihn fröstelte auch. Bald zog er sich an die Wand zurück, blieb jedoch nahe genug am Lärm und dem Gebalge der anderen.

Dann folgten die Botanikstunde und wieder eine Pause. Er war in der Bank sitzen geblieben, hatte die körnige Wand betrachtet. Die Wand, die Decke des Raumes, der Tag war ihm in den Sinn gekommen, da er unter den neuen Kameraden aufgetaucht war. Er wollte begreifen, ob das, was ihm nun passierte, eine Warnung war, der nahe Bruch.

Er hatte zu viel nachgedacht, war noch geschwächt von der Krankheit oder bedrückt durch den Zwischenfall bei der Klausur. In den Turnstunden fand er nicht mehr zu seinen Bewegungen zurück. Er ging verdrießlich vor den anderen hinaus in den Umkleideraum. Dann befand er sich im Klassenzimmer, wo er ein weiteres Zeichen entdeckte, es war noch schlimmer.

Und wieder eine Pause. Er hatte sich mit den Ellbogen aufs Fensterbrett gestützt, beobachtete die im Hof ebenso wie die drinnen, die in der Klasse geblieben waren. Er erkundete ihre Bewegungen, einige saßen, andere warfen mit Kreidestücken an die Tafel, einige sprangen über die Bänke, hetzten sich um den Holzstapel. Er lauerte angespannt, hätte gerne ihre Geheimnisse beherrscht, doch es gelang ihm nicht. Alles geriet schließlich durcheinander, Pullover, Hemden und bunte Schals flatterten, begegneten einander, überlagerten sich.

Mit einem Mal sah er sich mit der Sache konfrontiert, von der er wußte, daß sie folgen würde. Scham, Verlegenheit, die Schuld, Wörter auszusprechen, die erst entstehen sollten, so stellte er es sich vor, schwere Steinblöcke, die sie erschrecken sollten, damit sich keiner mehr unter ihrem Druck rühren könne, weder sie noch er selbst. Damit er schrie; das wäre nötig gewesen, damit er aufgebracht und wütend seine Ansprüche anmeldete. Sonst ginge alles zum Teufel, und sie würden ihm keinen Glauben schenken. Er war entwaffnet, lächerlich, unfähig, das Vorkommnis, das ihn getroffen hatte, zu Ende zu bringen.

In der Geschichtsstunde stand er jedoch auf und zeigte den Diebstahl an. Nannte alle Einzelheiten. Er glaubte es kaum, als er sich so sprechen hörte. Er sprach ruhig aber klar und deutlich, zögerte nicht.

... Also, davor war die Botanikstunde. Der Lehrer hatte die Klasse betreten, das Thema an die Tafel geschrieben und angefangen, sie auszufragen. Der Mais – er wußte nicht sonderlich viel über den Mais. Klassifizierungen, Formen, einzelne Teile, Hüllen; der Botanikunterricht behagte ihm nicht. Er hatte nur noch eine blasse Erinnerung an den Mais, drehte die Füllfeder in den Fingern hin und her, reinigte die Feder. Die Füllfeder schien zu groß für seine Finger. Er beugte sich über sein Heft. Die Zeit verging, er hatte zwei Zeilen niedergeschrieben. Später, nach langem Warten kamen zwei weitere Zeilen dazu, dann war es eine halbe Seite. Man konnte sagen, es habe angefangen, etwas besser zu gehen.

Der Lehrer erklärte die neue Lektion, der Rekonvaleszent schrieb weiter an der alten Klausur. Das Gemurmel in seinem Rücken kündigte keine Gefahr an. Die Stimme des Hünen platzte plötzlich völlig überraschend heraus, als beeilte sie sich, ihr Opfer einzuholen. Die Stimme zersprang. Eine zerfetzte Stille legte sich über die erstarrte Klasse.

Er schreibt ab, sehen Sie nur, wie er abschreibt, schrie der Klassenlümmel.

Der Lehrer hielt inne, beugte sich über die Bank des Beschuldigten. Er saß in der ersten Bank. Er mußte das geöffnete und arg mitgenommene Botanikbuch unter dem Pult hervorziehen. Der Lehrer sah den Schuldigen an, dann auf das Buch, auf die Zeichnung in der Mitte der Seite. Unter dem linken Revers seines Sakkos zog er den roten Kopierstift hervor. Kräftig aufdrückend machte er ein großes Zeichen über die beschriebene Heftseite. Das Buch legte er auf das Katheder.

Und jetzt schreibst du weiter.

Wände und Decke wurden schaumig ... Wieder sah er sich, wie er zum ersten Mal die Klasse mit den unbekannten Schülern betrat. Es war den Eltern gelungen, ihn in die Parallelklasse wechseln zu lassen, man hatte ihm versichert, hier würde er den Einschüchterungen durch die bösartigen Kameraden ebenso entzogen sein wie den beschränkten Lehrern. Sie hatten ihn lange genug gequält. Doch dieser Wechsel verstörte ihn, es gab überhaupt keinen Grund für die Hoffnung, daß die neue Umgebung besser sei.

Er wurde ohne Feindseligkeit und ohne Sympathie aufgenommen. Eher noch mit Zurückhaltung. Einer einigermaßen nützlichen Erwartung. So hatte er Zeit, seine Kräfte für einen Neuanfang zu sammeln. Einige Tage nachdem er angekommen war, wurde er aufgefordert vorzulesen. Er stand auf. Zögerte. Auch diese Unbekannten bargen noch die gleiche Boshaftigkeit, gewiß, eine Art wütende Raserei, die bald ausbrechen würde, er wußte es, sie würde, wie es schon einmal geschehen war, auch die Lehrer erfassen, die Dienstfrauen, den Pförtner und die Eltern, die ihm alle wieder beweisen wollten, daß er zu schwach war, um sich gegen sie aufzulehnen.

Er hob das Buch hoch, hatte es noch nicht vor den Augen. Hörte das Geflüster. Er sah die Buchstaben nicht, begann zu lesen. Das Gemurmel verstummte. Dann erstarrten sie. Seine Stimme hatte sich von ihm losgelöst, sie klang fremd, kräftig, beherrschte den Raum. Er setzte sich. War erschlagen, hielt den Blick in die Buchseiten versenkt. Schweigen herrschte, doch nein, etwas anderes, etwas Vollkommenes. Verblüffung, Aufregung, etwas, dem sie nicht entkommen konnten. Nach längerer Zeit erst erhob er den Blick und sah zum Katheder hin. Die Lehrerin lächelte. Sie war bleich, aber sie lächelte sanft.

Du hast sehr gut gelesen. Ich wußte nicht, daß du das R rollst.

Nannte man das so? Sie hatten ihn so oft schon mit dem Löffelchen unter der Zunge gequält. Er hätte nicht geglaubt, daß es ihm endlich gelungen sein sollte, jenen Buchstaben hervorzubringen, aber vielleicht hatte er ihn ja auch nur verdeckt, ihn unter die anderen gemengt und mit ihnen ausgeschüttet.

Sie beobachteten ihn weiterhin aus der Ferne, waren verlegen, vorerst noch unvorbereitet, wußten nicht, wie sie ihm begegnen sollten. Der Neue kam wieder zu Kräften, setzte sich an die Spitze, aber sie fochten ihn nicht an, er hatte sich zurückhaltend gegeben, war ein guter und sanfter Kamerad. Alles begann unerwartet gut zu gehen, dann kam die Krankheit, und er fehlte lange. Er mußte die versäumten Klassenarbeiten nachholen. Die Lehrer schienen gewohnt, ihn an der Spitze zu wissen, waren nun, möglicherweise auch wegen der langen Krankheit, nachsichtig mit ihm.

…In der Pause nach der Klausur betrachtete er lange die weiße Wand und die Decke des Raumes, erinnerte sich an die Veränderung, die er nach dem Wechsel in die neue Klasse erreicht hatte. Die Rückkehr zu ihnen erwies sich eher als ein Neuanfang. Aber der Zwischenfall während der Klausur brauchte nicht übertrieben zu werden; vielleicht beeinflußte er das günstige Schicksal nicht.

Nach der Turnstunde hatte alles ein anderes Gewicht bekommen. Es schien, als käme auch der kleinsten Einzelheit Bedeutung zu. Während der Stunde glänzte der Verräter an allen Geräten, bei allen Spielen, war ein schneller Flegel, frech und durchsetzungsfähig. Eine Art bösartige und rachsüchtige Verbissenheit feuerte den Eifer des Nachzüglers an. Die Klasse spürte es, doch sie widersetzte sich nicht. Ausgerechnet jetzt waren seine Bewegungen ungeschickter denn je. Beschämt verließ er den Turnsaal vor der Zeit, schlich sich in den Umkleideraum. Von dort in die Klasse, wo er merkte, daß seine Füllfeder fehlte. Erst nach langen drängenden Bitten hatte man ihm die Füllfeder geliehen. Er wird sie verlieren, er ist viel zu zerstreut, ich kenne ihn. Doch die Frau hatte ihre Stimme gesenkt, während die Bitten, zu denen sich noch ein komplizenhafter Großmut gesellte, dazu führten, daß der Besitzer schließlich dem Verlangen entsprochen hatte, doch vor allem deshalb, weil es sich um einen Kranken handelte, der noch nicht wieder voll genesen war. Der Mann hatte tatsächlich mit den Schultern gezuckt, gelangweilt nachgegeben.

… Er hatte diesen trügerischen Tag unbesorgt begonnen. Jetzt aber erforschte er nicht mehr alle Bewegungen seiner Mitschüler, hatte er nicht mehr die Hoffnung, den Sinn jenes ersten Gongschlags, dem er in der Botanikstunde ausgesetzt war, zu begreifen, die darauf folgenden Zeichen des Zusammenbruchs. Er betrachtete das braune Pult des Katheders. Isoliert von den anderen, sah er sie nicht mehr. Bloß das braune und weiche Pult, das sich wie Melasse wellte. Bald sollte die Durchsuchung folgen. Aus den letzten Bankreihen hörte man aufgeregte Stimmen. Alle müssen durchsucht werden.

Wen meinten sie wohl? Der Lärm klang wie eine Provokation. Als wüßten sie etwas, oder als heckten sie etwas aus. Vielleicht meinten sie ihn. Vielleicht hatte er nicht aufmerksam genug die Hefte überprüft, die Mantel- und Anzugtaschen, die Ecken und Winkel seiner Schultasche. Er wird die Füllfeder, wer weiß wie, verkramt haben, sie werden sie bei ihm selbst finden. Zu schnell hatten Angst und Scham ihn befallen; so geschah es häufig. Er war sich überhaupt nicht sicher, aufmerksam genug alles untersucht zu haben. Obzwar er, nachdem er aus dem Umkleideraum gekommen war, mehrfach alles durchgesehen hatte. Dann, bevor er sich entschloß zu reden, hatte er noch einmal alles durchsucht. Vielleicht hatte sie sich irgendwohin verirrt, wer konnte denn schon wissen, wie. Alle Kräfte verließen ihn, er traute sich nicht, sich zu rühren.

Sie würden ihn entlarven, er wurde sich dessen immer sicherer. Sie werden die Füllfeder bei ihm finden, vielleicht hatte er sie aus Schusseligkeit irgendwo vergessen, sie nicht gesehen, oder aber – eher noch das – der durch die Folgen seiner Tat erschrockene Täter hatte sie ihm unbemerkt zugesteckt.

Zuerst würden sie den unentdeckten Dieb auffordern, seine Tat einzugestehen. Selbstverständlich, indem sie ihm Vergebung versprachen. Sie würden den Vorschlag einmal wiederholen, ein zweites Mal, mit der Durchsuchung drohen und damit, alle bis zum Abend im Klassenraum einzusperren, bis zum nächsten Tag. Sie würden verschiedene Möglichkeiten für die Rückgabe der Füllfeder vorschlagen. Der Klassenlehrer würde den Raum verlassen, alle die Augen schließen, und der Schuldige die Füllfeder aufs Katheder legen. Stunden würden so vergehen, die Qual sich in die Länge ziehen. Hungrig und müde würden sie immer bösartiger werden, rücksichtsloser, alle von leidenschaftlichem Haß und von Zerstörungswut erfaßt werden. Er selbst würde ebenfalls immer hungriger werden, erschöpft, freudig verzichten wollen, alles zugeben, wenn es nur ein Ende fände.

Die Füllfeder wird sicher bei ihm gefunden werden. Irgendwo in einem Heft oder im Winkel einer Tasche. Irgendwie vergessen. Vom Täter heimlich hineingesteckt. Der Elende hat es zweifellos gut arrangiert.

Er fühlte sich schon von vornherein schuldig, war überhaupt nicht mehr sicher, daß die Füllfeder fehlte. Er hätte seine Beschwerde wieder zurückgezogen, wenn dies möglich gewesen wäre. Auch er selbst hätte sich liebend gerne zurückgezogen, wäre gerne für einige Zeit aus ihrer Mitte verschwunden. Der Tag des Bruchs, daran war nicht mehr zu zweifeln. Kein Weg führte mehr zu ihnen zurück, auch in der Zukunft nicht. Nun hatte er seine Ruhe, mußte die Annehmlichkeiten des Erfolgs – ein kurzer Genuß – verzehnfacht zurückzahlen. Er konnte sich nicht mehr beherrschen. Wußte, daß alles ein hinterlistiges, grausames Spiel war.

Oder aber die Füllfeder wird nie mehr gefunden, ist rechtzeitig vom Dieb gut versteckt worden.

Der Tag würde stürmisch enden, die Klasse in Flammen aufgehen, aufgewühlt werden von Wut und Geschrei. Er würde auf die Freude und die Überraschung warten müssen, denen diese Ungerechtigkeiten vorausgingen, die sie ankündigten. Lange genug hatten sie sich durch seine falsche Selbstsicherheit täuschen lassen. Aus Naivität hatten sie ihn an ihrer Spitze geduldet. Endlich würde er entlarvt werden und bestraft. Wird man die Füllfeder finden, der Dieb und der Geschädigte ein und dieselbe Person sein? Ihm würde heimgezahlt werden, nicht wahr? Ständig verwirklichte sich so etwas wie Kompensation, Gleichgewicht. Wie schwarz der Tag schließlich auch werden sollte, er wird seinen dunklen Zeichen Glauben schenken, die für viel später eine noch unbekannte Freude ankündigten und damit alles wieder ausglichen.

Er suchte und fand die Geduld, alles, was nach diesem Schrecken folgen sollte, freudig zu erwarten. Die Geschenke, mit denen er irgendwann einmal belohnt werden würde. Vielleicht wird es das gleiche Vergnügen sein, das der Dieb verspürte, als er ihn beim Abschreiben verraten hat, mit dem Finger auf ihn wies, als er ihm danach die Füllfeder klaute. Vielleicht wird sich eine ähnlich ungewöhnliche Wiedergutmachung anbieten – ein Vergnügen, das auch andere bei solchen Gelegenheiten schon verlockt hatte und das sie genossen. Es gab keinen Grund, erschrocken davonzurennen, sich zu verkriechen.

Dieb, Nichtsnutz, den man in die letzten Bankreihen verbannt hatte … vielleicht bestand ja noch die Chance, sich vollkommen zufrieden zu fühlen.

Er blickte nach wie vor auf die gleiche Stelle, auf das Pult. War isoliert von den anderen, geschützt. Doch die Schläge waren nicht mehr zu vermeiden. Er war entlarvt worden, würde seine Strafe bekommen. War schuldig, gewiß, doch hatte er die passenden Gedanken gefunden, den Mut, die Folgen zu akzeptieren.

Die Glocke läutete, und er lächelte immer noch. Der Klang zog sich lange hin, war ohrenbetäubend. Sie kündigten die Durchsuchung an. Es wurde still. Er fühlte seine feuchten Schläfen, spürte, wie seine Hände zitterten. Seine Wangen glühten vor Scham. Langsam hob er seinen großen, schuldigen, ruhigen Blick.

DER UNFALL

Bis zur Ankunft des Arztes hatten die Schmerzen sich
verborgen gehalten. Ausgestreckt auf dem Ledersofa lie-
gend, wagte er keine Bewegung mehr, wollte den Waf-
fenstillstand nicht brechen. Ständig blinzelte er, betrachtete die weiß lackierte Tür und die Wände, die sich wie
durchgelegene Leintücher bogen.

Dann war die Schwester eingetreten, er schloß, vom
Spiel der roten Glasperlen betäubt, die Augen. Die Leere
hielt an, weiß erstarrte das Zimmer. Das Weiß hatte die
Liege verschluckt, den Tisch, den Kleiderrechen; nun
klapperten keine Nadeln mehr, keine Scheren, Messer
und Pinzetten. Auch der Wasserhahn war zugedreht
worden, die Absätze hämmerten nicht mehr auf dem
Mosaik. Bloß die blutfarbenen Perlen waren übriggeblieben und das schwarze Telefon, ein jetzt erstarrtes riesiges
Ungeheuer, über das sich dicht und schwer die Stille her-
absenkte.

Es war spät, als ihn jemandes Weinen erreichte. Die
Tür war möglicherweise weit geöffnet worden. Vielleicht war dabei der Arzt hereingekommen und – für
einen Augenblick – die Unruhe vom Flur. Durch die halb
geöffneten Augenlider sah er jedoch nichts als die
geschlossene Tür, ein ölig glänzendes Viereck in der
gekalkten Wand. Es blieb keine Zeit mehr, der weiße Kit-
tel schwebte über ihm, er versuchte, den Kopf zur Zim-

81

merdecke hin zu erheben, die sich verengte, wogte, Falten warf ... und das Messer glitt tief hinein, bis auf den Knochen. Plötzlich aber zerriß der Schrei die weißen Schleier der Wände, zerfetzte sie in unzählige Streifen. Es war ein schneller Schlag, wie vor langer Zeit ... als der Kopf und der Rumpf des Huhns sich mit hohen Blutstrahlen, zuckend und zappelnd immer weiter voneinander entfernten. Lange hörte er nichts mehr als das wilde Lachen jenes fremden Kindes, das um das geköpfte Huhn herumtanzte.

So daß er den Arzt nicht sah. Auch dann nicht, als der Verband die ersten Male gewechselt wurde und er noch zu angespannt und abwesend war. Später erst sah er ihn, verstand jedoch nicht, warum er ihn nach den Behandlungen zu immer ausgedehnteren Gesprächen zurückhielt, sich vom Aufruhr jener, die darauf warteten, selber an die Reihe zu kommen, nicht beeindrucken ließ. Die Tatsache, daß er keine Kinder hatte, konnte kein hinreichender Grund sein, es überzeugte ihn nicht. Auch die Neugierde konnte es nicht sein, die durch die Visitenkarte ausgelöst worden war, welche die Eltern noch vor der Operation eilig vorgezeigt hatten, um sicher zu gehen, daß ihr wertvoller Sprößling mit der größtmöglichen Sorgfalt behandelt wird. Werde ich nun für den Rest meines Lebens hinken? Gibt er sich deshalb so freundschaftlich?

Es war keinesfalls auszuschließen. Der Stein war tief ins Kniegelenk eingedrungen; es war ein gewaltiger Aufprall. Im Jauchzen der Hochzeitsgesellschaft, die von der zu erwartenden Kehre schon berauscht war, hatte der Zweispänner sich viel zu weit nach links geneigt. Die Pferde waren nicht mehr zu beherrschen, sie rasten noch schneller dahin, die Zügel entglitten, sie flogen durch die

Luft, er konnte den blauen Himmel noch sehen, den milchigen Himmel, den schwarze Bänder schraffierten. Die Kutsche war blitzartig nach links hin umgekippt, hatte alle Omas über dem am Rande sitzenden Jungen abgeladen. Dann gab es nichts mehr als ein ohrenbetäubendes Schnattern, bis sie all ihre Röcke geschüttelt und gezählt hatten, um festzustellen, daß ihnen – eine über die andere gepfercht und den Jungen zuunterst erdrückend – nichts passiert war. Spät erst erinnerten sie sich an ihn und befreiten ihn entsetzt. Er stöhnte, war am Ende. Sie erschauerten in einer vollkommenen Stille. Bloß noch die Hufe waren zu hören, die ins Pflaster bissen, das stolze Wiehern der Pferde, die sich befreit entfernten, den Schlaf der Straße zerschlugen, das träge Dösen der Dämmerung, die den Morgen heranführte.

Siehst du, er wollte nicht mit uns kommen. Er wäre besser zu Hause geblieben. Tatsächlich, er wäre lieber zu Hause geblieben. Er wäre auch alleine zurechtgekommen, hatte keinen Wert darauf gelegt, seine Frühjahrsferien in einer fremden Stadt beginnen zu lassen, selbst wenn sie den Ort pompös als das »Sinaia der Moldau« bezeichneten. Ebensowenig wollte er an der Hochzeit der liebsten Cousine teilnehmen, zumal unter Fremden! Wenn es wenigstens die Kleine gewesen wäre, die Schwester der Braut, die, so kleinmädchenhaft und flegelhaft sie auch noch war, zwei Jahre jünger als er selbst, sich schon wie eine Primadonna aufführte.

Wir hätten ihn nicht in der Kutsche mitnehmen sollen. Auch ohne ihn waren wir schon zu viele. Es wäre besser gewesen, ihm diesen Gefallen nicht zu tun. Er hatte tatsächlich darauf bestanden, die Aufregung, die alle erfaßt hatte, hatte auch ihn wachgerüttelt. Vor allem als er sah, wie sie auch den Kutscher wegschickten, damit sie die Pferde lenken konnten, sie aber waren besoffen und die Pferde stark und launenhaft. Das, ja, es war das einzige Abenteuer jener langweiligen verpfuschten Nacht voller Lärm und verschwitzter Leute. So daß er jedweden Platz akzeptierte, an den Rand gedrängt wurde von den dicken Alten, die sich durch diese Laune, die triumphal die Miesepetrigkeit der Nacht beenden und den stürmischen Eintritt in einen neuen Tag anzeigen sollte, alle gleichzeitig erhitzen und erfrischend abkühlen wollten.

Er blieb bloß einen Tag im Bett liegen. Dann wurde er, an beiden Armen gestützt, zum Verbandswechsel gebracht. Wegen des Unfalls hatten auch die Eltern die Heimreise verschoben. Bald aber begleiteten sie ihn bloß noch, hielten ihn nur manchmal noch an einem Arm fest. Der andere stützte sich auf einen Stock. Am Nachmittag machte er einige leichte gymnastische Übungen und kurze Spaziergänge, die er, wie es ihm empfohlen worden war, öfter wiederholte. Die Beziehung zu dem Arzt hatte freundschaftlich begonnen und wurde immer enger. Ein untersetzter Mann, dicklich, Brillenträger, angenehme Stimme, leicht ergraute Schläfen, sehr elegant.

Die Gespräche verblieben in der gleichen Tonlage, waren diskret, ernsthaft. Es bestand keine Gefahr, daß der Arzt sich etwa wie ein Dummkopf wundern, daß er lachen und schwatzen würde. Er hatte Vertrauen zu dem Arzt gewonnen. War er tatsächlich sein Freund, so würde er es durch eine aufrichtige männliche Antwort beweisen. Doch noch hatte er nicht den Mut, ihm die entscheidende Frage zu stellen. Er wartete auf den Tag, da er ohne Begleitung zum Spital kommen konnte. Wünschte sich, ihn dann gut aufgelegt anzutreffen, daß er vorbereitet wäre auf das, was er ihm zu sagen hatte. Selbstverständlich würde er dann nicht mehr bloß einen sympathischen Patienten vor sich haben, sondern einen, der es wie ein Erwachsener erträgt, ernsthaft behandelt zu werden. Selbst für den Anfang, zur Einleitung, brauchte nun nicht mehr von Filmen oder Büchern geredet zu werden. Der Arzt würde verstehen, daß er jetzt viel weiter würde gehen können, es war seine Pflicht. Sein Gesicht müßte sofort anzeigen, daß er verstanden und den ungewöhnlichen Charakter der Situation akzeptiert hatte.

Doch die erwartete Gelegenheit wollte sich nicht einstellen. Obzwar er schon seit einigen Tagen ohne Begleitung zur Behandlung kam. Die Abreise war auf Samstag nachmittag festgelegt worden. Er hatte sich am Mittwoch und auch am Donnerstag vorbereitet. Immer kam etwas anderes dazwischen, auch wuselte die Schwester immer um sie herum. Zu häufig wiederholten die Eltern, als hätten sie etwas geahnt, daß die letzten Röntgenaufnahmen die vorherigen bestätigten. Sie versicherten ihm, er werde schnell geheilt, in einer Woche könne er auch den Stock schon weglegen.

Am Freitag hatte er es schlicht und einfach dumm vertan, vor allem, da der Arzt das Gespräch länger als sonst hinausgedehnt hatte, ihn fragte, ob er ihm schreiben wolle, ob er von ihm einige Bücher bekommen wolle, von denen er ihm erzählt hatte. Er hatte den günstigen Augenblick nicht getroffen, konnte nicht, wie es nötig gewesen wäre, unvermittelt beginnen und damit das Warten beenden.

Der Vorwurf des Arztes hallte in seinen Ohren wider. »Mich stört bloß, daß du allzusehr Erster sein willst, verdächtig!« hatte er gesagt. Er aber errötete, als wäre er

geohrfeigt worden; er brachte kein Wort mehr heraus.
»Diese Typen kann ich nicht ausstehen«, hatte der Arzt
erbarmungslos hinzugefügt, als verstünde er die gerade
entstandene Stille nicht. Vielleicht hätte er sich an diesen
Knoten klammern, daraus das Gespräch ableiten sollen,
auf das er sich vorbereitet hatte.

Am Samstag vormittag war er früh aufgestanden, er
war unruhig. Viel früher als nötig war er zum Spital aufgebrochen. Damit er langsam gehen könne, Zeit habe,
sich noch einmal alles zurechtzulegen. Es war der letzte
Tag seines Aufenthaltes im sauberen und fremden Städtchen zwischen den Bergen.

Der Arzt sollte erfahren, daß die Situation in der letzten Zeit und ganz besonders vor diesen unglückseligen
Frühjahrsferien viel unsympathischer geworden war. So
daß der Schuldige tatsächlich alle Verachtung verdiente.
Er war nicht bloß darin erster, wo er sich als der Beste
erwiesen hatte, sondern hatte sich auch dort an die
Spitze gesetzt, wo es ihm nicht zukam! Die Leistungen
im Lernen, die Aktivitäten, nun ja … aber warum war er
dazu bereit, auch den Chor zu dirigieren, wo er doch
unmusikalisch war? Warum hatte er es akzeptiert, Kapi-
tän der Volleyballmannschaft zu sein, wenn doch alle
wußten, daß er dazu überhaupt nicht geeignet war? Die
Exkursionen anzuführen, obzwar er doch so schnell
ermüdete? Weil, weil … ja, dies entsprach der Wahrheit:
nur so fühlte er sich etwas sicherer.

Die Vergangenheit, von der alle wie von etwas Ver-
schwundenem sprachen, befand sich tatsächlich lediglich einen Schritt weit hinter ihm, sie hätte ihn und die
Seinen einholen und – er spürte es – jeden Augenblick
von neuem verschlingen können. Dort war ihm alles
gefestigt und dauerhaft vorgekommen. Der Haß, die

Drohungen, die Angst, die Strafen und der Hunger enthielten etwas Starkes, Endgültiges. Die Veränderung
hatte ihn erschreckt, er tauchte weg, damit man ihn
nicht unter jenen entdecke, die es sich zu früh in der
Überraschung dieser scheinbar zerbrechlichen Gegenwart wohlergehen ließen, die sich jederzeit auflösen
konnte. Erst nach einiger Zeit traute er sich, langsam wieder an die Oberfläche zu kommen. Wollte mal sehen, es
mal probieren. Vielleicht würde der Arzt verstehen,
warum auch er sich begierig und schüchtern auf die
Rennbahn begeben hatte. Warum er versucht hatte,
anerkannt zu werden, den Beweis erhalten wollte, daß es
ihn gab. Zu schnell war ihm alles gelungen, scheinbar
ohne Anstrengung, die Vergangenheit hatte ihn gelehrt,
daß alles perfekt getan werden müsse, nur so hatte man
eine Chance. War man in der Lage, alle Strafen anzuneh-
men und zu erfüllen, so konnte man sie vielleicht über-
stehen ... dies war das Gesetz, nur die blieben übrig, die
alles bis zum Ende brachten. Wenn man alles bekommen
konnte, auch das, was man nicht verdient hatte, konnte
man dann jederzeit auch das verlieren, was durch Ver-
dienste erworben schien?

Würde sich herausstellen, daß es ihn gar nicht gab,
daß er sich bloß in sich selbst eingeschlichen hatte, wie
ein Besucher, den man hinauswerfen mußte, den man
beseitigen, in seine Ecke verweisen, vernichten mußte?
So war es auch, er war fremd, man belauerte ihn,
bedrohte ihn.

Er hatte nicht die Kraft, sich seiner Errungenschaften
ständig durch Fleiß zu versichern. Zu schwach, das
wußte er, würde er auf die Dauer nicht mithalten können. Er würde ermüden, zurückbleiben, sich verirren
und verlorengehen. Die Erfolge sicherten ihm jedoch

längere Ruheperioden, etwas Stabilität. Als wäre die Realität leichter aufrechtzuerhalten, wenn man sie in immer mehr Beziehungen verknüpft und einfängt.

Gewiß, er hätte dem Arzt nicht zu verschweigen brauchen, daß er, obzwar er diese Beweise nötig hatte, sie auch bezweifelte. Fortwährend erwartete er, daß das Gewebe irgendwo reiße und der freie Fall beginne. Zu hinken, war nichts besonders Großartiges. Es war im Gegenteil eine Tatsächlichkeit, etwas Wahres ... ein recht annehmbarer Preis, wenn sich so die Gegenwart bestätigte, konkret wurde, wenn man ihr glauben konnte, daß sie andauert.

»Dies würde lediglich beweisen, daß ... «, murmelte er beinahe, als er die Treppe hochstieg und die Aktentasche des entgegenkommenden Alten ihn anstieß.

»Sie achten nicht einmal mehr auf ... «

»Ach, verzeih, mein Junge, ich habe nicht gesehen, daß du am Stock gehst.« Der rundliche Alte hastete dem Stock hinterher, der einige Stufen hinabgerollt war, kam wieder, händigte ihn dem Behinderten aus und stützte ihn, bis sie in der ersten Etage ankamen, obwohl es nicht nötig gewesen wäre.

Im Vorzimmer setzte er sich in Höhe des Behandlungszimmers auf die lange Bank. Noch kein einziger Patient war gekommen. Er wartete. Nach einiger Zeit kam die Schwester; sie sah ihn. Ein ungewöhnlich warmer Tag, als wäre der Sommer angebrochen, die Hitze war bis ins Gebäude hinein zu spüren.

»Der Arzt kommt heute nicht. Wenn du willst, wechsle ich dir den Verband. Außerdem ist es nicht mehr unbedingt notwendig.«

Er sah sie lange an, antwortete nicht.

»Als ich gestern wegging, sagte er mir, daß er heute nicht käme. Es vertritt ihn jemand anderes. Wenn du verbunden werden willst, kann ich … Der Herr Doktor kommt nicht«, wiederholte sie und sah ihm offen in die Augen.

Die Schwester ging ins Behandlungszimmer, er blieb allein auf der Bank zurück, wartete. Etwas später kamen noch einige Patienten.

Er erhob sich. Vorsichtig bewegte er den Türgriff; drückte ihn ein wenig nieder, die Unruhe des Flurs nahm ab, nur einen Augenblick noch, er konnte sich nicht mehr beherrschen, trat blitzschnell ein. Die Tür schloß sich, ein weißes, ölig glänzendes Viereck, sie verklebte dicht die gekalkten Wände. Am Tisch, über einen Stoß Papiere gebeugt, saß tatsächlich ein anderer Arzt. Er war jung, hatte dunkles, hoch zurückgekämmtes Haar und schwarze Augenbrauen, die sich unter der Stirn zu einem buschigen Bogen vereinten. Eine grünliche Füllfeder steckte in der oberen Tasche seines Kittels. Er schrieb, hatte ihn nicht gehört, und die Schwester befand sich möglicherweise im Hinterzimmer.

Er setzte sich auf die Liege. Betrachtete seine Arme, die gelbliche Haut im Umkreis der etwas lebendigeren rötlichen Stellen. Darunter stachen lang und dünn die Knochen. Im Spiegel über dem Waschbecken sah er seine Augen, die Ringe unter den Augen.

Folglich gibt es Konfrontationen, die man nicht hinauszögern darf. Am Donnerstag und am Freitag bestand noch eine Gelegenheit, eine Antwort zu bekommen, die Wirklichkeit festzuhalten, Vertrauen in sie zu gewinnen. Dieser Fremde, den er im Behandlungszimmer vorfand, konnte ihm jedoch keine Chance mehr bieten.

Andererseits, vielleicht war es besser so. Diese Versuche erschöpften ihn immer. Eine einzige Unstimmigkeit, das wußte er, reicht meistens aus ... zusätzliche Fragen tauchen auf, die Leere wird größer, das Interesse des Prüfers nimmt zu, während der sicher erreicht geglaubte Punkt immer schneller verschwimmt. Die Verbindungen werden schwächer, es ist unglaublich, wie unerwartet alles sich verkompliziert, das Feuer gewinnt an Treffsicherheit, die Müdigkeit zerstreut die Kräfte, du wirst zu einer durchsiebten, schwankenden Zielscheibe, bist bereit aufzugeben. Jetzt aber spürte er, daß er immer weiter zurückblieb, schwer wieder heranzuführen war.

Durch das Fenster sah er den blauen Himmel, den Vögel durchschnitten. Kurze Schleifen, lange Bögen, die keinen anderen Sinn hatten als den Flug. Ein beruhigender Anblick, so findest du deinen geringen Platz wieder, bist ein glückliches Insekt, das nach Zeit dürstet.

Er erschrak. Die Sirene des Rettungswagens ließ die Fensterscheiben erzittern. Doch der junge Arzt bewegte sich nicht, er schrieb weiter. Auch dann nicht, als man aus dem Innenhof das laute Motorengeräusch hörte.

Er schwieg, knetete seine Hände. Mit dem Finger strich er über seinen mittleren Hemdknopf. Noch einmal, immer und immer wieder. Die andere Handfläche ruhte unter dem Kinn.

Unter der Oberfläche vibrierte eine unerhörte Aufregung. Er hatte sich darauf vorbereitet, innerhalb der Grenzen der Glaubwürdigkeit so viel zu erklären, wie notwendig war, damit man ihm Glauben schenkte und er auch ihnen die Wahrheit entlocken könne. Nicht einmal Übertreibungen – lediglich besonders zugespitzte Momente hatte er in Betracht gezogen, die er kreisförmig aneinandergereiht hatte, darüber ein weiterer Bogen, noch einer, Kreise der Panik, die sich auftürmten und durch die – er spürte es – die Spannung des Todes zog. Er hätte sich quälen, sich verdächtigen lassen, sie gezwungen, ihm zuzuhören, nachzugeben. Wenn man sich's recht überlegt, merkt man, daß die Situationen jeweils wegen einer Nichtigkeit komplizierter werden oder einfacher. Das Urteil hängt oftmals von einem Moment ab, dieser Samstag beispielsweise bestätigt, daß eine Kleinigkeit alles umwälzt und ins Gegenteil verkehrt. Doch er schien bereit zu vergessen, daß jener Arzt ihn vorzeitig verlassen hatte. Hätte der Fremde vor ihm ihn etwas gefragt, so hätte er möglicherweise sofort so geantwortet, wie er es vorbereitet hatte: klar, überrascht, so als hätte man ihn plötzlich der Ferne entrissen. Seine Lippen bewegten sich, tief in seinem Inneren kämpften die Wörter, sie erhoben sich schwerfällig, waren bald ein verzweifeltes Gemurmel.

Man hörte, wie der Rettungswagen im Hof anfuhr. Wieder schreckte er hoch, lächelte, die Anspannung war verflogen. Alles schien zu verlöschen, es rückte ihn wieder in die Ferne. Die Vergangenheit empfing ihn zwischen ihren schweren Rädern mit den kleinen scharfen Zähnen, er erkannte ihr gemächliches und ausdauernd hartnäckiges Dröhnen. Jener schwere, Sicherheit versprechende Druck war ihm vertraut. Jetzt fand er auch die Ruhe des sauber geweißten Zimmers wieder ... nun mußte nur noch der blasse Junge von früher auftauchen und – wie damals in dem Raum, wo die Selektion stattfand – darauf warten, daß er an die Reihe käme.

...Alle sollten sie untersucht werden, die Kinder ebenso wie die Alten. Wenige Überlebende. Erschöpft. Man mußte sie geduldig pflegen, denn sie hatten einen langen Weg bis dorthin zurückzulegen, von wo man sie weggerissen hatte und wo sie niemand mehr erwartete. Wohlüberlegte Maßnahmen für jeden. Sie sollten erst einmal zu sich kommen, dann nach und nach alle Phasen der Rückkehr in die Wirklichkeit durchlaufen. Die Unglückseligen aber brachten jeden Versuch, sie zu retten, in ein heilloses Durcheinander. Sie wollten gesünder erscheinen als sie waren. Hatten kein Vertrauen. Benutzten alle Tricks, mit denen es ihnen bis vor kurzem gelungen war, nicht unter jene eingereiht zu werden, die man nicht mehr gebrauchen konnte, die zu opfern waren.

Also wird sich die Tür so weit öffnen, daß sein schmaler Körper von früher sich hereinschieben kann, einen Augenblick lang wird sie offen stehen, ausreichend, um den Lärm des Wartesaals zu zerstreuen und alles sich an seinen Platz zurückdrehen zu lassen, die Stille, in der er schweigsam Schritt für Schritt voranging, ein Schritt noch bis zur Tür, vor der er starr stehen bleibt, die Hände, wie man es ihm angewöhnt hatte, zur Kontrolle vorzeigend. Er würde die Liege nicht sehen, das Waschbecken nicht, die Instrumente nicht und nicht das Telefon, würde abwesend den Tätigkeiten der Krankenschwester begegnen, die seine Augen weit öffnen würde, seine Schläfen untersuchen, die Ohren, die Knie abmessen und daran herumhämmern, um seine Reaktionen zu prüfen, die Reflexe. Angespannt jedoch abwesend, achtete er lediglich auf einen inneren Rhythmus, ein Gebet oder ein schlichter Satz – es beherrschte ihn, schirmte ihn von allem anderen ab.

Sie werden ihn ausziehen, wiegen und abmessen, mit der Handfläche wird die Schwester seine blasse Stirn betasten, dann erst wird er aufschrecken. Momente der Schüchternheit, einmal, wenn alles lebendig wird und wirklich, dann lohnt es, sie zu bewahren. Er war noch ein

Kind, als er an einem Samstag abend bei den Mädchen zu Besuch war, die seine Cousinen werden sollten ... trübe und verworrene Zustände, die sein Werden vorbereiteten, das Rätsel der Großen, die sich ihre zarten Liebesgesten inszenierten ... er hatte ihren Wörtern aufgelauert, dem Flüstern, fühlte Schuld, während sich ihm allmählich das Spiel enthüllte.

War – vielleicht seit damals – der Zuschauer seines eigenen Zögerns. Eher aber handelte es sich um Erinnerungen, die von der Zeit gefälscht worden waren. Er hatte die Tüte für sich selbst gekauft. Billige Bonbons für einen Leu, eine schmutzige Tüte. Im fremden Haus angekommen und sofort solidarisch an die Seite der Aufgeregtheiten gerückt, die in der Luft schwebten, streckte er, ohne sich dessen bewußt zu sein, die Bonbons dem kleinen Mädchen hin, das er nicht liebte. Bloß um irgendwie dem Druck zu entkommen, der ringsum herrschte. Sie aber glaubte, er habe sie alle für sie alleine gebracht, nahm die Tüte und drückte ihm lange und seltsam die Hand. Ein warmer feuchter Druck, der sich wie jene Hand auf der Stirn anfühlte ... Vorkommnisse aus einer anderen Welt, die niemandem mehr angehörten.

Ins Gespräch mit dem Offizier vertieft, konnte die Krankenschwester es nicht merken. Sie hatte die Hand auf der Stirn des Jungen vergessen. Die dünne Haut der Vergangenheit, gewiß, eine Verstärkung des Schwindelgefühls ... die weiche süße Hand.

Die elende Tüte und die billigen Bonbons hätten die Gastgeber beleidigt. Er hatte sie bloß für sich selbst gekauft, hatte eigentlich nur einen Bonbon angeboten. Sein unschickliches Benehmen störte die Vorstellung, die der junge Onkel mit so viel Phantasie leitete. Er wurde bleich, ein böser Junge, schlecht erzogen, seit damals fürchtete er, daß man ihn in die Ecken stoßen und verlassen würde.

Der Augenblick kehrte lebendig wieder, im Rückenmark spürte er den Stich der damaligen Aufregung, seine Ohren glühten, ein Rauschen wild und irr gewordener Wasser, bis er sich dem Mädchen wieder genähert hatte und ihr, einen Moment lang ihren Rock berührend, befahl: »Nimm bloß einen.«

Die Krankenschwester wird, ganz dem Soldaten zugewandt, die Hand auf der Stirn des Jungen vergessen … der Zauber jener lange schon vergangenen Vorkommnisse, die Unstimmigkeiten der Schüchternheit werden anstürmen, werden jedoch entfremdet sein, jemand anderem angehören … bis die Frau plötzlich unter ihrer Hand die feucht gewordene, warme Haut spürte. Sie würde sich zu ihm hin umdrehen, seine weißen, abgezehrten und schwitzenden Wangen entdecken, sein Kopf würde plötzlich vor Fieber glühen. Selbstverständlich würden sie ihn entdecken: Er wird krank sein, am Ende. Er würde ihnen nicht mehr entkommen, sie würden ihn in die Ecke stoßen. Alles wegen einer Kleinigkeit, wie üblich … Erinnerungen, die nicht mehr ihm gehörten.

Der Rettungswagen fuhr gerade, von den Schreien jener auf dem Hof begleitet, zum Tor hinaus. Der Unbekannte am Tisch hat endlich den Blick gehoben. Als hätte er etwas gespürt. Er sah ihn, ihre Blicke begegneten einander, der Fremde schien bereit, sich vom Stuhl zu erheben, zu ihm zu kommen, doch die Schwester kam herein.

Die Frau lächelte ihm wie einem alten Bekannten zu, machte dem Arzt mit der Hand ein Zeichen, er möge sich nicht stören lassen, sie würde schon alleine zurechtkommen. Sie setzte sich neben ihn auf die Ecke der Liege, die zum Tisch hin ragte. Sie tastete sein verbundenes Knie ab, hob sein Bein, legte es sich über ihr Knie in den Schoß. Sie beugte sich herab, löste die Manschette, band alles wieder zu, als wäre alles in Ordnung, als hätte es keinen Sinn mehr, den Verband zu wechseln. Der Tag schien abgeschlossen, er hätte niemanden mehr etwas fragen wollen, auch keinen Grund gehabt, ihnen zu sagen, daß er sich alleine die Antwort gegeben hatte, die er benötigte, ihre Bestätigung war bedeutungslos geworden. Die Frau aber sah ihn weiterhin an, er wußte nicht, was sie in seinem Gesicht gesehen hatte, sie tastete seine Wangen ab, den Hals, die Stirne, den Arm, hatte sich noch näher zu ihm hin geneigt, als das schwarze Tier auf dem Tisch aufsprang. Erschrocken fuhr die Frau hoch, griff mit der Rechten nach dem Hörer, während die Linke immer noch seinen Arm drückte. Doch sie heiterte sich sofort auf, das Gespräch schien ihr zu gefallen. Sie bekam offenbar gute Nachrichten, lachte, gurrte immer lustiger, preßte ihre Lippen an die Muschel.

Sie schnatterte eifrig, ihr Lachen sollte bald den Kranz roter Weichseln über ihren dicken weißen Hals kullern lassen, der bebte, daß es die Wände erschütterte. Das Weiß des Raumes und die roten Perlen um den Hals des Huhns ... der weiße Himmel über dem weißen Haus des Bauern, wo sie mit den anderen Überlebenden übernachten wollten.

Wieder sollte ein neuer frischer Morgen anbrechen, wie damals, während des langen Marsches in die Heimat zurück, am Rande jenes fremden Dorfes, wo die Stille die Berge, Wälder und Häuser ausdünnte, sie aber die weit geöffnete Tür des Schuppens gesehen hatten, in den der Bauer seine Möbel hineingestopft hatte, den Leiterwagen, das Schwein, den Hund, die Lüster und das Geflügel. Noch nie hatte er ein Huhn in den Händen gehalten, hatte sich noch nie einem Hund genähert, die Katzen erschreckten ihn, er hatte keinen Blick für die Blumen.

Alles, was noch leben konnte, kam ihm unnatürlich vor, war ein Provisorium ... doch gab es einen wahren Augenblick: Die Unruhe schien sich zurückzuziehen, nur noch die kühle Luft war übriggeblieben, die gierig eingeatmet wurde, die Quelle sprudelte klar, die Freude ... als nah in ihrem Rücken das irre Lachen des Kindes erklang.

Wieder würde er sich erschrocken umdrehen, um in der Tür des Schuppens die Frau mit dem rostigen Beil in den Händen zu sehen, von dem das Blut tropfte. Das Kind ihres Wirts schüttelte sich besoffen vor Heiterkeit, hüpfte im gleichen Rhythmus mit dem getöteten Huhn: Hier zuckte der Kopf, dort der Körper, sie entfernten sich voneinander, beschrieben blutige Kreise.

Blond und schmutzig hampelte es laut und entzückt lachend um das geköpfte Huhn. Das Lachen schnitt in die Berge – ein immer wieder wiederholter Blitz von Vitalität und Grausamkeit. Der Kopf des Kindes hob sich kraushaarig und rot vor Zufriedenheit vom dunstigen Himmel ab.

Ein dünner Sommermorgen, der in Triumphschreie und Wohlgefallen auseinandergerissen worden war ... denn die Perlenkette war zerrissen, die Weichselkirschen waren durch die Gegend geflogen, die Frau am Hörer schüttelte sich immer noch, ihre laut lachend ausgesprochenen Gesundheitsglückwünsche schlugen gegen die Wände, alles sollte sich bald spurlos auflösen; als wäre es nie gewesen.

Er stand auf, stützte sich auf seinen Stock. Eilig, als hätte ihn bei größter Hitze ein Kälteeinbruch erwischt, knöpfte er den letzten Hemdknopf am Hals zu. Er zitterte, das Gezappele der Frau hatte ihn erschreckt. Die tatsächlichen und lebensvollen Handlungen der Menschen irritieren ihn, als wären es Chimären. Müde, vom Licht geblendet, stützte er sich mit seinem ganzen Gewicht auf den Stock. Er wollte die Invalidität so lange wie irgend möglich hinausschieben, die Stattlichkeit, die ihm der Stock verlieh, genießen. Um, sei es auch auf diese Weise, im Mittelpunkt der Aufmerksamkeit zu verbleiben, geschützt. Die Neugierde der anderen und ihre Sorge um ihn würden ihm zeigen, daß es ihn gab, und daß die Gegenwart real blieb, dauerhaft, daß sie auch ihn zuließ. Mit seinem ganzen Gewicht stützte er sich auf den Stock. Er wußte, daß er ihn schon sehr bald nicht mehr brauchen würde. Doch wollte er ihn noch viele Wochen benutzen, um seine Umgebung für ihn zu interessieren. Würdevoll, bleich, im Gang leicht nach links zum Stock hin sich neigend, schritt er voran. Distanziert belauerte er jedoch die Reaktionen der anderen. Schweigsam, ernsthaft bis zur Schwermütigkeit, war er gleichzeitig erpicht darauf, sich zu überzeugen, daß er gesehen wurde, daß er anwesend war, behütet mithin.

Er hatte einen Schritt auf die Tür zu gemacht. Verstand, so könnte man sagen, daß er das Abenteuer dieses Vormittags nicht mehr nötig hatte. Wieder war ein Versuch vorübergegangen; er lebte auf. Ohne Eile, auf Zehenspitzen, entfernte er sich, ein Gefangener, der weiß, daß er verfolgt wird und keine Aufmerksamkeit erregen darf. Der Erfolg würde sich, wenn man es am wenigsten erwartete, wegen einer Kleinigkeit umkehren und in sich zusammenfallen.

Geduld war erforderlich: vom Tisch bis zur Tür waren es nur noch wenige Schritte. Immer noch schüttelte sich die Frau in Lachkrämpfen; der Kopf neigte sich pendelnd auf die eine Seite, der Körper, davon scheinbar abgetrennt, auf die andere; die Wände bebten.

Mit jedem Schritt wurde das Zurückbleibende fremder, es gehörte, wie gewöhnlich, niemandem mehr an.

Der erste Sommertag, die Wärme ließ die Wände weiß erstrahlen. Er zog sich zurück, schlich sich hinaus, damit man ihn nicht vielleicht noch erblicke und zurückrufe, bevor er den kalten und festen Türgriff zwischen den Fingern spürte.

Eilig aber vorsichtig, damit er den weißen Fußboden nicht verletze. Eingeschränkt, plötzlich vorangetrieben, hinüber ... auf zerbrechliche Oberflächen zugleitend.

DIE PREMIERE

Weiß das Zimmer, alt. Ein verstummter Sommer. Lange und gläserne Nächte.

Der Fremde erforscht die nächtlichen Gezeiten. Im schwarzen Spiegel sieht er den lange zurückliegenden Aufbruch wieder. Den nicht gedeuteten Code, eingeschlossen in der Krypta eines anderen Alters.

Die Köpfe brüteten den betörenden Rausch der Hoffnung aus. Der Onkel eröffnete eine Kneipe, der Vetter organisierte Arbeiterchöre, der Nachbar kaufte sich Schafe, die Studentin war mit einem Krüppel durchgebrannt, von dem man sagte, er sei Morphinist. Das Nest lebte in einer Wolke; die Dämmerung versammelte wie in einem Trichter das Gebrodel der verrückten Projekte. Alles war möglich, so schien es jedenfalls; die sich ausdehnende Zeit brodelte. Der Anwalt hatte sich auf einer Entenjagd aus Versehen erschossen, der Besitzer der Herde war nach Amerika geflohen, der Apotheker hatte seine Frau mit seinem Bruder ertappt, der Sohn des Rabbiners hatte die Gewänder weggeworfen und war Weichensteller geworden. Kriegsversehrte, schwangere Schulmädchen, Gelehrte, die ihre Bibliotheken verleugneten, Kaufleute, die rote Banderolen flattern ließen, skandierende Hausfrauen, Asketen, die von den Glockentürmen herabweinten. Der Blick und die Arme geweitet, den Mond zu berühren ... Das Feenreich der

Unschuld, alle tanzten auf der Glut. Aus dem kochenden Kessel mit Kräutern und Giften ließ die Morgendämmerung die riesigen, knirschenden Flaschenzüge des Tages emporsteigen.

Graziös fotogene Schnappschüsse, die immer nebliger werden, wie die Jahre, in deren Ferne ich immer wieder verlösche: die Ehrungen am Jahresende, die Rede, die Fahne, die Trommeln, die Eide und Siege hämmern. Dann: die goldene Eiskugel, die berühmte *Eisbombe*,* die mir die Familie in der Konditorei Strauss anbot.

Ein Urlaub, ein anderer, das nächtliche Flimmern der Sequenzen, vergiftete Schlaflosigkeiten. Der dicke Bodensatz der Reife, der einen kleinen, vor Hochmut berauschten Wachsstummel wiederbelebt...

Wieder ein Urlaub, wieder das alte Zimmer. Die Stadt der Kindheit, die widerspenstige, umtriebige, ölige Vergangenheit, deren Widerschein von Ohnmachtsanfällen zerstückelt wird.

Räderhämmern, Hurrahrufe, der Lärm der Auferstehung, der einmal das Blut erhitzt und zur Eile gehetzt hatte. Der zugängliche Himmel, in dem ganz selten bloß die Einsamkeit einer neurasthenischen Violine blutend gellte. Eine stammelnde, hermetische Zeit, nicht begonnene Anfänge, Bilder, die vom Alter verschleiert werden.

Gewiß, ich habe sie nicht gesucht. Ich vermied es, sie wissen zu lassen, daß ich mich für einen kurzen Urlaub in der Stadt aufhielt. Das Brandmal, das Krötenauge der Angst, das Zucken des feindseligen Kissens, die Morgendämmerungen, die das widerspenstige Haar ergrauen ließen... die verkehrte und ausgewrungene Zeit, ein dünner, fader Brei, von dem du nichts zu erwarten hast. Die

---

* Eisbombe – im Original deutsch

Mentorin hätte die Blässe des Opfers, das sie bis zur Besinnungslosigkeit immer wieder um und um gedreht hatte, nicht deuten können, auch die Erwartung nicht, die wie ein blinder Hai mächtig dröhnte.

Bin ich manchmal versucht, mir die Scharaden der sträflichen Pubertät wieder anzuhören? Ich habe diese verwirrende Elegie abgebrochen, mich darein gefügt zu verlieren, was ich nicht verstanden habe. Habe der Träumerei unvermittelt ein Ende gesetzt, bin immer weiter weg gerannt, in den nördlichsten Norden. Aber ich bin umgekehrt! Die Vergangenheit: die Trommeln, die Fahne, die kränklichen Abenddämmerungen, die Zukunft mit Milch und Honig, die Bombe in der Konditorei Strauss, die Mattigkeiten der Ferienwochen vor dem Beginn eines nächsten Schuljahres, das wie bei den Alten nach dem Einbringen der Ernte und der Vergebung der Sünden anfing.

Eine Woche vor der Wiederaufnahme der Kampfhandlungen stand die Schulsekretärin verschwitzt und keuchend bei uns zu Hause auf der Schwelle: ich möge im Lehrerzimmer erscheinen! Sie zwinkerte dem strammen Kämpfer, der ich war, mit dem Auge zu. Wie es sich gehörte, würdevoll und präzise stellte sie uns einander vor:

»Das ist unser Kommandant.«

Der Direktor hatte gewechselt. Die neue Direktorin war sehr hoch und schlank. Sie lächelte und beugte sich tief herab: Der Kommandant war der Kleinste in der Klasse. Ich schüttelte skeptisch mit aller Nachdrücklichkeit die schmale Hand der Frau. So begannen die Beziehungen zur »verwaltenden Leitung«. Von Anfang an enge Beziehungen. Die Direktorin half uns, das muß anerkannt werden, übernahm die Initiativen, fand Möglichkeiten, das Ziel zu befördern. Sie schaffte es jedesmal, wenn eine wichtige Aufgabe gestellt war, Ratschläge zu erteilen, es war die Höhe! Sie entdeckte die herausfordernde Einzelheit, belebte die Pflicht. Unsere Pioniereinheit war bald zu einer Art Elitekorps geworden, das regelmäßig in den Tagesbefehlen der Sitzungen zitiert wurde, das die Aufmärsche eröffnete, vor allem die Demonstrationen und Versammlungen auf dem Markt, das zu festlichen Anlässen von Veteranen der Sache oder Bestarbeitern aus den Betrieben und von den Feldern, ja sogar von ausländischen Rednern besucht wurde. Auch wir besuchten Werkstätten, brachten die Dörfer durcheinander mit unseren Liedern und Reimen. Die Chefs dankten es uns mit verhalten zustimmendem Lächeln.

Das Lob ohrfeigte allerdings die Blässe des Kommandanten. Ein Hochstapler, eine Art aufgeblasene Puppe, die zu leben scheint, die es sich anmaßt, regelmäßig das Podium und das Ehrenpräsidium zu besetzen? Schließlich konnte die Einmischung der Fremden dem strengen Auge der höheren Instanz nicht verborgen bleiben. Als ich mich am Ende einer Instruktionsveranstaltung zum Ausgang begab, klopfte mir der stellvertretende Rayonssekretär protegierend und unzufrieden auf die Schulter: »Ich habe gehört, daß dort bei euch die Direktorin so ziemlich leitet.«

Ich errötete, die Knie wurden mir weich unter dem Schlag, den ich schon erwartet hatte. Doch der Höhergestellte entfernte sich und überließ es mir, damit zurechtzukommen.

Sicher, die Direktorin steckte ihre Nase schon ganz schön in das Leben der Kombattanten. Obzwar, wäre ich mutig gewesen, so hätte ich erklärt, daß die Worte und das Pathos dieses gnädigen Fräuleins uns oftmals beseelten und bestärkten, uns ... also, sie hätten uns gefehlt. Eigentlich war sie gar nicht so sehr ein gnädiges Fräulein. Ich hatte sie nie so geschminkt gesehen wie Mutter, oder frisiert, mit roten Fingernägeln, mit allerlei Cremes und Raffinessen, wie die gnädige Frau Rechtsanwalt Ponta, die täglich zu uns kam, anscheinend um mich für ihr Pfauenkind zu umwerben.

Fiebrig, etwas vornübergebeugt, mit grauen Augen und trockenen Lippen, immer in Eile, nachlässig, trug sie bloß vielfach umgeschneiderte Blusen, die zu durchsichtig waren. Ständig schien sie beschäftigt. Süße Hände, blau von den durchscheinenden Adern. Häufig knackte sie nervös mit ihren langen und dünnen Fingern, um sich zu entladen...

Energisch, unermüdlich, legte sie Wert darauf, daß die Einheit sich auszeichne. Mit uns ging sie tatsächlich einfach und aufmerksam um. Sie hatte vor, für uns, unserem Pathos und unserem Ruhm entsprechende Uniformen aufzutreiben. Gemeinsam mit dem Kommandanten durchstreifte sie all die erbärmlichen Geschäfte des Städtchens, bis sie einen leichten, beigen Stoff mit kleinen, kaffeebraunen Augenpunkten auswählte. Sie zerbrach sich ständig den Kopf, wie sie unsere Eltern überzeugen könnte, damit die ihn für uns kauften. Im Lehrerzimmer zeichnete sie bis spät in die Nacht an den Skizzen für die Uniformen der Jungen und der Mädchen und hielt sie danach dem Kommandanten zur Begutachtung und Beratung hin.

Sie beriet sich tatsächlich mit mir, brachte mir den Respekt entgegen, der mir gebührte ... aber sie hatte mir auch einige Male das Halstuch geordnet, der Knoten hatte ihr nicht gefallen. Einmal nahm sie es mir auch vom Hals, um es zu bügeln. Die roten Halstücher aus einem festen, billigen Stoff waren schnell zerknittert. Sie wohnte im Schulgebäude, kam bald wieder und hatte das rote Dreieck auf den Armen liegen, perfekt gebügelt. Und dies vor aller Augen: es paßte mir nicht.

Und dann bereitete sie seit einiger Zeit auch den Text der Ansprachen ganz schön auf … sie hatte das Album gezeichnet, das wir zum Großen Jahrestag einzuschicken hatten. Ja, sie hatte mir auch die Karte für den Geographieunterricht gemalt – und dies auch noch in Farbe – so etwas hatte nun keinen Bezug mehr zum kollektiven Interesse.

Das Prestige des Kommandanten schien in letzter Zeit gefälscht worden zu sein. Ich hätte die Anschuldigungen durch den zweiten Mann im Rayon nicht mehr zurückzuweisen gewußt. Ich verstand es nicht, das Kommando zurückzuerlangen, hatte nicht die Kraft, alles umzuwälzen und abzubrechen, wie es der Würde meines Ranges entsprochen hätte.

Die Vergangenheit. Fotografien. Der Kommandant in kurzen Hosen, vom Baumstamm niedergedrückt, der nur mit größter Mühe hochgehoben worden war: freiwilliger Arbeitseinsatz im Schulhof. Zur Herbstzeit im gebrauchten Mantel, ohne Schal, damit man den weißen Kragen und das Halstuch sehen kann: auf der Tribüne. Die spitze Wange eines vom Eifer ausgezehrten Jungen mit erhobener Hand: der Gruß zum Bildnis hin beim Siebzigsten des Vaters, der fern im Purpurturm des Kremls wachte. Die Lehrerin tauchte auf den Aufnahmen nicht auf, welche die Nacht im schwarzen Rahmen der Fotomontage beleuchtete. Vergeblich wäre ich im Urlaub durch die öden Straßen der Stadt gelaufen, zum anderen Ende der Stadt hin aufgebrochen … die trokkene, rauchgraue Hopfenstange war bestimmt nichts anderes mehr als der zurückgebliebene und verbrannte Rest der glorreichen Kampagnen, die bis zum Morgengrauen hin das körnige Weiß des Films zerschnitten. Ich brauchte nur auf die Nacht zu warten, darauf, daß sie immer dichter zwischen uns dahinfließt und die Fäulnis in Brand steckt, die sich zu sprechen weigert.

Der Vorhang flog tatsächlich auf einmal weg, die Leinwand vor dem Fenster hob ab. Das Bild pendelte, die Klischees gaben einen vergrößerten Anblick wieder; die Verwunderung anderer Jahreszeiten.

Es regnete, die Herbstkälte schlug gegen die Fenster. Die jungen Zuschauer drängten sich auf den Bänken an den Wänden entlang zusammen. Der Saal war überfüllt. Ich war, ich weiß nicht, wie, in eine Loge geraten. Die Menge unter uns bebte: Sie betrachteten uns, ich war überzeugt davon, daß sie uns gesehen hatten.

Dann verschluckte die Dunkelheit plötzlich die Gestalten und den Lärm. Nichts blieb mehr übrig als die rote Sonne der Bühne, das rote Antlitz des Polizisten, der herabhängende blonde Schnurrbart, der gekrümmte Rücken, das schmierige Lächeln.

Zum ersten Mal im Theater ... die Schwingungen, das Fluidum des Anblicks ... Unerträgliche Faszination, Gesten und Wortwechsel, die lebendiger waren als irgendwann sonst in der Wirklichkeit. Der Polizist auf der Bühne zählte die Fahnen, die an der Mädchenschule und am Rathaus hingen, und brachte die Zahlen durcheinander ... Wir lachten nicht. Hingegeben und hypnotisiert, lächelte ich nicht einmal. Undeutlich bloß hörte ich das brüllende Gelächter aus dem Saal, habe die Nähe nicht begriffen, erst als es zu spät war ... Die Hand auf der Schulter, auf dem Hals, durch die Haare, zu spät erweckte mich diese Berührung. Die Dunkelheit war dünner geworden, zerfiel, die Bühnenbeleuchtung drang bis zu uns, ich spürte es, sie traf uns.

Die Lachkaskaden im Saal waren verklungen, vielleicht verfolgten die Zeugen im Saal nur noch das Schauspiel in der Loge, das unvergleichliche, skandalöse Geschehen. Ich habe mich nicht zu rühren versucht, eingeklemmt und umfangen, konnte ich mich nicht lösen.

Murmeln, Flüstern, wenigstens ein Wort hätte ich herausbringen wollen, sie vor der Katastrophe zu warnen, nichts hätte uns mehr vor der Schande gerettet; doch es blieb keine Zeit mehr, sie hatte mich an der Hand gepackt, zog mich sachte zu ihr hin, hinter sich her, hinaus. Ich hörte, wie die Tür hinter uns zuflog. Ich stürzte über die Treppen, wurde an der bogenförmigen Mauer des Gebäudes entlanggeschleift.

Glänzend und schwarz rollte der Bürgersteig. Keuchend stieg ich die geteerte Gasse hinauf. Bald tauchte die Schule an der Ecke der schmalen Gassen auf. Ich konnte den großen Schritten kaum folgen. Sie hatte lange, schnelle Beine, das nasse, schwarze Band raste unter uns weg, warf mich in Sprüngen hoch, damit ich sie erreichte.

An meinen Fingern spürte sie das Zittern, die Angst. Sie blieb stehen. Wir blieben stehen, aber das Gedonnere hinter uns hielt an, Salve auf Salve erschütterte es den Himmel, ich begriff, daß es der Applaus bei Dom-Polski war … Sie lächelte, ich lächelte, wir waren schon am Ende der Straße.

Sie hatte Mühe, das Schlüsselloch zu finden, der Schlüssel sprang zurückgewiesen wieder heraus. Wir gelangten ins Lehrerzimmer. In der Dunkelheit erkannten wir den Bücherschrank, den langen Tisch, die hohen, weichen Stühle. Sie redete über meine Schultern hinweg irgend etwas Zusammenhangloses, ich erinnere mich nicht mehr, was. Meine Lippen waren verletzt, angeschwollen. Ich verstand den Kuß nicht; er gefiel mir, ich antwortete, übernahm die Initiative ... Ich stieß gegen einen Stuhl und ein anderer stieß gegen mich, der Fußboden ist tatsächlich explodiert, wir warteten, daß wir wieder zur Besinnung kämen. Sie war zur Seite gesprungen, fuhr sich mit der Hand durch die Haare und über den Nacken, mit der anderen an den Busen, den Pulsschlag zu beruhigen.

Sie zog sich auf zwei Stühle Entfernung zurück. Ich hörte ihr im Dunkeln einige Stunden lang zu. Die Kälte und die Wut des Herbstes, die Nacht, das wahrhaft neue Schauspiel, das unerhörte. Süßes und warmes Dunkel, feucht vibrierendes, klebriges Plasma. Der gleiche Abend wird wiederholt, der gleiche, ein anderer, wieder bis gegen Mitternacht im Lehrerzimmer. Jedesmal eine andere Hälfte der Angst, eine andere Hälfte des Sprunges. Geschichten über das Mädchen, das sie war, über den Offizier und über Kinder; ich war besinnungslos, wußte nicht mehr, was geschah, was hätte folgen müssen.

Feuchte und warme Abende. Der Taumel, die Angst, die Hast, die Wörter. Kleine, wilde Schritte, eine unbekannte, lediglich geahnte Schwelle. Wenn bloß nicht so viele Überraschungen dazu gekommen wären, die Tag für Tag die Spannung steigen ließen.

Am Morgen beim Geschichtsunterricht hatte ich die Augen zugeklappt ... dies behauptete das dicke Weibsstück in der Lehrerkonferenz. Ich ziere mich, bin nicht mehr der von früher, bin neckisch wie ein Backfisch. Und gestern schien es im Physikunterricht als döste ich, das hatte die Direktorin selber gemerkt. Sie warf mir vor, daß ich ihre Aufregung nicht verstünde: Sie hatte mich seit Tagen nicht gesehen! Den Faden verlierend, sprach sie von der Beflaggung, von Korea, Makarenko. Täglich hatte ich Physik- oder Chemieunterricht mit der Direktorin, aber auch Sitzungen, Arbeitsbesprechungen! Die neutralen Gelegenheiten zählten nicht, behauptete sie, ich hätte gefehlt ... behauptete sie vorwurfsvoll und zärtlich.

Abwesend, tatsächlich, zum Fenster hinausschauend, konzentrierte ich mich, wie ich meinte, auf etwas Wichtiges.

Ich hatte die Augen geschlossen, es ist schon wahr, sah sie nicht. Als hätte ich alleine zu Hause vor dem Gruppenfoto gesessen, auf dem sie fehlte. Minutenlang, während sie die Aufgaben verteilte – wer die Buchstaben ausschneidet, wer die Losung klebt, wo die Fahnen hinkommen – starrte ich bloß auf die dünne Haarlocke neben dem Ohr. Im Licht des Klassenzimmers veränderten sich die Details der Nacht. Die Lehrerin für Physik und Chemie erschien streng, spröde und fremd. Verstörung, Haß, Lauer. Noch etwas Giftiges, Gleitendes, das nicht beherrscht werden konnte. Bevor ich in die Schule kam, versuchte ich die Maske der Schlaflosigkeit abzulegen.

Ich schloß die Augen, um sie wiederzufinden. Wieder die Regeln zu beherrschen, die Einzelheiten. Ich hörte sie, ihre Stimme irritierte mich. Ich vergegenwärtigte mir den Hals, die Schultern hinab, noch tiefer, dünn, blaß, zart klopfend, die bläulichen, angeschwollenen Adern, die trockenen Lippen, aufgeplatzt, heiß. An die Hände erinnerte ich mich ganz genau, ich mußte sie nicht sehen ... auch die Stimme war erstorben, zerstoben, das Auffliegen des Vorhangs hatte plötzlich wieder die Nacht vor die Fenster gehoben ... Lange Hände, schmale Finger, die von grünlichen Adern durchzogen wurden, bläuliche Finger mit tief bis zur angeschwollenen, rosafarbenen und bitteren Haut abgenagten Fingernägeln.

Ich öffnete die Augen: sie hielt die Kreide in den Fingern, drehte sie schnell um und um, stach auf die schwarze Tafel ein, schnitt Linien, öffnete Kreise, Formeln. Sieh, die Finger blieben auch tagsüber die gleichen, unruhig, schnell, violett, röhrenförmig, Augenblicksflammen, die Luft verdünnend und einfrierend.

Abwesend, behauptete sie, ausgerechnet in ihrer Stunde: stumm, angewidert, verstockt. Also ein Despot! Herrscher über die kleinen Errungenschaften. Sie rächte sich prompt, wurde plötzlich, doch nicht für lange Zeit, zur Institution. Die Direktorin.

Am nächsten Tag, am Mittwoch, hörte sie, wie oberflächlich ich Sadoveanu gelesen hatte. Alle achteten darauf, auch die, die mich zu schätzen schienen, ihr frische Informationen zukommen zu lassen. An diesen Denunziationen schien sie nicht zu bekümmern, wie offensichtlich die Aufmerksamkeit, die man mir schenkte, für alle war. Sie vergaß schnell, am Freitag warf sie mir Feindseligkeit gegenüber Nicu und Dana vor, den Sprößlingen und Erben des Offiziers, ich würde sie wie ein Paar »widerlicher Katzen« betrachten, so drückte sie sich aus. In der nächsten Woche fand sie etwas anderes, sie war aufgebracht, weil ich angesichts des Genossen Artilleristen die Fassung verloren hatte: Er käme doch so selten, ich könne mich doch normal verhalten, nicht?

Der Winter war gekommen, tatsächlich, der Major war schon seit Wochen nicht mehr da. Wir waren aus dem Lehrerzimmer ins Schlafzimmer umgezogen. Weiche Abende oder rauhe...

Graue Dämmerungen, die Nacht erhob sich weiß, die Winde ließen Stunde um Stunde die Fenster erblühen. Die Kater schliefen früh ein, die Zeit dünnte sich aus.

Ich lauschte auf das Knirschen der Sohlen auf dem gefrorenen Schnee ... irgendein Verspäteter, der sich nach Hause zurückzog, sich am Zaun des Schulhofes abstützte, damit er nicht ausrutsche, nun schlug er ans Tor, trat in den Hof, wer weiß, vielleicht um sich noch ein wenig auszuruhen. Aber manchmal kam er auch näher, klopfte ans Fenster: der Vater des Kommandanten! Er hatte sich daran gewöhnt. Komplizierte Rückführungen nach Hause. Unterwegs, distanziert und still, einzig darauf konzentriert, auf den glatten und festgetretenen Parkwegen neben der Schule nicht auszugleiten, schwiegen wir. Der Kommandant verleugnete beharrlich jede andere Autorität außer der Organisation.

Dann kam der Frühling. Die Direktorin hatte eine neue, ärgerliche Gewohnheit angenommen, sie besuchte mich zu Hause. Manchmal gelangte sie nicht mehr über die Küche hinaus. »Er lernt, ich habe mich zurückgezogen, um ihn nicht zu stören«, pflegte die Mutter ihr anfangs, um sie zu entmutigen, zu sagen. Die Eindringende begegnete jedesmal den ahnenden, musternden Blicken der Verteidiger, die daran verzweifelten, daß sie nichts verstanden und sich nichts zutrauten, ich wußte es.

Ein sehr wechselhaftes Jahr, wechselhaft wie jeder einzelne Tag. Der Frühling hatte die Müdigkeit gebracht, die Furie der Entfremdung, Gleichgültigkeit. Zu viel Licht, vielleicht. Vom sonnigen Weiß der Tage verschluckt, die sich, träge geworden, immer mehr ausdehnten, waren die Nächte verschwunden, die geschützten und schattigen Ecken, die Sonnenuntergangsstille des

Lehrerzimmers, das Geheimnis des Schlafzimmers, der Code des Lächelns in den Sitzungen.

Ich hatte keine Lust und keine Kraft mehr, ertrug das Ende. Außerdem waren es auch bloß noch einige Wochen, bis ich in die höheren Klassen kam. Selbst die Organisation blieb zurück, die triumphale, kriegerische Pubertät; die Brust von Ruhm gebläht und voller Wunden.

So, unmerklich, näherte sich der Sommeranfang. Nach so vielen Jahren siehst du das Städtchen wieder, den golden schimmernden Nebel. Ich hatte eben die Hochschule abgeschlossen. Sie kam die Hauptstraße herab, den Park entlang, kam gerade auf mich zu, wir konnten nicht ausweichen.

Wir setzten uns auf eine Bank. Sie redete, fragte, war verwundert über den schlichten Beruf des früheren Stars. Solch eine Berufswahl hätte sie nicht erwartet. Wir lachten, selbstverständlich, mißachteten die Vergangenheit.

Ohne eine Pause zu machen, erzählte sie, wie sie gelitten habe, als sie hörte, daß ich als zweiter die Aufnahmeprüfung ins Lyzeum bestanden hatte und mich in den ersten Jahren so ziemlich im Mittelmaß verlor. Ich sollte verstehen, daß sie mich immer beobachtet hatte, sollte mich geschmeichelt fühlen, vielleicht wollte sie das. Sie beeilte sich, auf Fragen zu antworten, die ich nicht gestellt hatte: Ehemann, Kinder, Gesundheit, Arbeitsplatz, Wohnung. Der vollständige Bericht interessierte die Rockgeneration nicht. Die Jugend, ein hungriger Panther, wies das Aas der Vergangenheit zurück. Doch hätte ich wenigstens jetzt verstehen wollen, wer ich war... Ich blickte ihr geradewegs in die Augen, unverschämt. Die Lehrerin für Physik und Chemie ging; verloren, die Hand am Hals, die Geste der Nervosität, die ich kannte und erwartet hatte.

Ich war auf der Jagd nach einer anderen Episode, die ich nicht beherrscht hatte. Sie war nah wie ein Trugbild, entfernte sich immer mehr, war schwindelerregend. Der Hals, die Lippen, die Hände, die langen, dünnen Beine, der durchsichtige Samt ihrer gehorsamen Brüste?

Die Voraussetzungen der verwirrenden Gleichung, die verlorenen Vorbedingungen, unaufgelöst. Ich hatte eine gewisse Schwelle nicht überschritten, bloß verrückte, schuldhafte Liebkosungen, immer wieder aufgeschobene Versuchungen ... die in das Buch des Alters eingetragen blieben, daß nicht wußte, was es damit tun sollte. Der junge Mann, der dann herbeigerufen wurde, um die Verführung und den Zynismus einer anderen Sonnenwende zu vollenden. Ihre trüben Augen, die schmalen, bleichen Schultern, der lange Hals, die weißen Lippen, die feuchte Stirn ... Jener junge, unverheiratete Lehrer war eben gekommen. Ich erinnere mich an ihn. Schön, robust, eine Art ägyptischer Schauspieler mit tiefliegenden, melancholischen Augen und weichen Bewegungen.

Auch ich hatte es erfahren, da es nun die ganze Stadt wußte. Es waren erst einige Monate vergangen, seitdem ich Lyzeumsschüler geworden war und mich ins picklige Mittelmaß verloren hatte, als die Lehrerin wegen des Skandals für einige Jahre die Stadt verließ.

... Bloß einige Monate waren vergangen: es war Sommer, das heißt ... es war das Ende des Frühlings, *unser* Ende im Schulhof, das Ende ohne Ende, weil nicht zu Ende gebracht? Ein träger Maitag, da die Gedanken wirr umherirren. Ich lehnte mich an den Holzstapel im Schulhof, lächelte. Erzählte ihr einen amerikanischen Film, den ich gerade gesehen hatte. Der in die Lehrerin verliebte, behinderte Schüler überrascht sie, wie sie den jungen Direktor küßt. Verzweifelt stößt er seinen Rollstuhl auf die Eisbahn ... er wird zum Präsidenten der Vereinigten Staaten werden und zur Loge hin grüßen, in der sich die alte, vor Aufregung weinende Frau befindet. Ich war überhaupt nicht behindert, überhaupt nicht verliebt, ich war ja auch noch Kommandant! Ich glaubte nicht an Wahrsagerinnen und Kirchen, all diese tränentreibenden Fußangeln erfüllten mich mit Heiterkeit. Kurz vor den Prüfungen verließ ich eines Tages müde die Klasse. Sie ging von der Wohnung zum Lehrerzimmer. Blieb stehen, fragte mich, wie es mir geht. Es war warm, ich lehnte mich im Hof ans Holz und erzählte ihr den Film, sie lächelte.

Ich betrachtete den Hals, die Hände, die Lippen. Vergeblich hätte ich mir durch die Bluse hindurch die Brüste vorgestellt. Es war nichts als die Unruhe ... der Druck, die Hemmung durch die unausgesprochenen Fragen, die im Zeichensystem eines anderen Alters verloren waren.

Während unserer zweideutigen Begegnung habe ich immerzu daran gedacht. Ich hatte vor einigen Monaten die Hochschule abgeschlossen, war im glücklichen Jünglingsalter. Ihre Glut und ihre Unruhe, nichts anderes war es, was den beduinischen Mathematiklehrer erlegt hatte. Laue Mainachmittage, wenn man die Klassen nicht mehr erträgt, die Büros. Die Gedanken verlangsamen sich, verblöden. Die Jahre waren vergangen, ja, ja. Ein müder Angestellter, wie die anderen auch.

Ausgelaugt hatte ich das Büro verlassen. War in den Hof hinunter gegangen, hatte mich an die Mauer gelehnt. Ich fehlte also im Büro, als ich am Telefon verlangt wurde. Es findet sich aber immer ein Kollege, der sich, neugierig zu erfahren, wer mich so nahe und so kompetent angeleitet hatte, für die vornehmen Hoffnungen interessiert, die einstmals die Mentorin in die Zukunft ihres Schützlings gelegt hatte. Vielleicht hatte die Fremde eben diese Worte gebraucht. Nach so vielen Jahren, da sie nun die Vergangenheit und die Sprachregelungen sich zurechtgelegt hatte, das mit den Erbkätzchen geklärt war, würde einen nichts mehr verwundern.

In der Schwüle schienen auch die Wände zu schwitzen. Die Transistorradios spielten verrückt, im Zigarettenrauch konnten wir uns zwischen den Reißbrettern kaum erkennen. Es war besser so, daß er mich nicht gefunden hatte. Ich wäre imstande gewesen, plötzlich den Rechenschieber in die Fensterscheibe zu schleudern, damit sie in Scherben zerfalle und Ruhe herrsche. Auch die Kollegen hätten die Stimme aus dem Telefonhörer gehört, die Wörter, den Wechsel im Tonfall. Sie hätten mich schreien, jene idiotische Verflechtung unterbrechen gehört. »Sag doch lieber, was ich nicht getan habe, gnädige Frau, was hat man von mir erwartet, welche Abgründe waren schon damals zu sehen? Was zum Teufel war los, wer war ich?« hätte ich wie ein Besessener, als wollte ich das Telefon sprengen, geschrien. Ich hätte die Lügen nicht abgewartet, die Proteste, die Antwort interessierte mich nicht.

Nichts war geschehen, ich hatte das Büro verlassen, und ein redseliger Techniker hatte mich am Telefonhörer ersetzt.

Die Frage hätte ihr Ziel verfehlt. Von jemand ganz anderem erwartete der Junge auf den Fotografien beharrlich eine Antwort. Der Vorhang flatterte, brachte die Leere des Fensters durcheinander.

Ich müßte eine ruhige, schüchterne Stimme haben, um das Vertrauen zu erringen, damit man mir folgt, ich zur Aufrichtigkeit provoziere...

Damit sie mir das Winterende wieder in Erinnerung ruft, als sie einige Wochen lang krank war. Ich traute mich nicht, sie zu besuchen, inmitten der Familie zu erscheinen.

Doch sie rief mich. Ich antwortete. Am Sonntag, wenn ich mich nicht irre, am Nachmittag. Die Krankheit war fast vorüber, es waren die letzten Tage der Genesung. Wir waren allein. Ich kauerte lange auf dem Stuhl. Im Bett, aufgedeckt, lächelte die Patientin. Ein glänzendes, tief ausgeschnittenes weißes Nachthemd. Die bleichen Brüste waren zu sehen.

Nachdem ich eingetreten war, blieb ich neben der Tür stehen. Ich fragte nach der Gesundheit. Die Schachtel und die Blumen legte ich auf den Tisch. Erst nachdem wir allein geblieben waren, ich auf dem Stuhl schon fast steif geworden war, sagte sie mir, ich möge die Tür zuschließen. Zuschließen, wiederholte sie, es war niemand zu Hause. Ich möge näher kommen. Mich aufs Bett setzen, zu ihr. Sie hatte hastige, feuchte Hände. Die Lippen waren weich und sanft geworden. Es ist nichts geschehen, selbstverständlich, Präzisierungen sind nicht nötig ... Ich weiß es gut genug, auch damals geschah nicht mehr, als in jenem tiefen, momentlangen Blick des verschwundenen Zeugen geschehen war.

...Ich vermeide es, in einer Provinzstadt eine ausgetrocknete und von der Zeit angenagte Mumie zu sehen. Das Gedächtnis, die Lügen würden mich ermüden.

Manchmal hebt der Vorhang das Dunkel aus den Fenstern auf. Die auf Pappkarton aufgeklebten Fotos wiegen sich und schlagen gegen die Wand. Ich finde meinen gierigen Blick von früher wieder. Rufe den stummen, von der Zeit vertriebenen Zeugen wieder auf.

Eine Dame. Vielleicht eine Verwandte, Kollegin, Freundin, ich erinnere mich nicht mehr. Vielleicht die Schulsekretärin, die mich einst mitten in den Ferien von zu Hause abgeholt und ins Lehrerzimmer geführt hatte, damit ich meine Direktorin kennenlernte.

Eine Frau, das weiß ich, etwa im Alter der Kranken. Auch sie war gekommen, um sie zu besuchen. Saß auf dem Stuhl nahe am Bett. Der Kommandant merkte, als er ins Zimmer trat, daß die Unbekannte eben erst angekommen war. Man spürt es, die Kinder merken das Fluidum, das sich noch nicht an den Raum angepaßt hat.

Der Schüler hatte schüchtern an die Tür geklopft. Noch war Winter, der Frühling war noch nicht angebrochen, das Ende noch nicht gekommen. Hinter der Tür antwortete ihm eine fremde Stimme. Er zögerte aufgeregt. Er trat ein, grüßte nach rechts und nach links. Setzte sich auf den freien Stuhl neben dem Ofen. Er merkte, daß die Fremde eben erst gekommen war, ihr Besuch würde noch dauern.

Doch es war nicht so. Sie wechselte nur noch einige Sätze mit der Patientin. Ein gelöster, neutraler Ton, man hätte nicht sagen können, es geschehe etwas Besonderes. Obzwar der Pubertierende den langen Blick gespürt hatte, einen Augenblick lang. Ein Stilett, das von der Kranken zu ihm herüber kam ... dann etwas Merkwürdiges zwischen den beiden Freundinnen, Komplizenschaft, die keine Wörter und keine Gesten nötig hat.

Die Person stand auf, entschuldigte sich. Die Hausherrin hielt sie nicht zurück. Als spürte auch sie, daß die Frau ganz schnell etwas Merkwürdiges, Trübes verstanden hatte, als sie den Schuljungen ansah. Die Patientin

116

lächelte, als hätte es sich um eine Busenfreundin gehandelt, die ohnehin alles wußte, wenigstens das kindliche Schwanken verstand, das so lange schon den trunkenen Halbwüchsigen bedrängte.

Also erhob sich die Person, als wäre sie überflüssig. Den eben aufgetauchten Jungen kurz anblitzend, hatte sie schnell verstanden. Sie ging, im Besitz eines Augenblickes, in dem sie bis in jene Tiefe hinabgeschaut hatte, wo alles und nichts geschah. Ging, weil sie das Kraftfeld und die Seele des Zimmers erkannt hatte. Nicht bloß soviel, etwas anderes, Unverstandenes, Gefährliches? Die Zeugin eines Augenblicks, des wertvollsten Augenblicks... verloren. Vielleicht die einzige, die mir nun das Gebrüll des nächtlichen Dschungels erklären könnte.

DER SOMMER

Jeden Sommer wird die Stadt auf dem Hügel vom Grün überwuchert. Das Grün explodiert im Park der Kirche und an der Festung, bei der Schutzhütte und im Wäldchen, während die grünen Weidenbäume des Flusses die Stadt umkreisen. Der Sommer der Tannen und der Weidenbäume läßt in einer Aufwallung von hoher, reiner Luft große, unsichtbare Flügel flattern, heiße Ausbrüche vibrierenden Blutes, so daß der gereinigte, schmächtige Körper entrückt scheint, emporgehoben und von astralen Wirbelstürmen um und um gedreht; man hört das dumpfe, schnelle Pochen in der Brust, das Trommelfell wird dünnhäutiger, die Hände fallen herab und erwachen zum Leben, die Augen sind feucht, bettelnd; die Knie sind steinern und hart, die Schläfen und der Schädel schmerzen. Doch der Körper atmet gierig, ist der Umklammerung entkommen. Die Schultern, die Stimme und der Blick befreien sich, der brennende Hals, trocken, die Lippen werden vor Durst mit der Zunge abgeleckt, das öde, gedankenverlorene Umherirren, wenn jener Erwartete und vergeblich Bestellte die flüchtige Glückseligkeit des Sommers verpaßt, die dann in die anderen übergeht, in einen selbst, mit jenem klaren und hohen Trompetenton, der bei Sonnenaufgang oben auf dem Berg bei der Festung ausgestoßen wurde. Jedesmal ist es so und anders; in diesem Sommer hält die Unruhe ihre Fassungslosigkeiten für einen anderen Wirrkopf bereit, den hungrigen und verbissenen Furor, das phantastische rauchige Phosphoreszieren der Nächte, die Kälte der Schlaflosigkeiten. Es ist ein anderer Sommer.

Vor zwei Jahren hatte er eine Woche lang das lebendige und sprechende Leintuch des Kinos mit dem schmalen Lächeln des zarten, netten Kindes beherrscht; einem Lächeln, das alleine schon das weiße Leintuch ausfüllt, geschweige denn mit der Trompete, und erst recht bei den Spielen der Pioniere, beim Herumstreunen – die Gesichter – in der Umgebung von Artek ... Ein triumphales Summen hatte die ins vergoldete Grün des Sommers getauchten Straßen und Gesichter erfüllt. Wieder folgten die Ferien, die Rezitationen, Ansprachen, die Gedichte, der Nimbus einer zarten und ungewissen Provinzberühmtheit. Dann schien alles abgeschlossen: das gebügelte Halstuch blieb im Schrank neben den Handtüchern und Taschentüchern liegen.

Ein Sommer der Gleichgültigkeit folgte; er spürte, daß das Maß an Bewunderung und Neugierde, mit dem er angesehen wurde, nicht abnahm, der kleine Schelm konnte genauso kinogerecht lächeln, wie alle es erwarteten. So war es im vergangenen Sommer, ein Sommer, der scheinbar dahingeschleift wurde durch den von der Sonne zum Glühen gebrachten Staub.

Dann war Schluß; doch nein. In den Winterferien ging er – vielmehr wurde er hingebracht – zum ersten Male auf eine Fête der Großen. Der Star wurde so empfangen, wie es sich gehörte. Wenige Minuten waren erst vergangen, seit man ihm den Mantel abgenommen hatte, das Orchester spielte einen langsamen Tanz, es war Damenwahl. Zehn, oder wieviele auch immer, lächelnde Große, die sich ihrer Erfahrungen sicher waren, um gaben ihn: Lia, Rodica, Mia, Ruth, Pussy, eine schmollende Brünette, dann Sonja, die ständig lachte, er wußte nicht mehr ein noch aus, ihre Haare vermengten sich, der Star wurde verlegen.

Dann spürte ich nahe an mir Julias Zittern, so begann der Wahnsinn, der ganze Irrsinn zu Hause, so blieb ich in ihrer Gruppe von Jungen und Mädchen, die allesamt zwei Jahre älter waren als ich und im letzten Jahr des Lyzeums.

Die Mitbürger hatten das Lächeln von der Kinoleinwand herab nicht vergessen, auch die Friedensgedichte nicht, die sie bei den Feiern zu hören bekommen hatten. Sie zeigten nicht mehr mit den Fingern auf ihn, doch sie erkannten ihren Helden immer noch, fuhren fort, ihn zu beobachten.

In der Stadt sprach man von einem Ausflug ins Kloster, der über Nacht verlängert worden war, den jungen Damen wurde die Note in Betragen gesenkt, einige Prämiantinnen verloren in jenem Jahr ihr Krönchen. Verworrene Vorkommnisse, die der neue Sommer überdeckte, die grüne Überschwemmung durch die Tannen, abends im Wäldchen oder an der Festung, das gedämpftere Zittern der Weiden morgens am Fluß, wo die Schreie des Sommers schrill durch die Luft schnitten, das Wasser durch die Blicke der Schwimmer strömte, Blicke und Gedanken, die bis jetzt auf dem Trockenen anderer Jahreszeiten gefesselt waren, wo man sich unter Kleidern krümmte, erdrosselt wurde vom wachsamen Gewürm der Nachbarn und Erzieher.

Eigentlich starben die Landschaften schnell, die Festung und der Fluß hatten keine Bedeutung, bloß die Unruhe dort quälte mich abends, wenn das Wäldchen und die Festung und der Fluß lebendiger wurden, gefährlicher als am Tage.

Die Eltern gaben sich mit der Trophäe jedes Schuljahres zufrieden, ihr Sprößling erschien ihnen im großen Spiegel des Schlafzimmers wie ein Amulett, eine chinesische Gliederpuppe, begnadet und rätselhaft, zerbrechlich und hübsch, Klassenbester mit Auszeichnungen und brav gescheiteltem Haar. Den Herren Lehrer erschienen die Haare ebenfalls gebändigt; durch den Scheitel nach rechts geleckt und nach links geleckt und bis hinab zum sauber ausrasierten, rosafarbenen Nacken; *doch es reichte schon, einmal bloß ins klare Wasser des Flusses zu blicken oder in die tiefen und klaren Wasser von Julia, damit meine Haare wild erschienen, mächtig, gewellt in kleinen Kringeln, die sich zu Locken vergrößerten, zu unbeherrschbaren Wogen, »medusenhaft«, sagte Haplea, der Geographielehrer. Ich sah meine bis aufs Blut abgeknabberten Fingernägel an, saugte ihr Blut, atmete den Blutgeruch ein und die Haut unseres jungen Körpers, der dalag, gelähmt durch die Stille und das Knistern der betäubten Gebüsche, wenn zwischen dem langen Getuschel und Geflüster die Zweige knisterten, als wollten sie das kleine versteckte Feuer entfachen.*

Sie gingen durch den Park, der Abend brach an, freie Bänke gab es keine mehr, die ganze Gruppe machte sich auf, selbstverständlich zum Wäldchen hin, jeder mit seinem Kätzchen. Traian mit Lia, Victor mit Mia, Andrei mit Radu und mit Titus in dichter, katerhafter Heimlichkeit, Pupu mit – scheinbar immer noch mit Rodica, während der schnauzbärtige Valeriu schläfrig den Abschluß bildete. Im gebührenden Abstand von der Gruppe kam der Jüngste mit der geschmeidigen und wegen der angegriffenen Lungen etwas durchsichtigen Empfindsamen. Sie diskutierten, hielten Distanz. Der Irrsinn der angestrengten, unendlichen Diskussionen mit gerollten R. Und trotzdem folgten sie ihnen ordentlich, auch untereinander Abstand haltend; er aber hatte ihr seine neue Jacke aus Rehleder um die Schultern gelegt und vermied es, sie anzusehen.

Die niedrige, schachtartige Grotte des Kinos beängstigte mich zwei Stunden lang, so lange irrten unsere Hände verrückt zwischen Wäschestücken und Epidermen ... wenn es doch bloß dort endlich geschehen wäre, in der kochenden Finsternis so vieler Atemzüge, als die Glatze von rechts, allzusehr in Anspruch genommen von der Dummheit auf der Leinwand, keine Zeit hatte, sich zu empören über das, was wir taten und nicht den Mut hatten, zu tun. »Laß uns hinausgehen, ich kann nicht mehr.« Gewiß, doch nach anderthalb Stunden waren wir so verwirrt, als hätte uns eine spiritistische Sitzung ermattet, der wir durch einen Sprung aus dem Fenster entkommen sind.

In dem Menschenstrom, der zufrieden über die wöchentliche Unterhaltung aus dem Saal strömte, wagte der Pubertierende eine Geste der Zärtlichkeit: Er zog die Jacke aus, um sie über die Rehkitzschultern zu legen.

Sie gingen schweigsam, getrennt. So hatten sie den Kinosaal verlassen und so traf sie die Gruppe an: schweigsam und getrennt. Sie suchten eine Bank im Park an der Kirche, es gab keine freie, sie gingen stumm und klein, verkleinert, hinter den anderen her zum Wäldchen.

Der Abend brach an. Das Publikum fand die Vitalität der anderen Sommer wieder, den Atem des Himmels oben, zu dem hin es sich manchmal zu erheben meinte, das Antlitz des Mondes zu streicheln.

Der Kandidat hatte alles in die Obhut der Jacke gelegt, die über ihren süßen, zarten und schmächtigen Schultern lag. Er hatte keine Geduld und auch keinen Mut, hatte nicht die nötige Brutalität, wenn er wenigstens die Details der Initiation gekannt hätte, auch fehlte ihm die List, sich zur Initiation verführen zu lassen, damit er erfahren hätte, worum es ging. Er wollte den Himmel nicht sehen, den sarkastisch gähnenden Mond. Vergaß zu atmen, befand sich in einem feindseligen Abgrund, der heiß war und seltsam. Der Wald pumpte ihm die kräftige Luft in die Nasenflügel und in die Leere der Brust, Tannenluft, die ihn schon vor zwei Monaten am Ausgang des Parks verwirrt hatte, als er es gewagt hatte, sie ließ es zu … sie küßten sich, und Julia glitt mit der Hand darüber, ein gewaltiges Stürzen, Lichtjahre, Leere, ohne Fallschirm, ein toller Schrei, Siegesschrei, Schrei der Trunkenheit, ein Schrei, den er natürlich nicht ausstoßen konnte.

Die Verrücktheit der Briefe hielt schon seit einigen Monaten an, sie waren entdeckt und murmelnd gelesen worden, er hatte die Röte auf den Wangen der Mutter gesehen, die Alten waren erstarrt. Sie ahnten nicht, daß solche Aufsätze eigentlich die Gefahr hinausschieben: der zarte und fotogene Erzengel war – vorhersehbar, das heißt natürlich – in die dünnen und zerbrechlichen Arme einer lungenkranken, anmutigen Literatin geraten, deren Farben alle in die Adjektive übergegangen waren.

Wie gelähmt in der Dunkelheit der Tannen, zwischen dem Geflüstere der anderen, hatten sie sich beinahe zwei Stunden lang nicht bewegt, keine Annäherung gewagt. So sehr bevorzugte sie die Verzögerungen. Oder vielleicht wußte sie gar nicht, was sie hinauszögerte; vielleicht war die Gefühlsbetonte gar eine Empfindliche. Oder aber sie wußte es zu gut und kostete lange die Verwirrung aus, wie eine Kennerin, die sich schon lange vorher hingegeben hatte. So daß auch sie aufstanden, als die anderen gegangen waren. Ohne ein Wort miteinander zu sprechen, gingen sie zu Julias Haus. Ebenso steif standen sie auch vor dem Fenster ihres Hauses. Mit halber Geste nahm er ihr die Jacke von den Schultern, sie rührte sich nicht, und erst danach, als die Jacke in seine Hände glitt, streckte sie ihre süßen, gelblichen Finger zum Ärmel der Jacke hin und streichelte ihn, er drehte sich unvermittelt um, war unter das Rad eines mit Spielzeug beladenen Wagens geraten, das ihn erdrückte; um sich zu befreien, sprengte er alles in die Luft, drehte sich auf dem Absatz um und ging wortlos.

Es war spät, die wenigen Vorbeigehenden hätten verwundert feststellen können, daß das bekannte Gesicht des kleinen Redners, Künstlers und Schauspielers ihm selbst nicht mehr glich. Er ging langsam, schwerfällig. Zu Hause waren die Lichter erloschen, der Schlüssel lag nicht wie sonst auf dem Fensterbrett. Es konnte bedeuten, daß sie erwarteten, geweckt zu werden, oder daß Sanda nicht schlief, daß sie öffnen würde.

Aber auch vorne in der Küche war kein Licht. Ein kurzes Klopfen wird sie vielleicht wecken. Im Dunkeln wird sie die Tür leicht öffnen, alles wird sich einrenken.

Es bewegte sich etwas, ein Rascheln. Als flüstere jemand, und noch jemand; ein Rauschen war zu hören.

Sanda schlief in der Küche, der sogenannten Küche. Von da bis zum Zimmer blieb noch der Flur zu bewältigen, durch zwei Türen mußte man noch.

Sie machte kein Licht. Öffnete mit größter Vorsicht die Tür und blieb neben dem Bett stehen, damit der Junge an der Wand entlang durch konnte.

Das Licht der Straßenlaterne trifft ihre blauen Augen, ihre aufgelösten, feuchten Haare, die über das Nachthemd herabfallen, das verwegen die Schultern frei läßt, die dunstenden Brüste.

Hinter ihm wurde die Tür schnell geschlossen. Sie hielt die Türklinke in der Hand, hatte, ohne sich vom Bettrand wegzubewegen, bloß einen halben Schritt zur Tür hin gemacht.

Es gab noch einen Augenblick. Den hellen Streifen: die zerknüllten Leintücher, das khakifarbene Gesicht in der Ecke des Bettes, das Militärsgesicht.

Völlige Dunkelheit, keine Bewegung. Atemgeräusche, ein Durcheinander von Gerüchen, der schwere Dunst des Bettes, das knarrte.

Das Bett steht rechts, ich stütze mich an seiner Kante ab, etwas weiter steht der Gasherd, noch drei Schritte – die Tür. Sanda erlaubt mir nicht, mich auf die Bettkante zu stützen, sie führt mich bis zur ersten Tür. Ihre Atemzüge schwirren mir durchs Gehirn. Ihre Atemzüge, mein Atem, ich weiß nicht, wie viele Atemzüge, versuche, sie zu zählen, sie überlagern sich, einer, zwei, schwer auseinanderzuhalten, noch einer, drei, vielleicht drei... Sie hat eine heiße, leicht feuchte, gleitende Hand, meine Finger rutschen höher, zum lauwarmen Ellbogen hin, Stechender Geruch, feuchte Leintücher. Eine schwere, erstickte Stille, die ich den ganzen Sommer hindurch, Nacht für Nacht aus nächster Nähe belauert habe, aus meinem Zimmer, wo ich vielleicht irgendwann wieder hingelangen werde, doch sieh, die erste Tür, eine niedrige Schwelle, rechts ist das Waschbecken. Noch drei Schritte, ich bin über dem Keller. Hier wellt sich der Fußboden knarrend, links berühre ich den Wasserkessel. Ich höre, wie Sanda sich hinter mir mit langsamen Bewegungen ins Bett legt, das Bett raschelt, die Stimmen haben scheinbar etwas gemurmelt.

Ich bin da. Drücke langsam die Klinke bis zum Anschlag herunter, man darf sie nicht loslassen. Öffne die Tür, nehme die Hand erst von der Klinke, nachdem sie in die Ruhestellung zurückgeschnappt ist. Löse die Finger sachte, kenne diese Technik gut, man darf die Tür erst öffnen, wenn die Klinke bis zum Anschlag herun-

*tergedrückt ist. So, Schluß, ich bin im Zimmer. Habe die Tür
geschlossen, das Bett steht gleich daneben, unter dem Glasviereck,
der Fotomontage meiner legendären Kampagnen. Vom Fenster her
spielen die Schatten der Zweige auf den Fotografien, der Pionier
scheint einen Schnurrbart zu tragen.*

Im Abgrund der Schlaflosigkeit habe ich Nacht für
Nacht, wenn ich schwankend, zerflossen und aufgeheizt
nach Hause kam, den warmen und finsteren Geräuschen
aus der Küche gelauscht. Die Kleider, wie immer, ordentlich über dem Stuhl, die Schuhe ausgestopft, das Hemd
am Haken, die Schatten der Zweige auf den Fotos der
glorreichen Pionierzeit. Dies sah ich, wenn ich bis zum
Morgengrauen der verworrenen Stille des Hauses
lauschte. Von der Festung und vom Wäldchen her
raschelte die Unruhe des Sommers bei Nacht dünn und
schwarz und geduckt durch die Küche, sie rief mich,
warnte mich, nicht zu spät zu kommen, nicht zwischen
den Windungen der Adjektive zu verweilen, welche die
Nachmittage verlängerten und die Abende in so viele
kostbare Unentschiedenheiten verwickelten.

*Ich brauche keinen Schlafanzug mehr, behalte bloß das Unter-
hemd an. Die nebenan schlafen. Der Pappkarton mit den Fotografien bewegt sich, schaukelt die Schnurrbärte. Das Bett knarrt. Die
Stille lastet mir auf der Brust, auf den Schultern. Ich fühle mich
wie unter einem Panzer, höre meinen Atem. Seit zwei Jahren, seit
Sanda bei uns ist, schläft sie in jenem Holzbett in der Küche. Im
Winter kriecht die Kälte hinein, gewiß, das Bett steht am Eingang, gleich neben der Tür.*

*Ihres, das Holzbett, knarrt noch lauter, ich weiß es. Die zer-
wühlten Leintücher rochen nach Schweiß, strömten aber noch
einen strengen und süßen Duft aus, Wärme, und noch einen anderen Geruch, Feuchtigkeit, Hitze, oder etwas anderes, Faules, Über-
wältigendes, eine Art Schlafgeruch, animalisch.*

Die Augen haben sich angepaßt, ermüden nicht mehr in der Dunkelheit. Belauern den Atem. Die Zeit galoppiert, peitscht sich voran, entgleitet mir, auf daß ich sie nie mehr einhole.

Julias Haut, ein kühles Wasserspiel, die aufgeplatzten Lippen, von Bissen verbrannt. Jeden Abend der gleiche Irrsinn, mal etwas fortgeschritten, mal etwas gemäßigter; wir wringen uns aus wie heiße, dampfende Wäsche. Die Brüste waren aus dem schräg unter die Schulter gerutschten Nachthemd hervorgequollen, Sanda schwankte benommen, stieß mich in Eile voran.

Das Haus lag tot da, endlos auf der Hut sein, bis ich den Schlüssel höre. Ein Schlüssel bewegt sich im Schloß, eine Tür bewegt sich, es ist vorne bei Sanda. Man tritt ein, nein, man geht hinaus, sicher. Sie ist allein, schuldig, sie weiß es, wartet, wird bezahlen ...

Ich suche einen kühlen Fleck auf dem Kissen, dem Leintuch. Überall ist es warm, eine Gummifolie. Das Kissen ist wie mit lauwarmem Wasser angefüllt. Das Zimmer ist erdrückend, schwül, der Menschen überdrüssig. Die Schwüle des verlogenen Sommers, der vergangenen verlogenen Sommer, die jetzt zurückgekehrt ist, sich angesammelt hat, ein Fluch. Das Zimmer erdrückt einen, muß gesprengt werden, gesprengt und plattgewalzt muß auch die dünne, indigofarbene Blase der Nacht werden, gesprengt und beschmutzt muß auch die klamme Erwartung werden, mit ihrem hungrigen Maul, dem nach Speichel und Blut und Wärme dürstenden Mund, der angefüllt ist mit dem Schlamm der Adjektive. Einen Augenblick lang höre ich noch den leisen, im Falsett säuselnden Ton der falschen, verspäteten Unschuld, sehe ihre langen Haare, spüre den dünnen, heißen Sanatoriumsatem. Die Bewegungen erlernen, ins warme, klebrige, selbst unter dem Zahnfleisch noch pochende Maul des Ungeheuers kriechen, das brennend, blutend und hungrig den Fall der Beute belauert. Verloren am Ende, verkrampft. Mithin lebendig, zu zerfleischen.

Stille herrscht. Keine Bewegung. Die Klinke muß bis zum Anschlag durchgedrückt werden, dann erst kann man die Tür aufstoßen. Die Schritte erschüttern die Brust, das Gehirn.

Ich bin über dem Keller, hier knarrt der Fußboden. Rechts der Wasserkessel, links die Waschschüssel. Die Hand gleitet auf die nächste Klinke, drückt die zweite Tür auf.

Im Käfig wütet die Dunkelheit. Ich bin neben dem Gasherd angelangt, einen Schritt noch. Niemand hat sich bewegt. Verloschener Atem, verständlich. Ich bin gehört worden, vielleicht erwartet. Ein Kompromiß, ein kleiner Preis fürs Schweigen. Ich brauche bloß den Krater zu besetzen, die Krankheit der Sommernacht, ihre elenden Lumpen, muß blind durch die Lava von Larven und Polypen hindurch. Ich schwimme im verlogenen Leintuch des Kinos, das jetzt feucht und schmutzig mit mir wogt, riechend, angesteckt, wie ich selbst. Sieh, meine verwirrten Hände, die Haare, der feuchte, aufgedeckte Leib der Verheißungen, das Grün des Sommers, dunkler geworden in den ausgebreiteten Haaren, die voller Bakterien phosphoreszieren. Ich beiße in den Schulterapfel, noch stöhnt Sanda leise, begegne schließlich Julias zerfetzten Lippen, der Haut im Wasserspiel. Die warme und hungrige Schnauze des Rehs tobte, verlangte nach mir, ich wurde in die Tiefe hinabgezogen, der Wirbel ließ mein Blut, von den Sommerviren befallen und erkrankt, wallen. Das verdammte Kribbeln, das mich schließlich mit Scham und Ausdauer angesteckt hatte, Vergessenheit und Überdruß und Vergnügen; ein Sich-Verlieren, das immer näher kam, zu nah, in mir…

DIE KATZE

Es gibt Einzelheiten, die man vielleicht zu spät erfährt. Sie passen jedoch so gut zu einer gewissen Person, daß sie Einsichten ermöglichen, die scheinbar unerwartet näher rücken, sich anordnen wie Eisenfeilspäne in einem Magnetfeld.

Die Geiseln waren auf einem Dachboden eingeschlossen worden. Waren geschlagen worden, hungrig, seit über einer Woche standen sie unter der Androhung des Todes. Keinerlei Verständigung mit den Familien, die im Nachbardorf auf die Auflösung warteten.

Das Vorkommnis entspricht meinem Genossen Vater, meinem gewesenen Partner und Druckereibesitzer, behauptete Lica, und lümmelte seine langen Beine auf den Schemel, wo er sie immer ruhen ließ, wenn er sich die Ruhepause eines freizügigen Gespräches gönnte, einfach so, für das Vergnügen, dem jüngeren Freund zu widersprechen. Der Anzug ist perfekt angepaßt worden, mußt du wissen, könnte nicht einmal mehr von seinem wahren Besitzer zurückgefordert werden. Der Fremde, also moi atetz*, scheint immer drinzustecken. Also ist er geradezu ... Und die seinesgleichen.

Die Zehn waren isoliert worden, man hatte ihnen den Tod angedroht, wenn sich unter ihnen keiner fände, der aussagt, wer die Klagen der Bauern über die fremde

---

* moi atetz, russisch: mein Vater (A. d. Übersetzers)

Besatzungsmacht geschrieben hatte. Die Bauern konnten die Sprache der Fremden nicht. Folglich konnte nur einer der Exilierten diese faktenreichen und überdrüssigen Beschwerden geschrieben haben: wie viele Schweine gestohlen worden waren, wie viele Pferde für die Truppen beschlagnahmt worden waren, die mißbrauchten Frauen, Jugendliche, die ohne Erklärung in der Nacht abgeholt worden waren.

»Reicht euch denn euer Unglück nicht? Habt ihr Mitleid mit diesen Wilden, unter denen wir euch beerdigt haben, damit ihr mit ihnen krepiert?« So hätten sie gebrüllt, sagte der energische Erzähler mit seiner männlichen, hastigen Stimme, so brüllten also die Bestien vor dem Bahnhofsviereck, bevor sie aufs Geratewohl zehn Männer auswählten, die dann aus jenem Weiler in der Steppe verschwanden, keiner wußte, wohin.

Lica stufte die Pointen seiner Erzählungen immer ab, um den Zuhörer genau dann zu treffen, wenn dieser es nicht erwartete, und zwar am empfindlichsten Punkt. Selbstverständlich wußte er, daß der scheue Gelehrte vor ihm keine Katzen leiden konnte, keine Hunde, Fische, nicht einmal die Hühner, die Hauskaninchen. Die Tiere interessierten ihn nicht, ja sie ließen ihn sogar erstarren, sie riefen bei ihm eine Art Unsicherheit und Widerwillen hervor. »Dieser Strich rührt kein Huhn an, auch wenn du ihn in Stücke schneidest...« Die Tatsache, daß die Geisel die Katze vom oberen Stockwerk hinunter geworfen hatte, würde bei ihm bestimmt bloß Gleichgültigkeit hervorrufen.

Du, der du kein Viehzeug anrührst, als wär's der Teufel, würdest du ein Tier töten? Nun, denk nach! So mußt du das Problem sehen... Schließlich kennst du doch den Genossen. Und ausgerechnet unter jenen Umständen.

Nun konnte er sich seine Zigarette anzünden, selbst wenn, oder gerade weil der Gymnasiast keinen Rauch vertrug ... Er zog das Päckchen heraus, rollte die Zigarette zwischen den Fingern, öffnete die Streichholzschachtel ... außer dem Genuß, zu provozieren und aufzuschneiden, interessierte ihn nun nichts mehr. Das war's, da ließ sich nichts machen, bald wird er auch seine elende Wolljacke ausziehen! Er wird leiser werden, schonender, seines Sieges so sicher, daß er sich die Faulheit und einiges Zartgefühl leisten kann.

Nach zwei Tagen wurde den Gefangenen mitgeteilt, die Geiseln befänden sich im Nachbardorf bei der Kommandantur. Wo sie der Reihe nach, einer nach dem anderen erschossen würden, bis der Schuldige auftauche.

Die niedrige, feuchte Ecke eines Dachbodens, verprügelt, erschöpft vor Hunger, ineinandergepfercht. Ohne jede Verständigungsmöglichkeit mit der Außenwelt. Bloß jenes langgezogene, schauerliche Greinen, wie ein wimmerndes Kind.

Es kam vom Dach her, näherte sich der Fensteröffnung. Sie hatten sich daran gewöhnt, warteten, zu einer bestimmten Uhrzeit trat es auf. Wer weiß, was sie erfunden hatten, um sie anzulocken, sie länger in jenem Gitterviereck verweilen zu lassen.

Man kann annehmen, daß auch die weniger sentimentalen Insassen das Spiel angenommen hatten.

Gewiß, man konnte es annehmen ... Es kann nicht schwer sein, sich eine abgezehrte, erkältete Katze mit ausgestochenen Augen vorzustellen, schön gestreift, weiß-braun, breite Streifen. Ein zusammengeschrumpfter Tiger, schmierig und schmutzig, ein gezähmter Bariton mit einem Drüsenleiden. Allerlei Tricks, um die Anwesenheit des elenden Katzentiers zu verlängern und zu unterstützen. Kasernenmäßige Unterhaltung, unter jenen Bedingungen, die völlig..., bestimmt leicht zu verstehen.

Unterhaltung, sagst du? Ihr menschliches Moment, die Hoffnung in solcher Hoffnungslosigkeit.

Das einzige Zeichen, daß sie noch lebten, sagte pathetisch und überlegen der heisere Amateur der Spekulationen... das Leben ging weiter, die Welt sollte mit all ihren Lebewesen weiterhin überleben, und dies unter solch barbarischen Bedingungen. Das bedeutete, daß auch sie, die Verurteilten, die ... und so weiter und so weiter.

Der Drucker zog den kürzeren linken Fuß nach, der in einem Schuh mit dreifacher Sohle steckte. Er konnte sich nicht mit allzugroßer Heiterkeit an den albernen Späßen der anderen beteiligen. Höchstens dann, wenn die Angst bei ihm – so sagte man – die Gestalt einer berauschenden Blödheit angenommen hatte. Er tanzte wie ein in Trance geratener Mamelucke. Die Angst bricht jedoch auch anders aus, schreckenerregend. Es ist überhaupt nicht auszuschließen, daß die Hoffnungslosigkeit eine halbe Stunde vor der Exekution dessen, der als erster abgeholt wurde, in totale Wut umschlug.

Das Tier hat, buff, das Pflaster blutig werden lassen. Als wären die Gewehre stumm in einer dicken Wand aus Filz detoniert.

Vorausgesetzt, daß solch ein mitnichten außergewöhnliches Ereignis zu dem Mann paßt, so kann man bestimmt auch akzeptieren, daß er danach jene saftigen Prügel von seinen Kameraden einzustecken hatte.

Ein Geschichtchen von dieser Art hätte der Gymnasiast sich auch von seinen Eltern erzählen lassen können, dazu brauchte er nicht unbedingt Lica. Spät in der Nacht beispielsweise, wenn das Flüstern aus dem Schlafzimmer gut zu verstehen war.

Ausbrüche von Unzufriedenheit mit der großartigen Person hatte es schon gegeben. Auch wenn sie schüchtern vorgetragen worden waren, maskiert. Glich etwa der arme Drucker Dragu, der Vater des spaßhaften Lica, dem zukünftigen Vater des ganzen Volkes? Schließlich hatte auch dieser in seiner kämpferischen Biographie die gleiche Episode, absolut die gleiche. Der ehrgeizige Fanatiker, zukünftige Große Führer, der Geliebteste Sohn des ganzen Volkes stieg schon in diesen ersten Nachkriegsjahren auf der dunklen Leiter der Hierarchie empor ... auch wenn damals erst wenige die wahre Gefahr ahnten, die in der verborgenen Paranoia des kleinen Stotterers steckte. Die Geschichte mit der Katze, die von allen Gefängnisdirektoren geliebt wurde, und die der eiserne Fanatiker umbrachte, paßte selbstverständlich perfekt zur Vergangenheit, Gegenwart und Zukunft des großen Anonymen, der gerade aufstieg.

Doch über solche Dinge sprach man bloß im Flüsterton. Es gab keinen Grund, sie zu erfahren, du konntest nichts mit ihnen anfangen, die Zeit gestattete keine feinen Interpretationen.

Nur der rappelköpfige Lica konnte sich alles ausleihen, sogar solch ein wahres oder erfundenes Mißgeschick, um es gegen den Vater zu verwenden, der hinkend und humpelnd sich unverdient auf der Treppe nach oben hangelte. Gleich nach dem Krieg hatten sie in zwei Hinterzimmern der Wohnung, die sie bekommen hatten, zusammen so etwas wie eine kleine Druckerei zustande gebracht. Sie hatten sich eine gebrauchte Rotationsmaschine besorgt, die sie bald, wie es sich gehörte, dem Staat gestiftet hatten. Dem zukünftigen politischen

Aktivisten nahe genug, hatte der Sohn Stunde um Stunde aufmerksam seinen Projekten zugehört. Er ahnte die finsteren Ambitionen. Folglich war er einige Jahre lang Drucker, wie sein Vater. Danach war er noch ein Jahr lang an seiner Seite, beobachtete, wie er angestrengt durchhielt; als wäre er einer von ihnen, vielleicht gehörte er auch zu ihnen, wurde er am Anfang von den Druckereiarbeitern bloß geduldet, dann aber wurde er immer sturer, hob sich, ganz Herr über sich selbst, aus ihren Reihen empor. Lica aber, launenhaft und biegsam, hatte nicht Schritt gehalten. Aber er wollte es auch nicht, gewiß.

Mannhaft wie drei seines Alters, behauptete er, daß er »in solchen Sachen« keinen Atem habe. »Entweder Seele oder Atem«, pflegte er zu sagen. Ein länger zurückliegender Bruch, der sich mit der Zeit vertiefte: die heitere Frotzelei des Sohnes, die kalte und hochmütige Verachtung von seiten des Vaters.

Die Wut des Ängstlichen hatte schon damals dessen Blindheit angezeigt, die Bosheit, den Egoismus und die Beschränktheit, meinte Lica. Im Gegenteil: Ein höheres Gespür für die Umstände, die Überlegenheit und den Scharfsinn, versuchte sein bleicher Freund, der Saint-Just-Gymnasiast, argumentierend zu erwidern...

»Verdammte Berühmtheit, elender R-Roller, Milchgrieß!« Doch Licas Plädoyer verließ schnell das Geschehen, um Details und Urteile einzufangen, die eher die Person betrafen als den Fall. »Mensch, die von der Art meines Vaters mag ich wohl zu einfach beurteilen, aber ich fehle nicht. Wenn ich einen reden höre, frage ich mich, was der etwa bei uns in der Binderei zustande bringen würde. Keinem würde ich viel zutrauen. Mein Vater, zum Beispiel. Schließlich haben wir ja zusammengearbeitet. Ich weiß, was der wert ist. Dem würde ich nicht einmal die Pförtnerloge anvertrauen. Der ist nicht imstande, etwas ernsthaft zu Ende zu bringen. Bloß reden, intrigieren, das kann er. Je höher die steigen, um so unfähiger sind sie zu tatsächlicher Arbeit. So daß der Große Führer...«

»Binde dir eine Krawatte um und setz einen Hut auf! Du wirst bald alle Beweise bekommen, die du suchst.«

Solch eine Erwiderung konnte nur von dem Vagabunden, von Lica kommen.

Eine Woche später erschien der Gymnasiast außerordentlich elegant zu den Sitzungen, vor allem mit einer Krawatte um den Hals. Die Initiative hatte jedoch, um seine Solidarität zu beweisen, der Gauner Lica selber übernommen. Obzwar er bloß Pullover ertrug, karrierte Hemden mit großen Kragen, die man wechseln konnte, Unterhemden und Windjacken, trat auch der Berater selber besonders gut gekleidet auf und – der Gipfel –, er trug einen Hut. Lica hatte bis dahin nicht einmal eine Baskenmütze akzeptiert. Jetzt aber ...

Auf diese Art hatte er übrigens auch den jüngeren Freund überzeugt, durch sein persönliches Beispiel. Der Vater, der Genosse, trug weiße Hemden, hatte den offenen Kragen immer über das Sakko geschlagen. Den Kopf immer unbedeckt, wie grimmig auch die Winter waren. Diese Kleidung, konnte man sagen, war zur Pflicht geworden. Die vom Sitz der Partei hatten sich daran gewöhnt, mit weit geöffnetem Kragen über den Anzugsjacken zu den Instruktionssitzungen zu erscheinen.

Ein Zaudern wäre von keinem der Sitzungsteilnehmer übersehen worden. Um so weniger das des Gymnasiasten, der tatsächlichen Größe, auf der so viele Hoffnungen ruhten.

Während der Begegnungen hatte der Junge sich immer schweigsamer gezeigt; Lica aber hatte ihn weiterhin regelmäßig besucht, er ging wie früher mit ihm um. Als merkte er nicht, daß der Jugendliche sich nicht so richtig wohlfühlte in seinen Gewässern. Unsicher in seinen Bewegungen, bleich, als bekäme er nicht genug Schlaf. Ständig beschäftigt, mit den Gedanken woanders. Über die Folgen seines exzentrischen Benehmens sprach er lustlos. Und die Bemerkungen und Späße seines Beraters Lica über die Nachrichten von den Schauplätzen des Kampfes schienen ihn nicht zu interessieren. Er akzeptierte sie, lächelte. Manchmal konnte er, von der Heiterkeit des anderen angesteckt, dem Lachen nicht widerstehen. Doch schnell wurde er wieder gehemmt, antwortete überdrüssig. Bei der Rayonsparteileitung behielt man ihn beharrlich und etwas zu freundlich lächelnd im Auge, doch warf man ihm nichts vor, was bestimmt der Verwandtschaft mit dem Genossen Dragu zu verdanken war. Er hatte einige Male die Stirne gerunzelt, sich aber nicht deutlich geäußert. Folglich sagten auch die anderen nichts. Vor allem, tja, Lica war sein Cousin, also der Genosse … tja, Verwandte, man konnte nie wissen … vorerst akzeptierten sie die Situation, warteten ab.

Ohne den Ansporn durch Lica hätte der Junge möglicherweise den Mut zu einer derartigen Unverschämtheit nicht aufgebracht. Er hatte sich erst nach vielen Auseinandersetzungen überzeugen lassen … hatte behauptet, das Vorkommnis ließe Nuancierungen zu und die Argumente blieben widersprüchlich. Manchmal, vielleicht als Beweis für seine Unabhängigkeit, bestand der Gymnasiast darauf, die Seite des Militanten zu stützen. Die Geste, in einem kritischen Moment, in Zorn, Wut und Hoffnungslosigkeit die Katze hinunterzuwerfen, konnte als ein Beweis für die Ernsthaftigkeit des Mannes betrachtet werden: ein schmerzerfüllter, hartnäckiger Mensch, hart mit sich selbst, dem nicht nach Späßen zumute ist, wenn ein Kamerad stirbt!

Lica hatte die Besuche und die Zigaretten vermehrt, er kam immer wieder, war beharrlich, änderte seine Reden, kam wieder auf seinen Gegenstand zurück, hatte seinen Spaß. Vielleicht wäre es ihm trotz des hemmungslosen Einsatzes all seiner Anekdoten und Spitznamen nicht gelungen, hätte er nicht die frühere Gestalt seines Vaters der gegenwärtigen, sichtbaren und überprüfbaren angenähert. So sehr du dich auch auf eine abstrakte Person beziehen magst, die reale Person, die du erst gestern gesehen hast, bleibt – das mußt du zugeben – ziemlich unerträglich ... »Sieh ihn dir erst einmal an und philosophiere danach, wenn du es dann noch kannst! Binde dir eine Krawatte um, setz dir einen Hut auf. Nur so, als Zirkusnummer. Damit du siehst, was rauskommt, wenn du es nicht wie er machst.« Er war sich seiner Meinungen und seiner Witze sehr sicher. »Bald werden sie sich alle überzeugen, mit wem sie es zu tun haben. Das Zeug zum *Führer.* Bloß daß Väterchen auf einem kleinen Sockel steht. Beeil dich, so lange er noch seinen Sockel hat ... «

Er hatte es ohne Überzeugung begonnen. Hatte plötzlich alles ohne Schwung, scheinbar mit etwas anderem beschäftigt, angefangen ... Seine Apathie und Einsamkeit waren keineswegs Reaktionen auf die Gefahr, in die er sich hatte bringen lassen. Sein Freund Lica hatte logisch abgeleitet, daß ihn etwas anderes beunruhigte, das mit dieser alten Geschichte nichts zu tun hatte. Lica konnte sich nicht dazu entschließen, ihre in letzter Zeit ziemlich eingetrübten Beziehungen durch einen Scherz umzulenken. Ihn beispielsweise zu fragen, wie er seine

Nächte verbringe. Er beobachtete ihn aufmerksam, diskret.

Die Voraussagen hatten sich nicht bewahrheitet. Daß er in etwas unpassender Aufmachung beim Sitz der Partei aufgetaucht war, hatte keinen Sturm ausgelöst. Bloß ein dumpfes Rumoren im Umfeld des Gymnasiasten. Immer noch eingeladen, trotzdem, war er bei allen politischen Instruktionen zugegen.

Wie er seine Freizeit verbrachte, die Nächte beispielsweise? Lica hätte nicht ahnen können, daß solcherart Scherze, die er, den in letzter Zeit etwas seltsamen Zustand des Jugendlichen berücksichtigend, seit einiger Zeit vermied, ins Ziel getroffen hätten.

Er hätte, wer weiß, die unvermutete Seite der Situation entdeckt. Selbstverständlich hätte er sich nicht vorstellen können, daß sich jemand verpflichtet fühlen könnte, sein Verhältnis und seine Macht gegenüber den ... sagen wir, den Katzen gegenüber zu klären. Die Treue der Katzen mit übertriebener Ernsthaftigkeit betrachtet? Angesichts eines Geschöpfes, das Gesetzen gehorcht, mit denen du keine Verbindung aufnehmen kannst, und über eine fremde Sprache verfügt, betrachtest du dich als unvollkommen. Die Faszination des Blicks, nachts, wenn das Fell sich mit Finsternis auflädt. Das menschliche Schreien, dem die kosmischen Zeichen antworten, für die du nicht existierst, oder deren Opfer du bist. Der schlaftrunkene Blick am Tage. Die faule, zahme Schläue, in die sie sich flüchten, sich belauernd, kommunizierend, in die letzten Ecken der Höfe und Gärten geduckt, an Hausecken, in Kellern den günstigen Augenblick abwartend, den Alarm.

Dich ständig unsicher zu fühlen, unvollständig, bedroht, unter so vielen unverständlichen Lebewesen ...

ein untergründiges, benachbartes Volk, das am hellichten Tag ebenso hervorschießt wie in der finstersten Nacht, die zu lange schon andauernde, zahme Friedfertigkeit ablegt. Ganze Rudel, die Augen von Grausamkeit entflammt, die ungeduldigen Krallen. Große, kleine, kräftige, dicke, riesige, dünne, kümmerliche. Alle Größen und Farben. Schwarze, die kompakteste Finsternis. Weiße, die plötzlich zu hunderten aus der buckligen, weißen Wand der Küche hervortreten. Oder Rötliche, Kraushaarige, Brennende. Oder Braune, wie der Schrank da vorne, aber auch Grüne, die sich aus dem grünen Überzug des Kanapees rollen, Gelbe wie die Teppichrolle, aus der sich unendliche Mengen entrollen könnten. Bläuliche im Spiegel des Fensters, in dem die trübe und verdächtige Abenddämmerung zu kleinsten Splittern explodieren könnte. Blaue, wie dieses Federbett, das sich sprungbereit über der Matratze wölbt ...

Ein Ängstlicher, Blinder, der unfähig ist, die Überraschung zu ertragen? Dem der Mut fehlt, die Genossenschaft so vieler rätselhafter und nicht einschätzbarer Viecher zurückzuweisen? Der sich bloß mit geschlossenen Augen durch die Welt traut, in der er aufgewacht ist, erschrocken über ihre versteckte Natur, aber auch über die sichtbaren, unmittelbaren Gefahren? Ohne eine andere Kraft als der, sich eine Rolle vorzustellen und sie verbissen, abwesend zu spielen ... Hätte Lica es verstanden, solche Geständnisse zu provozieren und zu erhalten, so hätte er vielleicht auch zu der Klugheit gefunden, sie einer jener vorübergehenden Ermüdungen zuzuschreiben, die in früheren Zeiten schon das eine oder andere Mal die Kräfte des jungen Freundes versucht hatten. Wer weiß, das lachhafte Dilemma hätte sich wenigstens für einige Zeit auflösen lassen. Ein Scherz, ein Film, ein längerer Spaziergang zu zweit … Doch Lica erwartete nichts so sehr wie die Nachrichten über seinen Vater, das Ziel der gemeinsamen Aktion! Er observierte seinen Partner, doch er war sich zu sicher, daß dessen Verstörung bloß von seiten des Genossen kommen konnte, dem Gegenstand des Spieles, das sie in Gang gebracht hatten.

Vor allem, da Väterchen Dragu immer seltener auftauchte. Bis er überhaupt nicht mehr erschien – in einen polygraphischen Betrieb geschickt, so sagten es die bösen Zungen, wo er sich wieder seinem Beruf widmen müsse. Durch einen häßlichen, höflichen jungen Mann ersetzt, der aus der Hauptstadt gekommen war, und von dem man gehört hatte, er habe sein Studium im letzten Hochschuljahr unterbrochen, weil er krank geworden sei. Er schien tatsächlich gut instruiert zu sein, doch gesundheitlich recht angegriffen, der neue Aktivist.

Erst an einem regnerischen Dienstagnachmittag, zum Familienbesuch gekommen und einige Stunden über die verabredete Zeit wartend, erfuhr Lica von der Mutter des Jungen, daß dieser den ganzen Sonntag auf der Veranda der Nachbarn verbracht habe. Über eine Kiste mit Sand gebeugt, in der die Großartige über einem Häuflein Kätzchen kauerte, die sie soeben geworfen hatte. Und am Abend sei er beinahe ohnmächtig nach Hause gewankt, habe sich fortwährend übergeben und die ganze Nacht nicht geschlafen … Lica brach nicht, wie zu erwarten gewesen wäre, in Gelächter aus. Auch schien er nicht alarmiert über die Dummheit, zu der manchmal die Humorlosigkeit und Zerbrechlichkeit desjenigen führte, den er mit geheimem Zartgefühl bevormundete. Also konnte auch Lica bis zur Verblödung ernst werden, humorlos, nachsichtig mit den Merkwürdigkeiten derer, die er liebte! Der Halbwüchsige war ihm geradezu sympathisch geworden, doch wollte er ihm nicht zeigen, daß er eine Veränderung wahrgenommen hatte. Er fragte ihn weiterhin bloß über den Genossen Dragu aus und überprüfte, ob der Junge seine Kleidung vor den Sitzungen immer noch so peinlich genau vorbereitete. An dem Tag, da er im Gesicht seines Partners dessen Absicht erriet, auch von etwas anderem zu sprechen, deckte er ihn schnell mit seinen gewohnten Albernheiten ein, plapperte wie ein Besessener und pustete nach jedem zweiten, dritten Wort den Rauch seiner stinkenden, billigen Zigaretten in die Luft.

Die einigermaßen seltsame Folge des Verschwindens von Dragu war eine ungewohnte Vielfalt in der Kleidung seiner früheren Mitarbeiter. Hüte tauchten auf, Seidenschals. Und was die Krawatten betrifft – auch wenn es noch alte waren, ziemlich ausgeblichene darunter –, sie waren nun fast allgemein üblich. In der wohlgeordneten Mäßigung der Auseinandersetzungen schienen sie geradezu verpflichtend. Zu wenige trauten sich, wenn die Schwüle im Raum übermäßig angestiegen war, den Knoten ein wenig zu lockern und den Kragenknopf zu öffnen. Von geöffneten und über das Sakko geschlagenen Kragen konnte keine Rede mehr sein. Der Ersatzmann für Dragu, der junge Brillenträger, erschien selbstverständlich nur im schwarzen Anzug mit weißem Hemd und Krawatte.

Unter diesen Umständen war die Spannung um so schwerer zu verstehen, die, wie es dem Schüler schien, plötzlich, und nun tatsächlich ohne die Schuld seinerseits, um ihn entstanden war. Sprachen sie strenger mit ihm, lakonisch, waren sie verstört? Fortwährend, so schien es ihm, fanden sie etwas anderes an ihm, was nicht in Ordnung war und wo er etwas nachzuholen habe. Zu manchen Sitzungen vergaßen sie, ihn einzuladen. Ja noch schlimmer, sie bestellten – wie aus Zufall, oder vorgebend, sie hätten ihn nicht erreichen können – einen anderen Delegierten seiner Klasse.

Als sie ihn von der Liste für die Weltfestspiele strichen, oder ihn nicht einmal vorschlugen, wollten einige wissen, daß der Grund dafür ebenfalls in Zusammenhang mit Dragu stand, dem Ausgeschlossenen, dem Ehemaligen: Schließlich waren sie verwandt, nicht wahr. Es ist absurd, vollkommen absurd! murrte Lica, der sich nicht mehr beruhigte, Lica, der Kegelbruder, der Knallfrosch, das Schandmaul.

Er müsse protestieren, Rechtfertigungen verlangen. Die Situation muß geklärt werden, es kann nicht so bleiben, jedwedem anheimgestellt ... doch seine Anweisungen blieben folgenlos. Der Gymnasiast sah von oben herab, antwortete wie ein Philosoph jedesmal mit der gleichen listigen Demut: »Ich halte mich für noch viel unwürdiger, als sie je herausfinden können.«

Dies, selbstverständlich, um aufzuschneiden! Keiner konnte ihn übertreffen, als er den Skeptiker spielte, jederzeit bereit, sich zu seinen Papieren zurückzuziehen, in seine subtile Wichtigtuerei, aus der er, wie man weiß, ohne seinen Willen gerissen worden war. So daß Lica, der Brandstifter, beschloß, zur Klärung dieses Sachverhaltes persönlich an der *entsprechenden Stelle* vorzusprechen.

War er zufrieden, als er wiederkam? Die Erklärungen, die er erhalten hatte, oder von denen er sagte, er habe sie erhalten, konnte er auch nach seinem Willen zurechtgerückt haben. Er präsentierte ein neues, verworrenes, spaßiges Geschichtchen.

Nichts Schlimmes, volles Vertrauen, doch, wer weiß, vielleicht, eventuell ... wachsam bleiben, wachsam ... wir werden sehen, werden der Sache nachgehen, unklar, Vetternwirtschaft, bürgerliche Überbleibsel, der Klassenkampf, Wachsamkeit, so etwa könnte das Gestammel geklungen haben, mit dem er in großer Geschwindigkeit versuchte, die Erklärungen wiederzugeben, die er nicht erhalten hatte.

Aber er redete gar nicht von seiner großen Mission. Er stürmte schlicht und einfach, holterdipolter, aufgeblasen und in Eile zur Tür herein:

»Komm, laß diese Dummheiten. Komm ins Kino, wir haben einen Film frei...«

So daß sie, als wäre nichts geschehen, ins Kino gingen. Einige Minuten nachdem der Vorfilm über die Parade und die festliche Demonstration begonnen hatte, zischelte der Intellektuelle ins Ohr des Langen: »Sieh, dein Vater.« Auf dem großen Platz nahm der General hoch zu Roß den Rapport des Regimentes entgegen. »Sieh, dein Vater«, wiederholte der Bücherwurm. »Welcher denn, bist du verrückt?« schrie außer sich der berufsmäßige Optimist. Er stand auf, riß seinen Nachbarn vom Stuhl. Zerrte ihn hinter sich her und aus dem Saal hinaus. Schweigend gingen sie eine Weile.

»Das war ein General, du Büchertrödler!«

»Meinst du?« wagte der der Weggefährte zu fragen.

»Genosse Vater ist vom kleinsten Kaliber, hab ich dir gesagt. Er ist gestolpert, verrichtet niedere Tätigkeiten. Ich hatte dich gewarnt, dir gesagt, daß sie ihn nicht lange ertragen werden. Dort hockt er nun, duckt sich, spricht mit niemandem, ich kenne ihn.«

»Bist du sicher? Dies ist eine veraltete Nachricht von vor zwei Monaten ... Ihr wohnt nicht einmal zusammen, du kannst es nicht wissen. Wenn ... jetzt? General, sag ich dir. Hast du gesehen, wie stolz er im Sattel saß! Das Pferd war vortrefflich, weiß, ein Paradepferd. Du hast doch bloß rumgeguckt, den Röcken nach, wie üblich ... General! Bald wird er noch größer sein, der Aller... Der Geliebteste, der Geachtetste ... Der!«

Lica blieb auf der Stelle stehen, um sich von der Übergeschnapptheit des Flegels zu überzeugen. Das Schandmaul konnte seine Flüche kaum unterdrücken, doch der Gymnasiast schien das nicht zu merken.

»Und was, wenn? Laß gut sein, du kannst nicht alles vorhersehen«, brummte gleichgültig der Schweigsame.

»Beistrich, der du bist, kurze Hose, Maus mit Ärmeln«, dies waren die Tröstungen, die den kleinen Spaßvogel erwarteten.

»Komm, reg dich nicht auf«, fuhr der kleine Komödiant sanft und schonend fort. »Laß uns lieber über jene alte Geschichte reden, die dir so gefallen hat. Reich auch mir eine Zigarette rüber.«

Lica kramte das Päckchen heraus, zog eine Zigarette hervor, hielt sie ihm hin. Doch plötzlich hielt er ernüchtert inne. Was für eine Katzengeschichte, was für eine Zigarette, dieser Rotzlöffel ... der macht sich lustig über mich! Er riß dem Schüler die Zigarette aus der Hand, warf sie weg, drehte sich auf dem Absatz um und ging mit großen, schweren Schritten in die entgegengesetzte Richtung.

Sein jüngerer Neffe rannte ihm keuchend hinterher, wollte ihn wieder versöhnen. »Beistrich, Stutzer, Prämiierter, dünner Brei du, Evasionist, Französist, du Mittelweg, du Gaumen-R, Wattegeist, du Kater ... Prämiierter du«, dies waren etwa die Worte, mit denen er empfangen

werden konnte. Doch er rannte und sprang, um ihn einzuholen.

Der Wüterich wehrte ihn mit den Händen ab, ver-
trieb ihn, stieß ihn weg. Auf Wörter und ausgeliehene
Geschichten hatte er verzichtet. Er sagte kein Wort,
wehrte bloß mit der Rechten den Spaßvogel ab. In
Gedanken aber verfluchte er ihn selbstverständlich voller Verdruß, in langen, gräßlichen Redeschwallen, die
voller Pathos und grammatikalischer Fehler waren.

ZWEI BETTEN

Die Wände weiß, die Türen weiß gestrichen, ebenso die Fensterflügel, das Geländer zum Hof hin. Die Zimmerdecke blieb weiß wie der Tageshimmel. Unter den Betten das gelbliche Mosaik. Der Rest des Fußbodens war allerdings mit Linoleumstreifen ausgelegt worden und darüber lagen Bahnen weißen Tuches wie unsere Fallschirme.

Perfekte Isolation, wie sie beispielsweise in der Mitte der lärmenden Stadt ein gutes Hotelzimmer schafft. Ein ruhiger Raum, abgeschirmt von der Ungeduld, welche die anderen Zuneigung nennen oder Besorgtheit.

Doch solch eine Freude hättest du damals schwerlich mitempfinden können. Stundenlang lauschtest du auf die Schritte im Stockwerk darunter, hofftest, demnächst die sehnlichst erwarteten Zeichen erkennen zu können. Die Stunden vergingen, als tropften sie Sekunde für Sekunde, die Zeit schritt langsam voran, in einer unverständlichen Kreisbewegung, in der sie immer wieder zum Ausgangspunkt zurückkam. Im Bett sitzend, den Rücken an die Wand gelehnt, starrtest du durch die gläserne Balkontür auf das weiße Viereck des Himmels. Als interessierte dich nichts; die aufgewühlten Gefühle, die darauf konzentriert waren, die Überraschung um den Bruchteil einer Sekunde früher zu gewahren.

Dein Antlitz drückte die Anspannung nicht aus, der Körper hielt sich starr in Position – wie auch immer. Die bleiche Wange löste sich nach und nach ins Weiß der Wände auf. Bloß der große, blaue Blick … ein dünnes, gemächliches Rinnsal verklebte die Wange, die Nase, das Kinn. Keine Bewegung, bloß die Stille, die vor kurzem von einem Aufstöhnen versucht worden war. Tatsächlich aber unterdrücktest du dein Schluchzen. Nach einer Weile versiegten die Tränen, dann kamen sie wieder, kündigten ein kurzes Husten an, bis man nichts mehr hören konnte, man nur noch die klaren Augen sah, nach so vielem Weinen. Die blonden Haare wurden immer mal wieder feucht, die Stirne schwitzte.

Erfolglos legte sich Gefühllosigkeit über die zu lebendigen Gefühle, die sich lediglich in der Verwirrung und in der Hast des Triumphes rächten: gering gewordene Gesten, die in Panik verfallen, wirr zitterten. Mit dem Sieg, den du erwartet hattest, bekam deine Blässe die Gewalt der Katastrophe. Das Licht deines Blicks erlangte ein unerträgliches Strahlen. Eine wahrhaft gefährliche Veränderung, die unmöglich zu beherrschen war. Sicher hattest du die Schritte gehört, die Stimme, du erkanntest sie von weitem, und wären noch so viele fremde und konfuse Geräusche dazwischen gewesen. Bis die Tür aufging, warst du eine bis zum Zerreißen gespannte Sehne. Ich schloß die Augen, um dich nicht mehr zu sehen. In jenem Augenblick hattest du ganz bestimmt den Blutdruck, die Körpertemperatur und das Bewußtsein eines Verurteilten.

Am Anfang hatte ich Mitleid mit dir. Ich bin schwach, leicht zu rühren. Und – wie es so kommt, wenn man um sich herum noch andere entdeckt, die man für noch schwächer hält als sich selbst – nach einer Woche habe ich dich verachtet. Schließlich merkte ich, daß ich zu den gleichen Bosheiten fähig war, die ich unzählige Male schon durch jene zu erleiden hatte, die zu sehr Herren über sich selbst waren und über andere. Ich hatte keine Zeit, meine Grausamkeit abklingen zu lassen. Ich legte schnell meine Waffen nieder. Ertrug keinen langen Druck. Ich hätte es vorgezogen, Doktor, wenn dein Wunsch in Erfüllung gegangen wäre und du nach Hause geholt worden wärest. Wenn ich allein geblieben wäre in diesem langen Warten, das nichts verlangt.

Damals schlug ich dir vor, mit den Fallschirmen zu spielen. Ich hatte noch nicht lange mit dir gesprochen. Man hatte mich darauf aufmerksam gemacht, daß du ein müdes Herz hast. Ich betrachtete dich verständnisvoll. Wartete, daß du aufhörst zu weinen, damit wir reden könnten. Auch ich brauchte Freundschaft, du ahnst es. Ich war ja bloß ein kleiner Junge: Das Foto zeigt gerade Augenlider, große, braune Augen, die schwarz zu sein scheinen. Die Haare beinahe blond (nicht eben wie deine, sicher), die helmartig bis zu den Ohren herabhängen und – Ponyschnitt – zwei Finger breit über der Stirn enden. Der Mund ist leicht geöffnet, nach links verzogen, eine horizontale Bewegung, frech: die Unterlippe ist hervorgewölbt; Ironie oder Gleichgültigkeit. Die Fotografie eines fünfjährigen Kindes hat keine große Bedeutung; und außerdem war ich in den weiteren fünf bis sechs Jahren noch gewachsen, hatte vieles ausprobiert. Wenn du bloß nicht so starrsinnig geblieben wärest, ich hätte dir genug erzählt.

Die Fotografie verdient trotzdem Beachtung, denn du hattest keine Ahnung, wer sich im anderen Bett befindet. Betrachtet man die Fotografie, so kann man leicht schlußfolgern, daß ich dich einige Jahre nachdem sie aufgenommen worden war auf jeden Fall hätte interessieren können. Meine Abenteuer? Märchen mit Feen und

Drachen! Eine gefühlsbestimmte, zerbrechliche Natur, wie du auch eine zu sein schienst. Es hatte den Anschein, als wären wir nicht völlig verschieden, wir hätten uns verstehen können.

So sah ich aus, damit du's weißt. Nebenan, im selben Zimmer, in dem du dich der Überzeugung hingegeben hattest, alleine das größte Unglück zu erleben. Das Fliegerspiel wäre bestimmt nicht schlecht gewesen. Zwischen unseren Betten war Platz genug. Die Matratzen hätten bei unserm Fall aufgestöhnt. Die Nachthemden, weit und lang, aus weißem Leinen, hätten sich im Flug wie Fallschirme geöffnet. Wir wären genau auf dem Punkt gelandet, wie ich es dir gesagt hatte.

Als ich dich am nächsten Tag fragte, was du werden willst, wenn du groß bist, geschah es nicht aus Rache. Ich habe mich über meinen unzugänglichen Nachbarn nicht lustig gemacht. Schließlich hatten wir uns daran gewöhnt (das war es, was sie wirklich konnten), daß sie uns immer danach fragten. Ich habe nicht darauf bestanden, das mußt du anerkennen. Ich habe von dir nicht verlangt, daß du mir sagst, wen du mehr liebst, deinen Vater oder deine Mutter. Man konnte sehen, wen du mehr liebtest.

Bloß eine halbe Stunde war vergangen – das zeigte die Uhr im Hof an – seitdem du nicht mehr schluchztest. Selbstverständlich erwartete ich keine Antwort. Vor allem, da du den ganzen Vormittag über gejammert hattest; du warst am Ende. Ich langweilte mich schlicht und einfach, hab es bloß so dahingesagt.

Und doch hast du mich mit der Überraschung beehrt, dich zu mir hin umzudrehen. Als hättest du dich an die Frage erinnert, an die du seit langem schon mit größter Ernsthaftigkeit dachtest. Du hast mir gedankenverloren, leidend geantwortet. »Arzt, das will ich werden.« Deine entschiedene, zurückhaltende Gestalt, die beherrschte Stimme, als hättest du mich schließlich doch akzeptiert.

Im Himmel wären wir alleine gewesen, Herren über uns selbst, allen bösen Träumen entkommen. Die Gefahren von früher hätten uns nicht erreichen können. Gut berechnet, wären unsere weiten, weißen Fallschirme immer auf dem gleichen Punkt gelandet. Das Drahtnetz unter ihnen tief ausbeulend, hätten die Matratzen dumpf geknackt, wie der Schlag auf dem Hausdach, über dem das Flugzeug abgestürzt war. Ich hatte mich darauf vorbereitet, dir noch einmal den Start vorzuschlagen, als jene weise und gezierte Antwort fiel, platt wie ein Pfannkuchen.

Zweifellos gehörte es sich so, daß nun auch ich dir sagte, was ich werden wollte. Schwer zu wählen; die neblige, weiße Wand. In unbestimmten Intervallen je eine Fliege, die sich an der gleichen Stelle oder beinahe an der gleichen Stelle niederläßt. Die weiß-dunstige Wand, verwirrend. Die Einzelheiten kehren wieder, beharren, setzen sich ab. Als jungen Angestellten in einer Fabrik hat es Vater beeindruckt, wenn wir mit ihm über den tschechischen Ingenieur sprachen, der in seiner Fabrik die Montage überwachte. Ein Rest von Aufregung aus der Vergangenheit? Eine wehmütige Sinnestrübung, die von einem alten, stotternden Verheddern wiederholt wird. Ein Nimbus, der die Abendspaziergänge umgab, Sohn und Vater, zwei Männer ... nach vielen trüben und kalten Jahren erwachst du plötzlich und träumst von festlichen Baustellen, den Vorteilen und der Gefangennahme durch eine sichere und geachtete Tätigkeit.

Vielleicht ist es nicht gut, zu viel über den aus dem Nachbarbett zu erfahren. Wer weiß, da entdecken wir

Ähnlichkeiten, die uns wehmütig werden lassen und uns anekeln. Abscheu hervorrufen vor uns selbst und vor dem anderen. Oder – im Gegenteil – eine totale Unverträglichkeit, die uns, wie eine Art Abstoßungskraft, plötzlich durch die Mauern schleudert, über den Balkon hinaus, so daß wir nichts mehr begreifen.

Die Erstarrung, die theatralische Hoffnungslosigkeit, in die du dich einmauertest! Mich langweilte dieses zur Schau gestellte Leiden gräßlich. Ich erwartete die Abende, damit ich verfolgen konnte, auf wie erbärmliche Weise du wieder einen Leidenstag beendetest.

Schließlich wurde es Abend. Die weißen Wände, das weiße Himmelsviereck, das man durch das Fenster sah, sie wurden immer grauer. Eine violette Gestalt, abgemagert, die langsam von der Dämmerung verschluckt wurde. Es war dunkel, der Abend war noch nicht bis zum Balkon gelangt, auch die Lichter von unten aus dem Hof hätten dich noch nicht sichtbar werden lassen. Das Hemd war zu einer der dünnen Membranen der Nacht geworden. Unter der Kuppel des Fallschirms war bloß das Rascheln der schwarzen Arme zu hören.

Die Frist der Finsternis erwies sich jedesmal als sehr kurz. Die Pfosten im Hof zündeten ihre Spitzen an. Ich fand, erhoben auf dem Kissen, den gleichen weißen Kopf wieder vor, die offenen, tiefblauen Augen. Die Finger, wie ich es vermutet hatte, in die roten Fasern der Decke verkrallt. Auf dem weißen Nachtkästchen neben dem Bett war, wie sonst auch, das Essen stehen geblieben. Ein beeindruckender Protest! Nicht so sehr Hungerstreik, als vielmehr Verachtung und Haß auf den Ort, an dem wir uns befanden, die Ablehnung seiner Gifte. Und doch hast du häufig in der Schublade des Nachtkästchens nach den Resten des letzten Paketes von zu Hause herumgekramt. Aber nach einigen Tagen, ermüdet durch die ständige Wiederholung und die schließliche Vollendung dieser unzureichend gewürdigten Szene, kehrtest du vorsichtig zur Spitalküche zurück.

Die ungekämmten Haare, strohblond, überfluteten das Weiß des Kissens. Steif und fahl versuchtest du, deine dünnen, durchscheinenden Arme zu bewegen. Blind scheinbar. Ein einziges Bild hattest du vor den Augen: nachts im Gemeinschaftsschlafraum des Internats, über die Steppdecke gebeugt, wie jetzt auch, unaufhörlich die Knöpfe aufknöpfend...

Die nervöse Hast der Finger, das irre machende Rascheln. Die Stille unserer Spitalzelle war vollkommen. Mit dem gleichen, auf die Vergangenheit gerichteten Blick hättest du die Knöpfe unendlich vieler Decken aufknöpfen können, ohne die nächtliche Unendlichkeit des Spitals oder des Internats zu überwinden. Du stuftest die Langeweile ab, den Haß, die Zerstörungswut. Der Irrsinn der Verlangsamung: ein Knopf für jede Nacht.

Oft dachtest du, vielleicht, an den Tod. Kindern geschieht es mitunter, daß sie den Tod herbeiwünschen, wenn Hürden vor den Wünschen und vor der Freiheit auftauchen, und sie wünschen den Tod nicht bloß jenen, die sie nicht leiden können, sondern auch denen, die sie lieben. Selbst den eigenen Tod, wenn jede Aussicht auf Verständigung verloren scheint.

Manchmal, das sollten wir zugeben, Doktor, stellen wir uns den Tod jener, die uns nahestehen, mit einem kalten und lange anhaltenden Genuß an der Genauigkeit vor. Wir durchleben dann nicht unbedingt Augenblicke blinder Verbissenheit oder Verirrung. Es sind eher inoffensive Momente. Erdrückende Vereinsamung, Verlassenheitsgefühle, Träumerei. Auf dem Kanapee ausgestreckt, verfolgen wir, sagen wir mal, die Bewegungen der Ehefrau. Uns verbindet, nehmen wir mal an, nicht bloß die Zuneigung der gemeinsam verbrachten Zeiten, sondern Liebe noch. Eine beständige Zärtlichkeit ... und plötzlich sehen wir sie mit dem Verstand und der Seele von gealterten Kindern ausgestreckt im Sarg liegen. Wir fragen uns, wie wir diesem Ereignis begegnen würden. Auf welche Weise sich die Schmerzensäußerungen vom tatsächlich empfundenen Schmerz trennen würden. Wie die anderen klagen und jammern würden, die Familie, die Nachbarn. Warum die Wohnung danach viel größer erschiene. Wie wir die Frau unseres Lebens durch andere ersetzen würden, die wir lange schon begehrten. Auf welche Weise wir ihr, der gleichen, unersetzlichen einmal wieder begegnen würden in unseren Träumen, den Zusammenbrüchen und Alpträumen unserer Einsamkeit. Gedanken, die eher zur Normalität unserer Existenz gehören, als daß sie Zeichen der Verwirrung oder der Niedertracht wären. Wir finden uns als Kinder wieder. Du beispielsweise hast dir in der Nacht, böse geworden und gefühlsarm, den Tod deiner Eltern vorgestellt, als Strafe für ihre Bosheit und Gleichgültigkeit; aber auch deine eigene Beerdigungsprozession, den Schmerz und die Buße jener, die dir Unrecht getan hatten.

Das Internatszimmer, das Spitalzimmer. Täglich wartetest du derartig unruhig auf die Schritte und die Stimme der Fremden. Sie kam an den Tagen der offiziellen Besuche, war ruhig, ordentlich, setzte den kleinen Inszenierungen von Verzweiflung und Zorn den gleichen kalten Diskurs entgegen; über den Willen und das Vertrauen.

Stundenlang, bis der Schlaf mich übermannte, wachte ich über dich, du würdest es nicht glauben. Spät weckte mich der Mond, der wie eine unnütze Lampe über dem Balkon aufgehängt war. Du kauertest wach in deinem Bett, warst erschöpft. Du würdest bis zum Morgengrauen nicht einschlafen, ich wußte es.

Und trotzdem, obwohl ich immer müder wurde, gelang es mir, dich zu beobachten. Du spürtest die Bewegung im Nachbarbett ohne es zu zeigen. Du versuchtest, jenes gepreßte Weinen anzuhalten, das wie das Niesen eines erkälteten Katers klang. Ich stellte mir den Schlafsaal des Internats vor, aus dem du, wie es hieß, gekommen warst. Aufgelöst vor Schlaflosigkeit, die Finger um die Schnüre der glänzenden, großen Knöpfe verkrampft, rot wie die Decke, über die du dich neigtest, um sie langsam aufzuknöpfen. Die Verzögerung jeder deiner Bewegungen um winzige Augenblicke. Du stiegst scheinbar tief hinab, tiefer und tiefer. Nicht einmal der Tod hätte länger gedauert. Wachend oder träumend schwindelte mir ... das Fieber, das morgens bei uns beiden gestiegen war, verdankten wir dieser Nachlässigkeit. Meine Konzentration und meine Abwesenheit verloren dich, zerrten mich, ohne daß du es ahntest, an deine Seite.

Was du ersehntest, hatte ich im Überfluß, es erdrückte mich. Jederzeit hätte ich dir die täglichen Besuche abgetreten! Ich zog es vor, mich stundenlang auf der Toilette zu verstecken, vom Balkon in den Hof hinab zu springen. So hätten wir den Tausch bewerkstelligen können: Ich entkomme, und du bist endlich zufrieden mit der Verzweiflung meiner Mutter. Du hättest sie bestimmt freudig als Mutter angenommen, wärest geheilt worden und hättest mich befreit.

Sie hätte mich selbstverständlich um keinen Preis in ein Internat gesteckt! Hätte man mich ihr etwa mit Gewalt entrissen und weggebracht, so hätte sie mich beim kleinsten Zeichen von Unzufriedenheit ebenfalls mit Gewalt zurückgeholt.

Du verstehst also hoffentlich, was das Bedürfnis nach Freiheit und nach einem Zufluchtsort bedeutet. Die gedämpfte Freude, sich in einem Hotelzimmer oder Spitalzimmer wiederzufinden. Entfremdet, fern von allen anderen und fern von dir selbst. Gestützt durch die Neutralität einer geometrischen Ordnung, in der die Gegenstände Zutraulichkeit ausströmen, weil sie lediglich nützlich und gleichgültig sind.

Die immerzu unruhige Teilnahme um mich herum. Die Gier, die Wärme, eine heftige Aggression. Meine tägliche Besucherin – vielleicht erinnerst du dich, ich hatte nichts als eine gewöhnliche Mandelentzündung – sie vernachlässigte ihren Haushalt und ihre Arbeit beim Gericht, obzwar wir arm genug waren und sie weder das Chaos im Haushalt hätte riskieren dürfen noch daß sie die Prozesse verlor. Ich muß es zugeben: Die zurückhaltende, vornehme, immer noch schöne Fremde, die dich bloß donnerstags und sonntags besuchte, gefiel mir trotzdem nicht. In Eile, zwischen einer Sitzung und der nächsten, hatte sie etwas Emphatisches und Falsches an sich. Gerade ihre Sätze klangen wie die eines Staatsanwaltes. Eine warme, unentschiedene Stimme, damenhaft pathetische Sprüche leiernd und tremolierend, so hat sie sich mir eingeprägt.

Vermutlich würdest du nur unter Vorbehalten meine Fähigkeit anerkennen, etwas jenseits dessen, was ich sah und ermüdend immer wieder sah, erkannt zu haben. Die Aneinanderreihung der Einzelheiten, über diese ganze Strecke hinweg, dein ganzes verbissenes Abenteuer um den Gewinn der Zuneigung und der Nachsicht deiner Lieben?

Ich nehme an, du hast mit den kleinen Tricks begonnen, mit der Verspätung in der Schule: die zusätzliche Stunde Schlaf am Tage. Einen ganzen Tag gefehlt, frei, im Frieden fürstlicher Nachlässigkeit! Das Bettzeug empfängt dich freundlich, der Körper räkelt sich in süßer Faulheit. Unvergeßlich bleibt: Alle rennen im Durcheinander des Vormittags herum, bloß einer allein bleibt bewahrt vor der Wüstenei und der Kälte der Wirklichkeit!

Aber die unerwarteten Migräneanfälle, die Halsschmerzen, die Krämpfe, die schwerer und schwerer werdenden Knie? Sie halfen bloß bis zum Eintritt ins Internat: Die brutale Trennung von zu Hause hat natürlich den Schrecken der langen, dunklen Korridore verstärkt; die kasernenartige Symmetrie der Betten, das Elend der Schlangen, die sich zum Speisesaal schleppten, zum Waschraum, zum Kino und zum Bad, zur Schule hin und von der Schule zurück.

Das Gebäude war von einem Mauerviereck eingeschlossen. In der Mitte dieses Vierecks war ein zweites Viereck. Der Hof war gepflastert; die schmutzigen Fenster der Korridore.

Im langen Saal mit den Tannenholztischen auf überkreuzten Beinen, wie bei den Mönchen, hast du dich angesichts des Essens, über den Blechteller gebeugt, zum ersten Male übergeben. Gurken, Tomaten oder Auberginen oder Pflaumen, eine Art Brei mit Fettaugen in der wäßrigen Soße, egal, ein Schlamm.

Es kann nicht schwer sein, sich vorzustellen, wie du die langen Nachmittage im Kollektiv verbracht hast. Die Zeit, die du mit den anderen teiltest. Die Hausaufgaben im Klassenraum unter der Aufsicht des Erziehers. Abwesend wartetest du darauf, ins Bett zu gelangen. Das unverwechselbare Bett. Deines, denn du hattest eine Nummer! Sagen wir 936. Drei schwarze Ziffern auf der Metalltafel des Bettes, auf dem Leintuch und dem Kissen, in den Ärmel gestickt, ins Besteck eingraviert, auf den Schrank, den Kleiderrechen und auf die Banklehne gemalt, auf den Rand der Handtücher gedruckt, endgültig wie ein Tumor, der etwa im Gaumen angewachsen war.

Als hättest du dir die Nummer mit Blut auf die Stirne geschrieben, damit man sehen könne, was aus dir geworden war, so ranntest du zum »Parloir«. Auch damals, an allen Tagen, und vor allem an den Tagen, die für Besuche vorgesehen waren, lauertest du auf die Schritte, die bekannte Stimme. Du spürtest sie vorher schon, von weitem. Es gelang dir, aus noch so vielen anderen Geräuschen das Erwartete herauszuhören. Jedesmal hattest du Angst, sie würde nicht kommen. Und doch warst du überzeugt, daß sie von einem Augenblick auf den nächsten erscheinen mußte. Sie fehlte nie.

Plötzlich schrecktest du auf, wie es auch im Spital geschah. Die Siegeszeichen! Sie war schon unten am Treppenabsatz angekommen. War stehengeblieben, sie hatte es nicht eilig. Sprach mit dem Erzieher, scherzte mit dem Direktor. Ebenso pflegte sie sich wegen des Arztes zu verspäten, wegen der Schwester oder der Pflegerin. Die Empörung und die Hilflosigkeit entzündeten deinen Blick. Wenn der erste Schritt zum nächsten Stockwerk getan war, sprangst du auf. Du würdest ihr die Nummer auf dem Arm und auf der Schultasche zeigen. Ihr die Qualen aufzählen, sie erweichen. Du würdest dich durch ihre steinernen Predigten nicht mehr geschlagen geben. Würdest die Angriffe vervielfachen, diesmal nicht aufgeben, diesmal würdest du es schaffen.

So geschah es an den Besuchstagen auch in unserer Spitalzelle. Leicht kann ich dich abends nach der Niederlage ins Internatsbett übersetzen. Gelähmt vor Leid, mit jenem lebendigen Blick, der so ungeheuer blau war. Die Hände kratzten unaufhörlich auf der glänzend roten Oberfläche herum, die Finger klammerten sich immer wieder an einen anderen Knoten, öffneten geduldig den dicken Faden der Knöpfe. Ein erstes noch gespanntes Umkreisen, kräftig wie geflochtener Draht, gestocktes Blut, versteinerte Adern. Ich hatte erfahren, daß du ein müdes Herz hattest. Wie keine Fotografie es vermocht hätte, projizierten der Mond und das Licht aus dem Hof dein bleiches, von Schlaflosigkeit und Verzweiflung ausgemergeltes Antlitz. Wie ein Blinder über den roten Knoten gebeugt, über das ganze Feld der roten Steppdecke, entknotetest du ein anderes Fadenende.

Der Samstagmittag teilte die Welt in zwei Teile. Wegen der Ungeduld fandest du keine Kraft mehr, dich zu beeilen. Die Straßenbahnen, so überfüllt sie auch gewesen sein mögen, kamen dir leer vor. Zwischen schmutzigen, von der Hetze einer Woche ausgewrungenen Leibern eingeklemmt, spürtest du nichts als die Langsamkeit der Straßenbahn, die faul und feindselig wie üblich dahinfuhr. Bald warfst du dich in die Arme der Verwandten, warst bereit, jedweden unerträglichen Onkel zu umarmen, den pickligen Cousin, die verschwitzte Tante, alle Welt.

Du müßtest die Abscheu und die Müdigkeit, die nach und nach unsere Jahre erfassen sollten, vorausahnen, Doktor, sie zulassen. Jede Begeisterung für andere löst sich auf, eine Folge des Vertrauens in die eigenen Kräfte. Der Überdruß an den Verpflichtungen und die leere und vergebliche Prinzipientreue, das Schauspiel des kleinen

Stolzes und der Heucheleien, die Bedrückungen, der Einsturz? Du willst entkommen, aber du hast Angst davor. Du würdest noch hoffen, ein anderer Aufschub vielleicht, ein Wunder der Befreiung, das Wiederfinden des Zufluchtsortes ... ein Kind am Ende seiner Kräfte, wie du es damals warst, in den Tagen jener gemächlichen Jahreszeit.

Pfützenhafter Sonntag. Feuchtes Gelände, Niemandsland, wolkig. Ein trüber Zwischenraum, lauwarm, einschläfernd, jede Regung aufsaugend, die Stimme und die Schritte, wo du nicht stehenbleiben kannst und nicht vorankommst. Der Horizont löst sich auf, weißer Dampf, undurchsichtig, keine Zeit, um hinüber zu kommen, zu den plötzlich ergrünten Hügeln oder an den Streifen jenes wüsten Landstrichs, an dem die Meere des Herbstes branden. Es ist möglich, könnten also auch wir im letzten Augenblick die Grenze berühren? Doch die Zeit hat uns schon ausgezählt, mahnt die Rückkehr an. Diesmal findest du die Kraft nicht mehr, dich zu unterwerfen. Wir haben uns lange genug, glaube ich, an die Wolke dieser Sonntage geklammert, die starben, bevor sie uns aufgenommen hatten. Du hättest dich nicht so hart zeigen müssen, Doktor, als du hörtest, daß sich ein richtiger Mann an einem Montagmorgen mit beiden Händen an den dicken, gebogenen, schwarzen und glänzenden Tischbeinen des Tisches aus dem Speisezimmer festgeklammert hatte, wie an ein merkwürdiges, beschützendes Tier.

Schon vom Morgengrauen an hatten Jammer und Mutlosigkeit alle Räume ausgekühlt. Niemand traute sich, zu laut zu reden. Die Bewegungen geschahen wie heimlich, wie wattiert. Damit nicht vielleicht die Erwartung zerschlagen würde, die Hoffnung. Du zogst dich alleine an, mit größter Aufmerksamkeit. Tauchtest schweigsam vor ihnen auf, ordentlich. Unterwürfig, mit langsamen Schritten gingst du ins Bad. Du wuschst dich ohne Eile. Bliebst nicht zu lange im Bad. Du hast es vermieden, sie auf irgendeine Art zu irritieren. Alle Etappen erfülltest du fügsam, ohne Auflehnungen und ohne Mitleid zu heischen. Scheinbar auch ohne Traurigkeit. Du erwartetest, jeden Augenblick den Beweis zu bekommen, daß sie verstanden haben, dich anhalten werden, dieses zynische und sinnlose Spiel aufgeben werden: Sie werden dich nicht mehr zwingen, dich von ihnen zu trennen, deine Tage wie ein Idiot und wie ein Waisenkind, fern, in der Dunkelheit des Schwachsinns und der Widerwärtigkeit, zwischen so vielen albernen Verboten zu verbringen. Sie werden dir die Zeit gewähren, sie zu betrachten und zu lieben, endlich wirst du alle deine Kräfte unter Beweis stellen können: fleißig sein, wenn sie es von dir verlangen, verständig, du wirst es ihnen beweisen...

Vielleicht verstehst du wenigstens jetzt den Wunsch, aus der Reihe zu springen, Doktor. Eine enorme Müdigkeit; das Gedächtnis, das die Freuden verbietet, die so viele Jahre hinausgeschobenen Freuden.

Wenn sich die Krankheit ankündigt, solltest du, meine ich, nicht so viele provozierende Fragen stellen. Ob der Patient sich bei jeder Bitte der Ehefrau krampfhaft über den schweren Füßen der Tischbeine einrollte. Ob der Kranke nicht etwa an jedem Nachmittag kurze Hosen mit Hosenträgern angezogen habe, ob er nicht Bälle verlangt habe, Dominosteine, Roller, ob er nicht jeden Abend auf dem Zementfußboden der Küche mit Holzwürfeln gebaut habe. Würdest du für das, was noch folgen würde, Vorsicht empfehlen? Aber nicht von

Nostalgien ist die Rede, das müßtest du begreifen, oder von der Unschuld der Infantilität. Eher vom Ergebnis einer ermüdenden Ernsthaftigkeit, die Schwere des Falles ist ein Zeichen der Verspätung und der Kindlichkeit. Zweifellos eine Krise. Letztlich allerdings verständlich: ein Zeichen von Normalität. Ein Beweis dafür, daß man nicht alles und auch nicht allzuviel ertragen kann. Eine Warnung der Krankheit, sicherlich, einer Krankheit, die zu jenen Reaktionen gehört, die zur Erhaltung des Gleichgewichts notwendig sind, zu den lebendigen Funktionen eines Systems, das nur durch Bejahung innerhalb einer zweifelhaften und falschen Kontinuität ohne die Möglichkeit der Zurückweisung und, wie auch immer, einschneidender Korrekturen am Leben erhalten wird.

Es kann schließlich nicht überraschend oder unannehmbar für dich sein, der du solch eine großartige und vornehme Überschreitung deiner eigenen Krisen geschafft hast, daß du dich heute vielleicht nur noch schwer daran erinnerst (jedenfalls würdest du diesen gräßlichen Szenen keine Bedeutung mehr beimessen); montags, am frühen Morgen: Es endete damit, daß du dich mit Händen und Füßen an die Tischbeine klammertest und nur mit extremer Gewalt davon losgerissen werden konntest.

Also befreiten sie dich auch damals nicht, an jenem Montagmorgen. Du klammertest dich in hilflosem Zorn an die Füße der Gottheit, zu der ein schwerer Holztisch für dich geworden war. Bloß ohnmächtig haben sie dich davon losgekriegt, um dich danach ins Bett zu packen.

Die Maskerade der Krankheit: Kopfschmerzen, Schmerzen in den Schultern, im Hals, an den Knien, im Magen. Diesmal war es eine wahre Ohnmacht.

Dein Röcheln war das Glucksen eines Ertrinkenden. Du begannst auch wieder zu zittern, ein anhaltender Schüttelfrost erschütterte dir Magen und Hände. Du hattest eine unbestreitbare Meisterschaft erlangt! Hattest Fieber, das stellten sie fest. Folglich blieb keine Zeit mehr für die Fallen der listigen Fragen, ob dir auch die Ohrläppchen schmerzten, oder der Nagel an der großen Zehe des rechten Fußes, oder das linke Augenlid (... ein andermal war es ihnen gelungen, dich zu überführen).

Die Distanz zwischen Gesundheit und Krankheit ist verschwommen, zweifellos. Die Lügen der Krankheit vermischen sich, nähern sich einander an, gleiten unter und zwischen die Gewißheiten der Gesundheit. Die Verwechslungen bringen häufig das Unglück.

Die Aufregung des Patienten, wenn er vor euch hintritt, ist nicht völlig übertrieben. Die roten Augenlider, das Zittern der Hände und in der Stimme, die fieberhaften Bewegungen, die betroffene Ungeduld, Erscheinungsformen der Erniedrigung oder der Dreistigkeit. Alles, was der Patient sagt, scheint eher Verwunderung zu sein, Selbstbefragung, als glaubte er nicht und als wolle er auch nicht wissen, daß von ihm die Rede ist. Übertreibt er auf unverständliche Weise? Bald merkt er überrascht, daß die Einzelheiten der Symptome, lediglich einige schleierhafte Vergröberungen des Augenblicks, zu den Daten einer eben veränderten Realität werden. So, als wären sie vor die Wahrheit gesetzt, um diese zu verbergen, aber da sie ihr entspringen, sind sie ihre Vorboten, beschleunigen sie und machen sie schließlich aus. Durch eine anscheinend unschuldige Korrektur der Perspektive hat der Patient selber sich die folgende Etappe seiner Laufbahn vorgezeichnet. Ungläubig wird er dann die neue Realität wiederum vergröbert darstellen. Der gefälschte Bluthochdruck wird sich bald bestätigen, und immer so fort. Du brauchtest deine Patienten nicht so verdächtigend und so dünkelhaft zu befragen, Doktor. Der Kandidat steht vor euren unaufmerksamen Blicken plötzlich auf, schwankt, zieht sich zurück, verzichtet. In Wirklichkeit war es nichts als das Lachen der Sprechstundenhilfe in die Telefonmuschel, eure frivolen Richterallüren! Dazu bereit, ihm Ratschläge zu erteilen, ihm zu versichern, es sei nichts als ein Schritt, ein Innehalten, der Anfang der Heilung, habt ihr das Verschwinden des Kunden aus der Praxis nicht einmal gemerkt. Schweigsam wie ein hilfloses Kind hatte sich ein Schatten zusammengezogen, der lautlos verschwand.

Als du am Sonntag oder erst am Montagmorgen der Familie ankündigtest, daß du schreckliche Kopfschmerzen hast, dir die Schläfen wehtun, der Hinterkopf und die Stirne, da begannen die Schmerzen erst, erinnere dich, sie begannen eben undeutlich und ungleichmäßig. Als du dich über deine Knie und deine Schultern beschwertest, wurden sie tatsächlich müde und schwer. Jenes ersterbende Röcheln, spürtest du, kündigte den Tod an. Du hattest eine vollkommene Geschicklichkeit darin entwickelt, das Zittern deines Körpers und deiner Gliedmaßen hervorzurufen. Du bist durch alle möglichen Labors geschleift worden, sie haben dich mit dem Verdacht auf ein rheumatisches Leiden, das für das Herz gefährlich sein könnte, eingeliefert.

Nun verordneten sie dir sorgenvoll diese Ruhe (ich habe ihnen nie gesagt, daß du jene violetten Pillen immer unter das Bett geworfen hast). Der Erfolg der Inszenierung war tatsächlich ein Scheitern, denn sie hatte bloß den Umzug vom Internat ins Spital bewirkt!

Du gabst ein übertriebenes Leiden vor. Damit man wisse, daß du – wäre die Krankheit real, oder würde sie es – ebenfalls jede Besserung ablehnen würdest! Die Unbekümmertheit der Familie mußte bestraft werden, und es war um so besser, wenn dies zum höchstmöglichen Preis geschah.

Die Erinnerung an dieses Leiden ist dir bestimmt schon seit langem gleichgültig. Ein Schattenspiel, wie zweideutig auch immer, es würde dich nicht dazu bringen, noch einmal eine jener von der Zeit ausgelöschten, fremd gewordenen, unwiederbringlichen Einzelheiten aufzustöbern. Vielleicht sind wir alle nichts anderes, als gute Argumente zur Verleugnung unserer Anfänge. Die Therapie der Lüge sucht dort falsche Kanäle, wo das Bewußtsein schnell und unbarmherzig die Gestalt des Erwachsenen bloßstellen würde – schuldig, verschämt und angeekelt von der Erkenntnis seiner selbst, die Knoten durchleuchten würde, die Flecken, den Zerfall, das hilflose Elend dieser zerbrechlichen Figur, die so zart und scheinheilig durchschimmert. Nicht um dich zur Erinnerung zu zwingen, dazu, jene illusorische Zeit der vorgeblichen Unschuld wiederzufinden, wollte ich irgendwann ins Spitalbett zurückkehren!

Jene, Doktor, die vor euch hin geraten, verdienen für alles, was euer zynisches Verhör bedeutet (möglicherweise selbst für die Anstrengung der Simulation, die der Krankheit nicht fremd ist, die nicht weit von ihr entfernt ist) eher Nachsicht, Verbrüderung. Wer sich geduldig vor den Kliniken und Spitälern in die Warteschlangen einreiht, kann nicht mehr schlicht und einfach ignoriert werden, verdächtigt oder zurückgewiesen.

Ein erwachsener Mann, ausgeglichen wie du, das Gesicht erschöpft vor Schlaflosigkeit, würde bestimmt ohne unnütze Aufregung das purpurne Licht der glänzenden Steppdecke betrachten. Launen der Unangepaßtheit, die mit dem Älterwerden verschwinden. Der Mangel an Lebensfreude, der Freude, zu sein und teilzunehmen, stellt jedoch, das müßtest du zugeben, ein Warnsignal dar. Ehemann oder Sohn, der Patient, der sich an einem Montagmorgen weigert, ins Internat aufzubrechen oder in den Betrieb, der brauchte vielleicht nicht noch weitere Argumente vorzubringen.

Es würde sich lohnen, magst du sagen, die Tricks an die Ernsthaftigkeit der Zeit anzupassen. Die Verlegenheit, einen Titel zu tragen, zu dem so viele Prüfungen dir das Recht geben, der Überdruß, offizielle Papiere zu unterschreiben? So viele pünktliche, wahre Herren! Die Anzüge des Bürgers und Mieters, Reservisten oder Ehemannes, Angestellten, Fußballfans und Fußgängers mit genau festgelegten Verpflichtungen lasten unpassend und schwer auf dem Körper des gealterten Kindes, das dick geworden ist, kahl und rheumatisch. Ein Nebel über Zierat und Alter, der die Langeweile besänftigt. Monotone Reihen identischer Rücken, erschöpfte hierarchische Intelligenzen. Eher noch die Fassungslosigkeit, die Jahre verbindet und durcheinandermischt.

Erschöpfung. Erdrückende Stützmauern und -pfosten. Als hätte die Zeit sich einfrierend festgelegt, trübe plötzlich, kalt, nicht zu überspringen.

Folglich erscheint das Internat im grauen Licht feuchter und dunkler Tunnels wieder. Ein böser und häßlicher Traum, bei dem allein das Entkommen einige Anstrengung verdient. Wir werden wieder zu Waisenkindern, die langen Korridore zwischen den Büros scheinen auf die Wärme einer Frauenstimme zu warten, auf die Schritte, die Begegnung. Wenn nicht der Tod dafür gesorgt hätte, daß die Lieben verschwinden. Fleischlos begegnen uns die Gesichter der Passanten, Zeichen der Angst, zukünftige Skelette. Wir möchten nicht zu schnell der Leere begegnen, verlöschen. Die Schmerzen in den Schläfen und im Hinterkopf, in der scheinbar angeschwollenen Stirne, sie kommen immer öfter wieder, verlangsamen unsere Bewegungen.

Auch die Symptome anderer Krankheiten, die uns noch verborgen sind, treten auf. Die Knie sind schwer, die Wirbelsäule ist müde, eine Art langsames Zermahlen der Knochen, die Erstickungsanfälle wie beim Ertrinken, der Schüttelfrost, der manchmal die Schultern erfaßt, der Magen vom Gift durcheinandergebracht ... bis der Traum dich in den Gewändern des lieben Todes dir zeigt. Und in der nächsten Nacht ziehst du sie auch schon an. Du fühlst, wie die Krankheit, die deine Haut zersetzt hat, durch die Gewänder hindurch dir unter die Haut kriecht und dir die Lunge vergiftet: ein Schatten, eine schwarze Spinne umfängt dich. Du rennst zum Arzt, läßt die Radiographien noch einmal machen, sie widersprechen sich ... man empfiehlt dir bloß, weniger zu rauchen. So klar und ermutigend sich die Befunde auch zeigen mögen, in Zukunft würde es niemandem mehr gelingen, die Lüge der Gesundheit von all den Ungewißheiten und Verwirrungen der Krankheit und der Krankheiten zu trennen.

Das Verhängnis der Kompensationen scheint die Tage zu beherrschen. Nur selten schwindet die Unruhe vor den Zeichen der Zuneigung, der Freundschaft; und dann bloß für kurze Zeit. Irgendwo ziehen sich seltsame Massen von Dunkelheit zusammen, die das böse Ungeheuer ankündigen, das Unglück, das sich auf die Begegnung mit uns vorbereitet.

Jahre des Wartens, bis ich mich wieder verlieben werde. Zurückgezogen, für eine Weile, mit jener Frau. Du kanntest sie bestimmt. Mein Vater war außer Landes. Tage des Überschwangs neben dem seltsamen und zarten Geschöpf. Erschreckend die Überzeugung, daß das Flugzeug, in dem der Reisende seine Rückkehr angekündigt hatte, abstürzen würde, um die Situation auszugleichen! Außerdem wirkt die Angst vor einer verspäteten Reaktion des Schicksals unheilvoller als die Bestätigung der Vorahnung. Das Unglück stabilisiert wenigstens eine Zeitlang das Gleichgewicht. Verspricht Waffenruhe.

Der Kontakt mit anderen kann nützlich sein, du hast recht. Man sollte nicht zum Rückzug ermutigen. Die Eltern haben das Recht, ihre Sprößlinge zu zwingen, sich in den Internaten an ihre zukünftigen, ernsten und achtenswerten Tätigkeiten zu gewöhnen. Ein apathisches, schmerzhaftes Wimmeln unter dem Schlamm, am faulen Grund des Lebens. Kann die Müdigkeit in wenigen Jahren jede Initiative oder Widerstandskraft zunichte machen? Es sind Risiken, die man akzeptiert. Trotzdem, das Kollektiv muß zugelassen sein. Eine Art Wiederbelebung, die Reinigung von Ablagerungen, selbst mit unsauberen Mitteln. Andernfalls gerät der Unzufriedene aus dem Internatszimmer ins Spital – das soll schon mal vorgekommen sein.

Vor Gereiztheit zitterten deine Lippen unbeherrscht, wenn die Dame, die dich donnerstags und sonntags besuchte, die empfangenen Einladungen beschrieb, die geplanten Treffen mit den Freunden und Verwandten. Das Blut färbte deine Wangen; deine Augen, eine blauschimmernde Flamme, brannten vor Zorn. Du frorst ein, wie damals, als sie auf dem Treppenabsatz unter uns stehengeblieben war, ein Schwätzchen zu halten.

Ich hingegen höre interessiert zu, provoziere sogar die Nachrichten, die mir täglich die junge Frau bringt, die eilig und verwirrt die Treppe zu unserem Stockwerk hochsteigt.

Das weiße Zimmer beschützt mich. Ich mag mein Leiden nicht ausstellen. Ich glaube nicht, daß alles bis zur Rückkehr des Unglücklichen zu den Seinen aufgeschoben werden müßte. Ich erwarte und ertrage ruhig die Mitteilungen über die kleinen und egoistischen Vergnügungen jener, die jenseits geblieben sind. Meine Anwesenheit unter ihnen kannte keine Ablehnung. Im Gegenteil, die Auslöschung jedweder Eigenheit; bis zur Bewußtlosigkeit trieb ich mit ihnen dahin, eine Zahl bloß, von keinem besonderen Nutzen. Ich hätte mich nicht wiederzufinden gewußt, hätte ich nicht eine Nummer in den Ärmel eingeschrieben gehabt, auf dem Schreibpult und auf der Stirne. Manchmal hielt ich mich dadurch auch für geschützt, nicht bloß für ausgelöscht.

Deshalb zögerte ich lange, bevor ich den Plan ausarbeitete. Ich zerfloß vor Müdigkeit, wie in einem ständig unterbrochenen und wieder aufgenommenen Schlaf, der ewig anzuhalten schien, endlos. Schließlich habe ich alle meine Kräfte zusammengenommen.

Die Verbitterung des Kindes am Montagmorgen, als es der Aggression durch seine Lieben widerstand, das erschrocken war über die Kälte und Finsternis des Tages, in den sie es werfen wollten. Der Tisch aus dem Speisezimmer, der letzte Zufluchtsort: Die dicken Beine hielten es mit aller Kraft fest; es waren sogar die Beine eines göttlichen Tieres, das es verstehen und verteidigen konnte. Ein brüderlicher Körper, glänzend, aus dickem, beständigem Holz. Die Mahnungen und die Bitten, die Angst, der Zorn, die Gewalt der Familie, sie sind nichts als Versuche, den Verirrten wegzukriegen. Sie werden bloß greinende, unzusammenhängende Antworten erhalten. Aus diesem Stammeln läßt sich jedoch das Bild (das nur deshalb seltsam ist, weil es außerordentlich genau ist) der Flure, der Büros, der aufgereihten Tische, der Schlangen von Wirbelsäulen bis zum nächsten Vorgesetzten und immer so weiter, bis zum Pförtnerhäuschen hin gewinnen, wo die Bediensteten morgens und mittags brav die Stechuhren drücken, das Hofviereck erkennen; von montags bis samstags; wieder Montagmorgen, da das Kind sich wie ein verletztes wildes Tier an die Pfosten der Höhle klammert.

Solch eine Explosion scheint schlimm zu sein, sie sprechen auch von merkwürdigen Anzeichen für eine Ermüdung des Herzens. Der Patient sollte von peinlichen Befragungen verschont bleiben. Die gelangweilte Jury der Richter bietet jedesmal nichts anderes an, als die in Diagnose und Behandlung übertragene Gleichgültigkeit. Die Visiten dieser pünktlichen und ehrenwerten Herren sind selten und idiotisch. Ich ziehe es vor, mich schlafend zu stellen. Oder ich schlafe tatsächlich, um mir die Nächte freizuhalten.

Das Licht aus dem Hof, manchmal auch der Mond, behalten das ölige Weiß der Wände bei, das matte, mehlige Weiß des Bettzeugs und des Gesichtes, das ich im Spiegel über dem Waschbecken sehe. Auch die Hände bleiben weiß, unbewegt. Ein frappierender Kontrast auf dem dunklen Rot der sommerlich leichten Steppdecke.

Die Nächte erheben sich also wie sonst auch, die perfekte Stille kühlt die Wände. Ich verspüre den Wunsch, die Morgendämmerung auf dem Balkon zu empfangen. Ich öffne die Tür. Das weiße Pflaster im schwächer gewordenen Licht der Glühbirnen und des Mondes.

Vielleicht bin ich eines Morgens zu lange dort geblieben. Das durchdringende Lachen eines Kindes auf dem Hof weckte mich auf. Der Balkon schwebte, wie wir wissen. Die Kühle schien die eines Sommertages im Gebirge zu sein. Das Gelächter klang liederlich: ein heftiger Scherbenregen über dem gläsernen Pflaster des Hofes. Ich vernahm, glaube ich, einzelne Wörter. Vielleicht hatten sie ein Huhn geschlachtet. Das Kind löste sich auf vor Vergnügen, verfolgte möglicherweise, wie der Kopf und der Körper, voneinander getrennt, aufsprangen, Lanzen von Blut bespritzten weithin den Hof. Die irren Sprünge der beiden Hälften dieses getöteten Vogels erfüllten den pausbäckigen, schmutzigen Jungen mit einer wilden Heiterkeit.

Ich zitterte, zog mich verwirrt zurück, schloß vermutlich die Balkontür; der Lärm hörte auf. Nie konnte ich einen lebenden Vogel, geschweige denn einen toten in den Händen halten. Die Vögel, Tiere, sogar die Fische haben mich immer schon, glaube ich, verunsichert; ein dunkles und bizarres Zeichen, eine mystische – weil nicht entschlüsselbare – Anwesenheit, es erschreckte mich.

Der Schädel, erinnere ich mich, schmerzte mir stark, mir war heiß. Lange schon befand ich mich im Bett, bis über den Kopf mit der Steppdecke zugedeckt. Irgendwann später nahm ich ein unterdrücktes Schluchzen wahr, wie vom Weinen. Ich verharrte lange so, lauernd. Ich wartete darauf, daß mich das Weinen wieder schüttele, wenn ich es war, der geweint hatte, oder aber daß ich verstünde, wer geschluchzt hatte.

Mühsam wachte ich auf, als das Zimmer wieder beleuchtet war. Ich fand den Mut, in den Spiegel zu schauen, ins Nachbarbett. Es war leer, sorgsam hergerichtet. Der Nachbar war vielleicht erst vor kurzem gegangen, es war noch kein anderer gekommen. Über den roten Steppdecken lagen unsere Fallschirme. Ich merkte, daß ich nackt und verschwitzt war. Von der Anstrengung erhitzt, die es gekostet hatte, im Schlaf auch meinen Fallschirm abzuwerfen, nehme ich an.

Besser, man ist allein in einem angenehmen Zimmer. Nie habe ich etwas anderes gewünscht, als dieses beruhigte Sich-Wiederfinden, die Erwartung, die alles annehmen kann oder nichts.

DAS BÜGELEISEN

Eine schmale Kante grenzte das Parkett der Räume, durch die ich ging, von einem anderen Boden aus dünnem Glas ab. Häufig schien mir in letzter Zeit, als ginge ich auf einer gefährlichen Kante entlang, und dies, weil ich schon durch alles gegangen war, Enthusiasmus und Hoffnungslosigkeiten, Revolten und Gleichgültigkeit.

Ich lebte von neuem, paßte in angespannter innerer Panik – einem verspätet wirksam gewordenen Rückschlag – den Augenblick ab, da ein falscher Schritt, vielleicht gerade aus der Angst heraus getan, keinen Fehler zu machen, ein Ausgleiten mich unmerklich zum viel zu dünnen Glasboden hinstößt, wo die Angst sich plötzlich und selbstverständlich in totale Lähmung verwandelt, mein Herz aufhört zu klopfen.

Ein anderer Patient, zu einer anderen Zeit, doch auch jetzt, immer, ich weiß nicht mehr, je eine falsche Trophäe, kurze, täuschende Siege über die Wahrheit. Unnütze ermutigende Umwege ließen mich erschöpft zwischen den weißen Wänden erwachen; plötzlich schien es, als hätten sie mich über sich hinausgestoßen und ich glitt auf zerbrechlichen Flächen aus Glas. Noch glaubte ich mich davon verschont, vergaß, doch war auch dies bloß der Schein eines Sieges.

Das Glas war immer dünner geworden, ich war von dem Bedürfnis, mich in Sicherheit zu fühlen, so besessen, daß ich glaubte, auch der Atem würde es zerbrechen, ich würde blutend in den Abgrund hinabstürzen, vor dem es mich nicht bewahren konnte.

Der Glasfußboden schien sich durch all jene Räume zu erstrecken, die um die nützlichen Räume herum lagen, um jene nämlich, in denen ich arbeiten mußte, Freunde treffen, essen oder mich ausruhen. Durch die Eingänge also, den Fahrstuhl, durch die Treppenhäuser zum Beispiel, die Balkone. Ich hatte den Eindruck, daß – wie sehr ich auch aufpaßte, daran dachte, keinen falschen Schritt zu machen – meine Vorsichtsmaßnahmen erfolglos blieben. Denn selbst wenn ich in einer zweifellos verhaltenen, von Furcht und Vorsicht verkleinerten Bewegung diesen Schritt getan hätte, die Folgen wären nicht so katastrophal gewesen wie dann, wenn ich – ein Ereignis, das mir tatsächlich unvermeidlich schien – durch die Eile oder Unaufmerksamkeit irgend eines Vorbeigehenden, der mich, ohne es zu wollen, ohne es vermeiden zu können, angerempelt hätte, auf jene zerbrechliche Glasschicht gestoßen worden wäre.

Der beinahe leere Vorraum der Post schützte vor der Wärme, die einen draußen ermattete. Die Glasquader des Bodens glänzten kühl.

Der Abstand verkleinerte sich, die großen, grünen Augen, die mich forschend und verfolgend anblickten, kamen immer näher. Ich wußte nicht, ob ich noch sprechen, noch etwas verstehen konnte. Hätte brüderliche Stille benötigt, nicht die Angst vor der Müdigkeit der Wortwechsel, das Erstickungsgefühl, wie wenn man zu viel Wasser verschluckt. Eigentlich bloß unbeherrschte Gefühle. Ich mußte die Augen schließen, es war unvermeidlich, mich hinunterfallen lassen, diesem Zustand entkommen. Ich schlage, ein Meteorgestein, auf dem

Wasser auf, das mich laut explodierend empfängt. Kann den Kopf erheben, befreit die Schüchternheit abschütteln. Sie steht vor mir, sieht mich an. Ich werde sprechen.

Es scheint, als habest du auf mich gewartet.

Woher wollen Sie mich kennen?

Hast du heute abend etwas vor?

Nein, nichts. Was willst du mir vorschlagen, zu dir zu kommen?

Wieder die Augen schließen, untergetaucht schwimmen, wenn ich den Kopf herausstrecke, werde ich wieder still sein, beruhigt.

Du bist hübsch. Die Männer lassen dich vermutlich nicht in Frieden.

Ich bin nicht hübsch, aber die Männer lassen mich auch nicht in Frieden. Vielleicht fällt dir trotzdem etwas Originelleres ein.

Ich glaube nicht, daß sich da was finden läßt. Erwarte dich um acht. An der Telefonzelle vor dem Theater.

Dann warte eben.

Es blieb nichts mehr zu sagen. Nun konnte ich irgend etwas in einer anderen Sprache murmeln, oder vor mich hin brummeln, als wiederholte ich automatisch die Lektion eines anderen aus der vorigen Klasse in einem mir geläufigen Unterrichtsfach, das schon lange seine Bedeutung verloren hatte und mich nicht mehr interessierte.

Sage mir doch bis der Bus kommt, warum du so gelangweilt bist.

Auch du bist es, es könnte einen Grund für Zartgefühl abgeben...

Ja, vielleicht könnte es einer sein.

Um acht Uhr wartete ich an der Telefonzelle. Vor der Glastür, vor der bis zu den ungeschützten Brüsten hinab ausgeschnittenen schwarzen Bluse. Große, rote Blumen spielten ungeordnet auf dem weiten Rock.

Wo wollen wir hingehen?

Ans Ende der Welt.

Hm ... ist's weit?

Zwei Haltestellen.

Ohne es mir einzugestehen wünschte ich, daß die hochmütigen Beschläge und Panzerungen meiner täglichen Unzufriedenheiten, zu einer einzigen Unzufriedenheit zusammengefaßt, explodierten, so daß sie mich endlich aus mir herauskatapultiert hätten. Vielleicht mußten sie mit einer großen Freude in Berührung gebracht werden, damit sie groß und explosiv würden. Zufriedenheit, Unzufriedenheit, das Bedürfnis danach. Ich hatte Angst, mich unvorbereitet der Möglichkeit, darauf zu stoßen, anzunähern.

Jede Straßenecke kann die Umkehr bedeuten, wenigstens aber ein Innehalten. Meine Möglichkeiten, mich meiner Verzweiflung zu widersetzen, schienen nicht stark genug, einem Innehalten gewachsen zu sein.

Wir steigen die ersten Treppen empor. Die Absätze klappern entschlossen, zu entschlossen auf dem Glas, und ich schalte das Licht nicht ein. Immer ist es eine zu schüchterne oder zu gewagte Geste, die alles verdirbt. Ich fürchte vor allem die moralischen und rhetorischen Effekte, mit denen zu rechnen wäre, und schweige. Ich blicke abwesend zum Fenster hinaus und klopfe auf dem Schatten der Brüste einen imaginären Takt.

Schalte bitte das Licht ein.

Welchen Sinn soll das haben?

Mach Licht, ich halte es im Dunkeln nicht aus.

Ich drücke auf den Schalter, Licht; als wäre ich zur Telefonzelle zurückgekehrt.

Setz dich hierher.

Man lädt seine Gäste nicht aufs Bett ein. Ich bleibe auf dem Stuhl.

Ich muß den Weg von der Zelle bis zur ersten Ecke noch einmal gehen. Genau an der Ecke gibt es ein Schaufenster mit buntem Spielzeug; ein Zufluchtsort, ich würde stehenbleiben. Sie hat weiche und zarte Lippen, aber sie dreht sich bei jedem Versuch irritiert weg, bis sie, scheinbar gelangweilt, sie mir überläßt. Ich gehe an der Ecke vorbei, weiß nicht, ob ich meine Schritte beschleunigen kann. Dünne und lange Finger, die spitzen Fingernägel hemmen mich; plötzlich entspannt sie sich, steht auf, geht einige Schritte, kommt zu mir. Die Bleistiftabsätze hämmern unablässig unverständliche Morsezeichen auf das zu zerbrechliche Glas, vor dem ich mich fürchte. Doch ich bin angekommen, trotzdem. Sie liegt abwesend ausgestreckt auf dem Bett, der Reißverschluß bereitet das Rascheln der Seide vor, die gleitet, sich öffnet.

Was machst du da? Ich bitte dich, sei vernünftig. Du zerdrückst meine Sachen.

Ich schweige, bin beschäftigt, fiebere.

He, was hast du denn gemacht? Es hat doch keinen Sinn, ich gehe. Ich habe eine Kinokarte für neun Uhr. Nein, ich bitte dich!

Die gleiche verschwommene, vage Entgrenzung, doch ich fühle, wie ich von der glänzenden Glasfläche hinüber gelange auf das gebohnerte Schachbrett des festen Parketts. Ein seidiges, beruhigendes Glänzen in der Dunkelheit. Es scheint zu wachen, die Ruhepausen zu bewachen, die Einsamkeit, wenn die Nacht flüssig zwischen uns dahinströmt, fern.

Sie bleibt kühl, liegt neben mir, ihre Bewegungen sind wie automatisiert. Wir schlafen schnell ein,

erschöpft, entdecken uns verwirrt erst im Morgengrauen, sind beisammen. Ich weiß nicht, wie ich das
Weggehen am besten hinkriege.

Zum Bad ist's einfach, bloß daß du über den Hof
mußt.

Ich gehe heute nicht mehr in den Dienst. Bin müde.
Du müßtest mir ein Bügeleisen bringen, für den Rock.

Ich werde dir eines bringen. Warum bist du so gelangweilt?

Immer habe ich Wörter gelernt. Und doch hoffe ich
jedes Mal, zu vergessen, trotzdem.

Du bist zynisch.

Nein, es reicht. Wenn Sie es wünschen, kann ich
gehen.

Ich habe dir das Bügeleisen gebracht. Was hast du
vor?

Ich lege mich hin, bin schläfrig.

Gut, ich gehe. Ich schließe dich in die Wohnung ein.
Ich komme so gegen zehn wieder, um dir aufzuschlie-
ßen, damit du gehen kannst.

Ich gehe schnell an der Aufsicht vorbei, habe mich
verspätet. Um zehn komme ich zurück. Sie ist wach. Der
Rock hängt gebügelt über dem Stuhl. Das Bett ist perfekt zugedeckt, geometrisch. Sie blickt zum Fenster hinaus.

Ich habe gewartet, daß du mir aufschließt, damit ich
ins Bad kann. Warte ein bißchen.

Ich stelle die Bücher ins Regal zurück, ziehe das
Bügeleisen aus dem Stecker, stelle es aufs Fensterbrett.
Hole mir aus dem Schrank ein Taschentuch. Sie kommt
wieder, ist frisch, kalt, feindselig. Unzufriedener, ver-
ächtlicher Blick. Vielleicht habe ich kein Gespür fürs
richtige Maß. Ich trete mit zu viel Vertrauen auf die

Rechtecke des Parketts, gleite zu scheu und zu furchtsam aufs dünne Glas.

In meinem Rücken blickt sie vielleicht wieder zum Fenster hinaus oder auf das nun kalte, nutzlose Bügeleisen.

Bist du immer noch verärgert?

Nein, bin es nicht. Wir können gehen.

Es tut Ihnen sicher leid, mich kennengelernt zu haben.

Nein, überhaupt nicht. Du bist liebenswürdig.

Ich schließe das Fenster, die Tür. Die Absätze liebkosen das Glas, ich spüre, wie es mich zerreißt, spüre die Furcht. Ich husche auf die Straße, niemand verfolgt mich.

Auf Wiedersehen.

Auf Wiedersehen.

Ich biege links ein. Sie schwankt einen Augenblick, vielleicht der einzige Augenblick, an dem sie tatsächlich zögerte. Holt mich keuchend ein.

Sei so lieb, ich hab was vergessen. Einen Fächer. Es ist ein Geschenk.

Du hattest gar keinen Fächer.

Doch ich hatte einen. Gib mir nur kurz den Schlüssel und warte auf mich.

Aber ich habe gar keinen Fächer gesehen.

Ich hatte einen Fächer, was soll ... Ich bin gleich wieder zurück.

Gut, ich warte.

Die Absätze stechen hastig auf das Glas ein, ich höre, wie sie zurückkommen, schwerfällig, feindselig, die dünne, zerbrechliche Schicht durchlöchernd, sehe nur einen Augenblick noch die durchsichtige Oberfläche.

Nun kann ich wirklich gehen. Ich habe alles erledigt, mein Herr, und nichts mehr vergessen. Auf Wiedersehen!

Sie sieht mich lange, gerächt an. Ihr grüner, schöner, giftiger Blick, der jetzt sogar mit einer Art Zartgefühl aufgeladen scheint. Zartgefühl, ja, so hatte sie es genannt.

Ich bin rechtzeitig zurück, die Kollegen versichern mir, man habe die Abwesenheit nicht bemerkt.

Ich werde beim Direktor erwartet, sagt man mir.

Wie viele sind noch hinbestellt?

Acht vielleicht, ja, acht.

Um zwei Uhr mache ich Schluß, ich kann der Einladung der Gruppe, die zum Strand geht, nicht widerstehen. Gewaltig stürzen wir uns ins Wasser, tauchen, gleiten unter der Wasseroberfläche dahin, dürstend nach Abkühlung. Alles scheint mich wiederherzustellen, ich bin leer, fremd. Die immer wieder überwachte Verzweiflung scheint sich geheilt zu verflüchtigen.

Gegen Abend kehre ich nach Hause zurück. Ich bin müde, mache einen Umweg, um meinen schwer gewordenen Körper zu spüren, die Trägheit.

Auf dem Marktplatz bleibe ich bei einem Kiosk stehen, will einen Saft trinken.

Onkelchen Traian, gib auch mir was Kaltes!

Ja, Herr Doktor. Bei der mächtigen Hitze ... ein großes Unglück, dieses Feuer.

Ja, 's ist heiß. Es brennt draußen.

Ausgerechnet heute, am Heiligen Ilie ... Großes Unglück alles brennt, alles ist verbrannt, mein Herr, alles, sie scheinen ...

Ja, Onkelchen Traian, bin ziemlich müde. Es ist ganz schön heiß.

Er sieht mich scheu an, furchtsam, wie erstaunt.

Auf Wiedersehen, Herr Doktor.

Ich gehe langsam, nähere mich gemächlich der Straßenecke, verzögere meine Schritte, die Gedanken, die

Müdigkeit. Die Bewegungen des Verkäufers im Kiosk schienen besetzt von der Furcht vor dieser Glut. Selbstverständlich könnte in der elenden, apokalyptisch glühenden Hitze eines solchen Tages ein in der Steckdose steckendes, vergessenes Bügeleisen mit Leichtigkeit ein Haus in Brand setzen und es bis auf das Fundament abbrennen lassen.

Die Schritte zerfließen sparsam im Boden, die Spannung, die Stille. Der Glasfilm scheint zerschlagen zu sein, verflüssigt, verstreut, doch kein Zusammenbruch, nirgends. Die Scherben sind anscheinend unter der ausdauernden Geduld der Wärme geschmolzen. Ich kehre zurück, gewiß, an den Zufluchtsort der gleichen Augenblicksrast.

Ein undeutlicher, immer wieder schwindelerregender Rand begrenzt das zu dünne Glas, das ich ängstlich betrete, während ich zurückblicke, einen Halt suche.

DAS VERSPRECHEN

Sie wollten jeden Tag früher nach Hause kommen, in die Stille ihres Heimes. Seit kurzem erst verheiratet, bedeutete diese ersehnte Stille die Erfüllung für sie, und einer dachte mit Zärtlichkeit an den anderen.

Nach vier Monaten der Freundschaft hatten sie geheiratet. Ohne unnütze Fragen, ihrer Zuneigung sicher, gewiß auch der Freude, zusammen zu sein. Überzeugt, sie würden nicht genötigt sein, die Gefahr irgendeiner Schurkerei auszuräumen, die Bösartigkeit der Zweifel. Felicia würde Geld nach Hause schicken, eine Woche würden sie in allen Ferien bei ihrer Mutter verbringen, einer kranken Frau, die gut war und nörglerisch. Die Frau wägt ab, aber sie läßt kein Sparen zu bei den Kleinigkeiten, die ihr Vergnügen bereiten. Er akzeptiert alles freudig und fragt sie lachend, ob sie auch andere Dinge noch »von allem Anfang an«, wie sie sehr ernst gesagt hatte, auf den Punkt zu bringen habe.

Nichts mehr. Bloß daß ich den Haushalt mache, es macht mir Spaß. Aber du? Willst du nichts sagen?

Ich habe nichts zu sagen. Bin so, wie du mich kennst. Habe nichts »von allem Anfang an« zu regeln.

Sie fühlte sich von seiner diskreten Einfachheit gehemmt, sie paßte nicht zu ihren ausführlichen Berichten über ihre Kindheit, über die erste Ehe, den seltsamen Großvater, über den Verlust des Vermögens, über die

185

Schulfreunde. Sie bestand darauf, daß auch er etwas sage, »es kann nicht sein, daß es nichts zu sagen gibt«.

Es ist tatsächlich nichts zu sagen. Ich habe vor allem in den letzten beiden Jahren versucht, arbeiten zu können, etwas Konkretes, Meßbares verwirklichen zu können. Du gibst mir diese Ruhe, das ist alles. Laß uns damit beginnen.

Gut, gut, ich weiß, daß ich schwatzhaft bin und auch für dich noch rede, scherzte sie versöhnt.

Doch er wurde plötzlich ernst, hatte sich offenbar an einen alten, vergessenen Gedanken erinnert, der es verdiente, bei ihm zu verweilen. Sein Gesicht wurde für einen Augenblick von einer Besorgnis überzogen, die älter schien, einem Mann angehörig, der sich von uneingestandenen Zweifeln geplagt mit dem Wunsch zurückzieht, diese zu beschützen.

Trotzdem, es gäbe da etwas. Auch ich möchte dich um etwas bitten.

Felicia freute sich, großzügig sein zu können.

Ich hatte eine gute Freundin. Wir haben uns versprochen, uns manchmal zu treffen. Ich möchte das Versprechen halten.

Sie, erfreut über diese glücklich sich fügende Gleichheit, stimmte zu. Sechs Monate waren vergangen. Er erinnerte sich nicht mehr an dieses Versprechen. An seinem Arbeitsplatz war er sehr beschäftigt, oftmals war er müde und in Gedanken versunken. Es schien tatsächlich, als überprüfe er seine Kräfte nicht, als verausgabe er sich nun noch mehr als sonst bei der Arbeit. Manchmal, wenn er mit Felicia sprach, kam seine Antwort verspätet. Er schien zu müde, nichts als Ruhe und Alleinsein zu wünschen.

Eines Abends, bevor er ins Bad sich rasieren ging, sagte er:

Morgen nachmittag werde ich etwa zwei Stunden mit der Freundin verbringen, von der ich dir erzählt habe. Sie hat mich heute angerufen.

Gut, vergiß nicht, wenn du zurückkommst, den Strom zu bezahlen, wir sind im Rückstand.

Ja, leg mir bitte die Rechnung auf den Tisch.

Scherzend fragte Felicia am nächsten Tag, ob seine Freundin schön sei.

Sie war sehr schön, vielleicht ist sie es auch jetzt noch. Mir scheint sie bloß noch intelligenter geworden zu sein. Sie aber behauptet, dies bedeute, daß sie schön sei und ich brächte die Dinge durcheinander. Vielleicht ist es so, ich weiß nicht.

Felicia schickte regelmäßig Geld nach Hause, war eine bewundernswürdige Ehefrau, er hatte – so schien es – das Gleichgewicht erlangt, das er sich ersehnt hatte. Er arbeitete sehr viel. Häufig schien es, als fände er keinen einzigen Augenblick, an dem er alleine nachdenken konnte, und er wurde linkisch und unsicher.

Aber die Begegnungen mit der Freundin, an die er Felicia erinnert hatte, fanden nun fast monatlich statt. Sie sprachen nicht darüber. Felicia wollte nicht mehr wissen. Sie spürte keine Veränderung an ihm, wenn er von diesen Begegnungen zurückkehrte. Sie war sich ihrer Intuition sicher. Sie wußte, daß ihr gutes Verständnis füreinander nicht bloßer Schein sein konnte. Sie fühlte, daß sie zweifellos glücklich waren miteinander.

Und trotzdem siegte die Neugierde.

Ich möchte deine Freundin auch kennenlernen. Sie wenigstens sehen. Nimm auch mich einmal mit.

Sei bitte nicht böse, wir haben uns versprochen, daß wir bei diesen Begegnungen, unabhängig davon, was in der Zwischenzeit mit uns geschieht, welche Veränderungen in unserem Leben stattfinden, allein unter uns bleiben. Bitte, sei nicht böse.

Felicia ärgerte sich, doch gelang es ihr, die Verärgerung zu unterdrücken. Sie drückte sie weg, und sie kam wieder. Und sie unterdrückte sie wieder... Sie dachte, sie wolle sich eine kleine Genugtuung verschaffen. Ihn verfolgen, um seine derart treue Freundin zu sehen. Sie wußte, daß es keinen Sinn hatte, sie zu sehen, sie sah vielleicht besser oder weniger gut aus, eine Frau eben, es hatte bestimmt keine Bedeutung. Und trotzdem folgte sie ihm. Scheu und mit großer Vorsicht. Ein schlimmes Ereignis, in das sie beide verwickelt worden wären, hätte einen Schritt auf den Abgrund zu bedeutet, denn sie hätten sich nicht mehr gegenseitig helfen können, wären sie beide ins Übel verwickelt worden. Und dies hätte geschehen können, wenn er gemerkt hätte, daß er verfolgt wurde. Sie wußte dies und folgte ihm scheu und mit wachsamer Vorsicht. Er wechselte zwei Straßenbahnen, kam in ein stilles Viertel, das neben einem großen Stadion im Grünen lag, und betrat eine Konditorei. Felicia ging aufgeregt in den Frisiersalon auf der anderen Straßenseite. Sie setzte sich an das Tischchen der Maniküristin neben dem Fenster, wo sie den Eingang der Konditorei sehr gut überblicken konnte. In der nächsten Viertelstunde betraten einige Frauen die Konditorei, manche kamen gleich wieder heraus, andere blieben. Felicia dachte, jene Freundin sei vielleicht überpünktlich gewesen, so daß sie keine Möglichkeit habe, sie kommen zu sehen. Vielleicht hätte sie noch darauf gewartet, sie herauskommen zu sehen, doch es war schon mehr als eine halbe Stunde vergangen, und sie fand keinen passenden Vorwand mehr, um noch länger zu bleiben. Ihr ganzes Verhalten, zu dem sie sich hatte hinreißen lassen, erschien ihr schäbig und empörend. Sie ging verstört.

Drei Monate nach diesem Ereignis rief er aus dem Büro an und sagte ihr, daß er zu spät zum Essen käme: Die Freundin habe ihn gebeten, gleich nach Dienstschluß auf sie zu warten, sie wolle sich mit ihm beraten. In Gedanken sah Felicia sein oftmals müdes Gesicht, das sich in ein Schweigen geflüchtet hatte, welches er ohne jede Feindseligkeit verteidigte. Drei Monate, in denen sich nicht der geringste Hinweis, der zu Zweifeln berechtigt hätte, gezeigt hatte, waren ausreichend, um Felicias Neugierde und Aufgeregtheit verschwinden zu lassen. Doch sie hatten scheinbar auch genügt, um zu vergessen, daß sie ihre Haltung dazu als schäbig, empörend und sinnlos empfunden hatte. Sie ließ sich im Büro freistellen und war eine halbe Stunde vor der Zeit, zu der sie vermutete, daß er kommen könnte, an dem schon bekannten Ort. Aber er verspätete sich; vielleicht war er trotzdem noch in der Stadt etwas essen gegangen.

Der Maniküristin sagte sie, sie erwarte eine Freundin, begann eine Zeitung zu lesen und beobachtete den Eingang der Konditorei. Sie konnte nicht feststellen, welche der Frauen, die in die Konditorei gingen, sie sein konnte. Sie wartete länger als eine Stunde. Er kam allein heraus. Sie dachte, jene Freundin wolle vielleicht nicht gemeinsam mit ihm die Konditorei verlassen, vielleicht war auch sie verheiratet. Aber warum sollten sie denn nicht zusammen die Konditorei verlassen? Was hätten sie denn letztlich zu verbergen? Schlichte, freundschaftliche Gespräche? Sie müßte nun die Konditorei betreten, etwas kaufen und sie sehen. Sollte sie etwa nicht gekommen sein? Das konnte nicht sein, er hätte nicht so lange auf sie gewartet. Vor allem, da sie ihn zu kommen gebeten hatte! Sie regte sich darüber auf, daß sie sich solches Kopfzerbrechen über diese ganze Geschichte machte und ging. Doch sie konnte auch zu Hause ihre Aufregung nicht überwinden.

Ist deine Freundin gekommen?

Ja.

Und was ist ihr widerfahren, daß es nötig wurde, dich gleich nach Dienstschluß zu bestellen?

Er schwieg einige Augenblicke und schloß die Füllfeder, mit der er geschrieben hatte.

Sie hat einige Unannehmlichkeiten in der Familie.

Er stand auf, ging zur Küche, aus der er mit einem Zahnstocher zurückkam, den er sorgfältigst nutzte. Dann griff er zu einem Buch und begann, es durchzublättern.

Und so groß sind diese Unannehmlichkeiten, daß du nicht zum Essen kommen kannst?

Felicia, ich bitte dich. Sie hat tatsächlich einige Unannehmlichkeiten in der Familie.

Und wie lange habt ihr miteinander gesprochen?

Eine Stunde, glaube ich.

Die Antwort entsprach der Wirklichkeit. Also war sie doch gekommen, obzwar es ihr nicht gelungen war, sie zu identifizieren.

Felicia lauerte gespannt auf die Gelegenheit der nächsten Begegnung. Doch diese Gelegenheit verzögerte sich. Es vergingen beinahe zwei Monate.

Eines Tages bewegte er sich linkisch durch die Wohnung. Nach einiger Zeit sagte er ihr, daß er in die Stadt gehe, er wolle in den Buchhandlungen vorbeischauen, möglicherweise auch zum Schneider gehen, nachsehen, ob der Anzug schon zur Probe fertig sei.

Soll ich auch mitkommen?

Ist nicht nötig. Ich werde nicht lange wegbleiben.

Du hast doch gesagt, du möchtest, daß ich bei der Anprobe beim Schneider auch dabei bin.

Ich weiß nicht, ob ich noch zum Schneider komme. Vielleicht reicht die Zeit nicht.

Er zog sich mit einer Langsamkeit an, die ihr einstudiert vorkam. Beim Weggehen küßte er sie. Nach einer Viertelstunde ging Felicia weg und ließ sich wieder die Fingernägel machen. Er verließ nach einer halben Stunde die Konditorei. Wieder allein. Felicia trat ein, etwas Schlagsahne zu kaufen. Tatsächlich, hier am Stadtrand hatten die Konditoreien keine Schlagsahne. In einer Ecke rauchten zwei Jungen und lösten Kreuzworträtsel. Ein Invalide trank Limonade. Eine kümmerliche Alte hielt sich an einem Stück Kuchen fest.

Was gibt es an Neuerscheinungen in den Buchhandlungen?

So gut wie nichts. Ich habe dir trotzdem diesen Gedichtband gekauft, es ist deine Lieblingsdichterin.

Also war er doch noch in die Buchhandlungen gegangen, deshalb ist sie vor ihm zu Hause angekommen.

Eine Woche später teilte er ihr mit, daß er weggehe, um mit seiner Freundin zu reden. Die Maniküristin ahnte scheinbar schon etwas. Er kam allein heraus. Felicia ging hinein und kaufte zweihundert Gramm Schokolade. In der Konditorei befand sich bloß ein Bengel, der Kuchen aß. Die Verkäuferinnen hatten es eilig, sie begannen eine Inventur. Als sie aus der Straßenbahn stieg, warf sie die Schokolade aufgebracht weg.

Nur mit größter Mühe konnte Felicia ihre Irritation und ihre Unruhe bis zur nächsten Begegnung unterdrükken. Sie war entschlossen, sich Klarheit zu verschaffen. So entschlossen, daß sie sich der Maniküristin anvertraute. Sie war sich selbst zuwider, doch dies steigerte ihre Aufregung nur noch. Also bat sie die Maniküristin, in die Konditorei zu gehen, irgend etwas zu kaufen und nachzusehen, was der hohe schmale Herr tut. Die Maniküristin hatte Verständnis für diese Art von Geschichten und erfüllte ihr den Wunsch.

Als er ihr an einem anderen Tag ankündigte, daß er zu einer Sitzung mit dem Chefingenieur müsse, mußte Felicia wieder allen Mut aufbringen, sich an die Maniküristin zu wenden. Doch diesmal war der dazu nötige Mut geringer, der Anfang war gemacht, und bloß der Anfang ist schwer.

Zwei Monate später ging er abends um sechs weg, um sich mit seiner Freundin zu treffen. Die Maniküristin war an jenem Tag nicht im Dienst, Felicia ließ ihre Fingernägel von ihrer Stellvertreterin pflegen. Danach betrachtete sie lange die weißen Wände der Konditorei: das junge, sehr schweigsame Pärchen, der Invalide, der mit seinem Freund, einem dicken und traurigen Mann, mit dem er diskutierte, Limonade trank.

Danach streifte Felicia durch die Stadt. Ging in Kaufhäuser, betrachtete interessiert die Schaufenster, kaufte eine Flasche Wein. Sie machte sich zu Fuß auf den Heimweg, verzögerte lächelnd ihren Gang durch die nach dem Regen kühlen und glänzenden Straßen.

Auch diesmal hatte der hohe und schlanke Herr in der gleichen stillen Vorstadtkonditorei allein und schweigsam seinen Kaffee geschlürft. Sie vergegenwärtigte sich sein blasses, nachdenkliches Gesicht: Zu Hause, schweigsam wie üblich, ließ er das Buch sinken, in das er sich vertieft hatte, und lächelte ihr zu.

KINDERLAND

In den letzten Jahren hatte der sonst so auf Form bedachte und bewegliche Herr des öfteren geäußert, er sei am Ende. Zwar sah er jünger aus als seine Altersgenossen und wirkte durchaus bei Kräften. Auch schien er nicht größeren Grund zur Unzufriedenheit zu haben als andere. Und doch behauptete er immer wieder, er sei müde und aller Widerstandskraft beraubt.

Straff noch die helle Haut, der Hals geschmeidig. Die feinen Hände zeugten von sorgfältiger Pflege. Sein hastiges Nuscheln aber war kaum zu verstehen. Wie vor Erschöpfung versagte ihm mitunter die Stimme. Unmöglich, so geht das nicht mehr weiter... Was genau nicht mehr weitergeht, hielt er nicht für nötig zu erklären, als wüßten alle schon, was er meinte. Manchmal stammelte er auch wirr: Glücksbringer, Wünsche, Mission, Schicksalspakt, Ersatz... Was das hieß, blieb unklar, er ließ sich nicht näher darüber aus. In solchen Momenten, wenn er so mit sich selber redete, wirkte er tatsächlich gealtert. Allmählich gewöhnten sich seine Freunde an die Schrullen ihres bis vor kurzem noch gemäßigten und stillen Gesprächspartners, der auf einmal so wild drauflos redete und sich in verworrenen Reden erging.

Sie wagten nicht, ihm mit den üblichen Tips zu kommen: Frauen, sportliche Betätigung, Pülverchen, Reisen, eine Ruhepause – die trügerischen Verzögerungstaktiken. Immerhin können wir uns nicht mehr wie früher einfach in den Zug setzen und an die malerische Lagune fahren. Mit solchen Reisen ist es schon lange vorbei. Und selbst wer einstmals noch in den Genuß der Normalität gekommen war, hatte inzwischen ausreichend Zeit gehabt, derlei Wunderdinge zu vergessen.

Doch siehe da, plötzlich flattert die unglaubliche Nachricht ins Haus: Dem Antrag auf einen Reisepaß war entsprochen worden! Unfaßbar, die Aufpasser gaben ihr Ja zum Ausbruch. Immer wieder mal machten sich die Behörden mit derlei zynischen Spielchen einen Spaß.

Es hieß dann bloß noch: Keiner kommt an den Zug! Heutzutage darf man sich ja bis zum letzten Moment nicht sicher sein. Die Gunst der Stunde sollte nicht durch lauten Trubel getrübt werden. Also: keinen großen Bahnhof! War dies ein Aberglaube, eine Laune oder Ausflucht? Gleichviel. Solange sich jemand einbildet, sich auf diese Weise die Güte des Geschicks zu sichern, soll man ihm nicht dreinreden. In undurchsichtigen Zeiten ist jede Extravaganz erlaubt.

Vom Großvater war bis dato nie die Rede gewesen. Wie denn auch, er war doch wohl längst schon gestorben, von den neueren Malaisen der Zeit war er verschont geblieben. Und doch kam der Reisende jetzt immer häufiger auf den Alten selig zu sprechen, ganz gleich, ob es jemand hören wollte oder nicht.

Dann kam der langerwartete Sonntag. Ein trüber, verregneter Wintertag.

Auf dem ungepflegten Bahnsteig vereinzelt fröstelnde Schattengestalten. Durch die großen Wagenfenster drang grelles Licht herein. Ächzend mühte sich sein Freund mit den beiden riesigen, vollgestopften Reisetaschen. Ein seltsamer Gefährte! Seit etwa zwanzig Jahren pflegte er die Tugenden eines phänomenalen Blindgängers. Empfing in irgendwelchen Kellerräumen mitten in der Stadt die merkwürdigsten Größen, wobei unbegreiflich blieb, wieso sie sich ausgerechnet in einem dermaßen elenden Loch zum Plausch versammelten. Sein karges Brot verdiente sich der Lebenskünstler bei einem obskuren Marionettentheater, das von den Subventionen irgendeiner Genossenschaft oder – keiner wußte es so genau – eines Behindertenclubs existierte. Trotz aller Unbeholfenheit genoß der Bärtige dennoch ein gewisses Renommee, als Bücherfreund nämlich. Über ihn kam man an die seltensten Exemplare heran. Wer die Geduld aufbrachte und diese Beziehung reifen ließ, bekam am Ende auch erstaunliche Dinge über die jeweils wichtigsten Persönlichkeiten oder über ein bevorstehendes Ereignis beziehungsweise allerlei andere Hintergrundinformationen zu hören, wie eine besondere Draufgabe zu diesem raren Service, auf den er sich spezialisiert hatte. Im Handumdrehen wußte er auch noch das ausgefallenste Buch zu besorgen, und einen stärkenden Schluck hatte er immer parat. Unglaublich, wie so ein linkischer armer Schlucker ständig den erlesensten Wein zu beschaffen vermochte, und undurchschaubar blieben auch viele andere Merkwürdigkeiten, die diesem Bohemien die Aura eines Abenteurers und Glücksritters verliehen.

Aber bei alledem machte er einen vertrauenswürdigen Eindruck. Bei keinem anderen war ein Beichtgeheimnis wohl sicherer und zuverlässiger aufbewahrt. Er hatte vermutlich auch ein Ohr für Geschichten über Glücksbringer und Hexenspuk. Der Reisende beugte sich weit zu seinem fröstelnden Freund hinüber, als müsse er ihm die verschlüsselte Schilderung eines schlimmen Abenteuers anvertrauen:

»Geruhsam sitzt eine Familie zu Tisch. Als sich der Sohn auf den Weg zur Arbeit macht, bleiben die Alten zu Hause und lauschen derweil den Erzählungen eines Gastes, der gerade aus Indien zurückgekommen ist. Er berichtet von einem indischen Talisman, einer verdorrten Affenpfote, die drei Wünsche zu erfüllen vermag. 200 Lire, lautet darauf der erste Wunsch, die hätten sie gern. Kurze Zeit später klopft ein seriös aussehender Versicherungsangestellter an und teilt betreten mit, daß der Sohn des Hausherrn gerade bei einem Unfall ums Leben gekommen sei. Die Versicherungsgesellschaft biete der Familie eine Entschädigung von 200 Lire. Die verzweifelten Eltern aber wollten lieber den Sohn zurück haben, verlangen seine Auferstehung. Mit einem Schlag wird es finster. Ein jäher Windstoß, dann ein Klopfen draußen. Die Tür springt, bis in die Angeln erbebend, auf: Der Geist des toten Sohnes an der eigenen Pforte! Bleibt nur ein letzter Wunsch: Der Geist möge wieder verschwinden.

Die Crux liegt nämlich in der nicht wortwörtlich vorformulierten, eindeutigen Zielsetzung. Der Schicksalspakt hält sich einzig an die formale Vorgabe, die konkrete Umsetzung aber bleibt ihm frei.«

Der Begleiter hatte sich stumm in seine dünne grüne Tuchjacke verkrochen. In seiner Betroffenheit – die Nachricht von der Reise hatte ihn erst am Abend zuvor erreicht – schien ihm die außerordentliche Ehre, als einziger bei der Abfahrt dabeisein zu dürfen, nicht sonderlich zu behagen. Er machte eine resignierte, gelangweilte Geste, während sich der Reisende schon seinem Gepäck zuwandte.

Nachdem der Gefährte wieder ausgestiegen war, stellte sich der Reisende in die Wagentür. Aufmerksam musterte er den auf dem Bahnsteig Verbleibenden, auf dessen frischrasiertem schmalem Gesicht sich rote Pikkelchen zeigten. Ja, er hatte eine gewisse Ähnlichkeit mit dem Großvater selig, weshalb er auch von seinem Freund für diesen Abschied ausersehen worden war. Der einzige, der bei dem großen Akt hier auf dem schäbigen Bahnsteig dabeisein durfte.

»Du kommst schon durch, wirst sehen. Der Mensch dumm und schlecht? Wohl, aber läßt sich nicht bis in alle Ewigkeit mit Füßen treten. Diese Henker werden das Spiel nicht gewinnen, wirst schon sehen«, murmelte der Großvater. Er wußte nicht wohin mit seinen geröteten, knotigen Händen, zerrte am Gürtel seiner Tuchjacke und preßte sich die abgewetzte Mütze auf die Glatze, während er nach passenden Worten suchte. »Wirst schon sehen, die Menschen werden auch wieder zur Normalität zurückfinden.«

Heikle Minuten. Hier der Reisende, der sich betont munter gibt, dort sein befangener Gefährte, eine Phasenverschiebung zwischen unterschiedlichen Gedankengängen – die Wirklichkeit von gestern und heute, ein fahler Dämmer, der sich auf die müden Gestalten senkt, die eigentlich noch jung und lebendig und unausgegoren sind.

Starres Auge, spröde Lippen über hilflos pendelnden Armen. Schweißperlen auf der runzligen Stirn, Flecken an den Schläfen, diese Stirn des Alten, gefurcht von unzähligen kryptischen Zeichen und Spuren.

Der Freund drehte die abgetragene schwarze Kappe zwischen seinen Händen. Eine letzte Umarmung.

»Denk nicht mehr dran, was du hier alles hinter dir läßt und sei froh, wenn du vergessen kannst.« Eine verschwitzte Hand fuhr dem Reisenden um den Nacken, müde senkte sich der Blick.

Das seelenlose Dämmerreich lag schon in einiger Ferne. Der Zug sauste voran. Wird sich dies unfaßbare Glück auch nicht etwa im letzten Moment in Schall und Rauch auflösen? Jene Behörde, die die wundersame Reisegenehmigung erteilt hatte, konnte jederzeit ihre großzügige Geste rückgängig machen. Vorwände, jede Menge verdächtiger Einzelheiten fanden sich in den Dossiers der düsteren Institution immer zur Genüge, man mußte bloß wollen. Armes abgehetztes Versuchskarnickel, wie schwer tust du dich mit der Großmut derer, die deine Tage und Nächte bis ins kleinste überwachen und alle Beweise deiner Unvorsichtigkeiten in ihrer Hand haben.

Im Nacken allgegenwärtig das kalte Auge der Behörde, das jede Geste und Miene, jedes Wort und jede Anspielung, jegliche Unbedachtheit kontrolliert. Und trotzdem, ich war auf Reisen! In rasantem Tempo ließ der Zug Stunden und Bahnhöfe hinter sich. Ich gewann also an Boden, doch meine Zuchtmeister hätten mich noch jeden Moment wieder einholen können.

Stunden und Bahnstationen, allein im Abteil. Die Fahrkarte war ordnungsgemäß ausgestellt, ich saß auf dem vorgeschriebenen Platz, keinerlei Regelverstoß, der zu bemängeln gewesen wäre. Die Gepäckstücke direkt über meinem Platz übereinandergestapelt. Zwei mit Konserven, Getränken und Zigaretten vollgestopfte Taschen. Der Fahrgast durfte nämlich keinerlei Zahlungsmittel bei sich führen. Wo er schlafen, was er essen sollte, war seine Sache. Er durfte jedenfalls auch weder Lebensmittel noch Getränke, Schmuck, Kunstwerke, Waffen, Dokumente, geheime Unterlagen, unveröffentlichte Manuskripte, feuergefährliches Material, Gift, Drogen, Texte jeder Art oder Kultgegenstände bei sich haben. Nichtsdestotrotz waren die Taschen bis obenhin mit Konserven und Flaschen vollgepackt, anders ging es ja nicht, soviel mußte man schon wagen. Bei jedem neuen Halt tastete ich nach meinem Paß in der Jackentasche.

Der Schaffner ließ sich nicht blicken, auch kein weiterer Fahrgast. Bleibt nur die Frage, ob das etwas zu bedeuten hat und was genau. Man könnte der Behörde ja jederzeit wieder ausgeliefert sein, nur weiß man nicht, wie die ersten Anzeichen dafür zu erkennen sind.

Der Beamte von der Kontrolle dürfte sich viel Zeit lassen, um Gepäck, Papiere und Gesicht des Verdächtigen zu prüfen. Werde ich wohl lächeln oder zittern oder aber den großen Mann markieren?

Was konnte ein Grünschnabel schon mit Schmuck und Pelzen oder Alkoholika anfangen? Nein, kein Gedanke, ich führte weder Gemälde, noch geheime Aufnahmen, Dokumente oder Codes bei mir, absolut nicht, ich hatte alles Spielzeug zu Hause gelassen. Immer der brave Schüler, schließlich kannte ich die Vorschriften. Zwar bin ich zugegebenermaßen etwas in die Breite gegangen, wirke schwerfällig, knurrig und lahm, bin aber eigentlich nichts weiter als der ewig gleiche farblose Depp, das typische Einzelkind, verhätschelt und launisch, ein Jammerlappen eben. Jawohl, zugegeben, die beiden Reisetaschen waren ziemlich schwer, vollgepackt mit Proviant und Klamotten, mit Säften, Würsten, mit Eingemachtem und Vitaminen, mit Mützchen, Schals und Schnuller, alles wie üblich zu astronomischen Preisen unter der Hand erstanden, und da haben wir auch ein Bakschisch für den Genossen Kontrolleur, auch ihn haben wir bedacht und eine Zulage für sein großzügiges Wohlwollen eingeplant.

Der Dickwanst, dem ich dann meinen Fahrschein hinstreckte, schien aber durchaus nicht zu den Scharfen zu gehören. Ein armer Beamter, dem die vielen Reisezüge und ein Ulkus zu schaffen machen. Er wird nach dem Gepäck fragen, wird sich eingehend erkundigen, wen der ehrenwerte Deserteur besuchen will, wer ihn an dem und dem Bahnhof erwartet und wer dann am nächsten, woher er all die eleganten und wohlgenährten Agenten kenne und wo er diese fremden Sprachen und Sitten und Codes gelernt habe. Waren das nicht zu viele Visa, zu viele Zwischenstops auf dieser Reise? Vermutlich verachtete, beneidete oder haßte er mich, ich hätte es nicht genau sagen können. Wieder und wieder studierte er meine Fahrkarte. Der reine Argwohn. Seine bläulichen Lippen verzogen sich zu einem überlegenen Grienen. In gewisser Hinsicht waren wir Komplizen, nicht wahr, wußten wir doch so allerlei übereinander und über sonstwen, auch wenn wir eigentlich gar nichts wußten. Nur wir allein konnten mit all den Stempeln und Unterschriften etwas anfangen, nur wir beherrschten die verschlüsselten Zeichen des Schattenreichs.

Ach, käme doch nur ein einziges Signal herüber, und wäre es noch so widerlich! Hätte er mir beispielsweise bloß mal zugezwinkert, hehe, alles klar, dualsoauch, dukleineralsoauch, hastalsoauchdeinenobolusentrichtet, absprachenbeziehungenschweinereien, schiebereienverrat, bravo Musjöh, zudienstenderherr. Und wenn er mich nur in die Seite geknufft, mir einen Stups gegeben hätte: Hehe, das kennen wir schon, ist doch bekannt, wie man sich solche Vergünstigungen erschleicht. Derlei etwa hatte ich erwartet, nachdem ich meine Fahrscheine auf dem Klapptisch am Fenster bereitgelegt und er mich eingehend mit müdem, düsterem Blick gemustert hatte.

Die Ausweispapiere! Die Worte vermittelten, was seine fordernden Hände befahlen: Die Ausweispapiere! Den Paß!

Ach, das war's. Ja, das hatte ich völlig vergessen, der Paß war auf den Polstersitz gerutscht. Hier ist er, bitte sehr, hier, alles in bester Ordnung!

Seite für Seite, Satz für Satz, eine eingehende Prozedur mit langen, argwöhnischen Pausen.

Nun ja, da war eine ganz kleine, absolut harmlose Unstimmigkeit. Ja, das Paßfoto war in größter Eile gemacht worden. Ein enormer Andrang damals an jenem Samstag, der Fotograf hatte keinen einzigen Blick übrig für seine Kundschaft, obwohl ich seiner Gehilfin die ganze Sache dargelegt hatte. Ich brauche ein richtiges Bild, hatte ich ihr erklärt, eine lebensechte Aufnahme ohne irgendwelche Retuschen. Eben so, wie ich aussehe: ein mittlerweile zahmes Kind, wohl wahr, aber durchaus noch entwicklungsfähig.

Die füllige Dame, die in dem Fotoladen aushalf und das Geld kassierte, machte einen sehr entgegenkommenden Eindruck. Aber es herrschten Eile und Andrang, und etwas heikleren Aufgaben war der Fotograf einfach nicht gewachsen. Die geschminkte Juno immerhin zeigte Verständnis. Als sie mir die Fotos aushändigte, fiel ihr wieder alles ein, worum ich gebeten hatte, wobei sie zugeben mußte, daß ihr Chef nichts vom Anliegen seines Kunden begriffen hatte. Unter falschen Worten spendete sie mir mütterlichen Trost, daß dies doch kein so großes Unglück sei, und mit etwas Wohlwollen und Objektivität, so versicherte sie mir, wäre auf den Bildern durchaus der zu erkennen, der ich sein wollte, also der, der ich wirklich war. Ich solle mir mal keine Sorgen machen, redete sie mir ein, Hauptsache, die Ablichtun-

gen wären mir von Nutzen. Wenn das die einzige
Schwierigkeit sein sollte, mein Herr, zerbrechen Sie sich
nicht unnütz den Kopf, denn wenn Sie das Glück haben
sollten, dorthin zu gelangen, wo Sie Ihr Ziel sehen, dann
ist jede Visage gut, da brauchen Sie sich keine Gedanken
zu machen. Also habe ich es gut sein lassen, obgleich ich
dieser schleimigen Kassiererin nicht so recht glaubte. Ich
weiß, da sind ein paar Unstimmigkeiten. Die Stirn zu
hoch, die Augen zu klein, die Wangen aufgedunsen und
schlaff, und das Haar erst, ganz davon zu schweigen.
Aber wenn Sie mal den Mund näher betrachten, der
zeigt immer noch den alten spöttisch-verbissenen Zug.

Doch wozu das stumme Lamento! Eisig gab mir der
Beamte den Paß zurück, grüßte nicht mal zum Abschied.
Wie ein Trottel stand ich mit den Papieren in der Hand
und hoffte vergebens, daß er noch einmal hereinkäme,
damit ich ihm alles erklären, beichten, ihm danken
könne. Der Zug raste dahin, wir passierten Brücken und
Wälder, die Zifferscheiben der Räder verwirbelten die
Stunden, viertel halb dreiviertel, wir bewegten uns in
einem ewig gleichen aschgrauen Dämmer, als träten wir
vergebens auf der Stelle.

Das Abteil hatte sich bevölkert: schlaksige Burschen
mit Kraxen und Schlafsäcken, die unverzüglich in ein
weltentrücktes Schnarchen verfallen waren.

Dann der Tagesanbruch, immer noch das vertraute
matte Licht. Wieder ein Bahnhof, darüber der quallige,
düstere Himmel. Pendler stiegen ein oder aus, Sprache-
Kleider-Gesichter wie in einem fremden, grimmigen
Panzer, Trenchcoats-Aktentaschen-Mützen, die dem säu-
erlichen Schlund des Morgens entgegenstrebten. Die
jungen Burschen hatten sich zum Ausstieg begeben, wo
ihnen schon andere anorakbewehrte Hünen aufgekratzt

entgegenkamen. Waggons wurden angehängt und aus-
gewechselt. Keuchend schleppte ich meine schweren
Taschen in einen anderen Wagen, dann wieder in einen
anderen und nochmals weiter. Das neue Abteil war leer.
Ich wuchtete meine rote Tasche ins Gepäcknetz. Stemm-
te auch die karierte hoch und preßte die beiden gewalti-
gen Lasten auf die schmale Ablage. Erschöpft döste ich
ein, in den Schlaf gewiegt von einem altbekannten üblen
Geschichtenerzähler. Grenzer mit Suchhunden, diese
Angst und Ohnmacht – irgendwann war auch das vorbei.

Auf einmal spürte ich ein neues Schwingungsfeld,
den Wechsel der Landschaft, den Grenzübertritt in eine
neue Zeitzone.

Und wahrhaftig: eine heilende Sonne, eine kreide-
weiße glatte Straße, hinter der das grün-schwarz-braune
Würfelmuster der Äcker aufschimmerte. Gelbe Trakto-
ren, rote Pflüge. Die scharfen Zähne der Eggen kreisten
gemächlich unter dem Strahl der Bewässerungsrohre.
Verspielte Bahnhofsgebäude in Pastelltönen, wie aus
Zuckerwerk gegossen. Auf den Bahnsteigen lächelten
respektable Herren den Durchreisenden feierlich grü-
ßend zu. Halt dich schön fest, mein Junge, der Rummel
wird dir Hören und Sehen vergehen lassen, bist doch
bloß ein altes geknicktes Kind, das zu spät ins Paradies
der Äußerlichkeiten geraten ist. Eine erste ungesunde
Brise, oh ja, schon packte mich der Schwindel.

Wann wir angekommen waren, konnte ich nicht
mehr sagen. Ein weiß gefliester Bahnsteig. Riesige Blu-
menkübel. Rotweißes Mosaik. Kofferkulis mit schräg in
die Höhe ragenden Hebelgriffen, wie zum Gruß aufge-
reckt. Die rote Reisetasche in der linken, die karierte
Tasche in der rechten Hand. Ein Schritt bis zum Gepäck-
roller. Er fuhr brav an, rollte gleichmäßig unter der unge-

heuren Bürde des Heimatlosen. Gleich am ersten Schalter konnte ich mich der Last entledigen. Das Tor tat sich auf.

Die Straße. Ich wanderte eine neue Seite ab: Naschwerk Pelze Schreibhefte Radiergummis Hüte Pianos türkischer Honig. Ich schaute genauer hin: Schinken Autos Fernsehgeräte Aquarien Gürtelspangen Seidenstoffe. Rote gelbe blaue Lichter. Immer neue Seiten in rascher Folge: Fotos, Dekorationen, Ampeln, ich kam kaum nach. Ein mit Silberfolie ausgeschlagenes Schaufenster. Es brauchte einige Zeit, bis ich mich hineinwagte. Rotwangige Mädchen bedienten an Tischen, an denen Damen und Herren vom hohen Rechnungshof sich manierlich den Bauch vollschlugen. Gebäck aus Plastik, Plastiline, Plexiglas. Auf großen versilberten Platten dämmerte eine ganze Armada von Eclairs, Kremschnitten, Honiggebäck und Schokotörtchen vor sich hin. Durchweg saubere Hände und aufgeräumte Mienen bei allen Gästen, keiner hatte sich sein Mäulchen besudelt, tadellose Manieren. Gedämpft verhallte jedes Wort in dem rundum abgeschirmten eleganten Raum. Ein verschlüsseltes Kammerspiel, kaum zu erkennen, wer hier woher seine Maske bezieht, ob die Herren Bäcker Beamte Barone sind und die zahmen Infantinnen eher Tippsen oder Topkräfte.

Nach einer Weile riß ich mich los, zurück auf der dezemberkalten Straße. Ein paar Ampeln weiter machte ich abermals halt. Weiße Wände, unzählige Schachteln und Nägel. Auf der langen Ladentheke: Revolver, Dolche, Patronen, Säbel, Gewehre, Messer. Richtig zum Anfassen! Man konnte sie auch kaufen, so wie die Torten und Autos und all den anderen überflüssigen Kram. Hinter dem Ladentisch thronte auf einem hohen Aussichtsschemel ein altes Mütterchen und strickte. Für einen Moment stockten die klappernden Nadeln, ein prüfender Blick. Sie reichte mir einen Prospekt mit raffinierten Angeboten. Schweren Herzens verzichtete ich auf die verlockenden Spitzenprodukte.

Ich schaute auf die Uhr. Halb sechs. Ich mußte schleunigst zum Bahnhof, zum Anschlußzug. Am Einstieg zum Wagen wachte in tadellosem Aufzug ein Ritter der öffentlichen Ordnung. Hatte ich ihn nicht irgendwo schon einmal gesehen? Bei den Abrüstungsverhandlungen, auf der Seerechtskonferenz, bei der Krönung Kaiser Franz Josefs, der Bestattung des Papstes oder auf irgendeiner Ökologentagung? Lächelnd fragte er nach meiner Fahrkarte. Ach, ein simpler Schaffner also. »Sind Sie Pole?« wollte er wissen. Ich fuhr mir mit der Hand über die schweißbedeckte Stirn. Sollte er wohl von dem göttlichen kleinen Tadzio und dem todkranken, alternden Genie gehört haben? Die Bemerkung kam dermaßen überraschend, daß ich nicht mal mehr zu entgegnen vermochte, nein, Pole sei ich nicht. »Gut, dann wollen wir mal«, ließ sich seine Exzellenz huldvoll vernehmen. Ich bückte mich nach meinem Gepäck, doch abermals bekam ich seine königliche Artigkeit zu spüren. »Lassen Sie, das ist meine Sache. Steigen Sie ein.« Hätte ich mich etwa für meine stumme Verwunderung entschuldigen, ihm erzählen sollen, wie ein Zugbegleiter in dem Land ausschaut, aus dem ich komme? »Vielleicht geben Sie mir Ihre Papiere. Bis morgen früh, wenn wir die Grenze passiert haben. Ich steige aus in . . . « und er nannte die Residenz des Dogen, Stätte der Festspiele, mit Blick auf den Lido. Ich zuckte ein zweites Mal zusammen, wie ertappt. Ich hatte erwartet . . . ja, was hatte ich eigentlich erwartet, was denn noch gar . . . Ihm mein Herz ausschütten, das hätte ihm wohl gefallen, daß wir über die morbide Pracht der Lagune sprächen, über Vorgänger und Spukgestalten. »Sicher kennen Sie die Stadt, wenn man sie denn so nennen kann. Da steigen allerlei Geschäftemacher, Großkopfeten, Troubadoure und Ganoven zu. Zwielichtige und anrüchige Gestalten.«

Im Morgengrauen sah ich den distinguierten Amtsträger der Eisenbahn wieder. Frisch, telegen und gewinnend erschien er auf der Bildfläche, ein echter Premierminister der Konsumgesellschaft. Er händigte mir meine Papiere aus, griff nach den zwei Taschen und trug sie zur Treppe. Hier endete das Hoheitsgebiet seines weitherzigen Wohlwollens. Von nun an mußte ich allein zurechtkommen. Ich schleppte die schweren Taschen zum nächsten Zug, eisern, immer eisern.

In den Morgenstunden langte ich an den Pforten zur Kandelaberstadt an, auf den Albumblättern der Boulevards und Plätze, die mir seit meiner Schulzeit ein Begriff waren. Denkmal Dom Lustgarten Landungsbrücke Metro Café Galerie und Brücke. Und wieder: Puppen Pantoffeln Pullover Bücher Bälle Büstenhalter Autos Aktentaschen Saxophone Sex Schmuck Schlipse Schnickschnack: Verpackungen Verpackungen. Ich bewegte mich in der Fahrrinne einer Vergangenheit, die nur noch für begrenzte Zeit ein Hort der Zuflucht sein konnte. Vermutlich erschien mir das alles nur so märchenhaft und fremd, weil mir nicht zurückerstattet werden konnte, woran ich niemals teilgehabt. War es an der Schwelle zum Schlachthof oder in einer Buchhandlung, wo mir endgültig die Sinne schwanden? Jedenfalls in den irrlichternden Ruinen einer nicht zur rechten Zeit gelebten Geschichte. Ein Spätling unter Nachgeborenen, mit denen ich nichts mehr gemein hatte.

Plötzlich kam mir wieder mein Großvater in den Sinn und ein gemeinsamer Verwandter, der in dieser unwirklichen Stadt zu Hause war. Aber was hätte ich dem schon mitzuteilen? Daß ich in Unklarheit gelebt hatte und dies mein einziges Hab und Gut sei? »Der wundertätige Talisman konnte drei Wünsche erfüllen. Es kam nur auf die richtige Formulierung an. Du wünschst dich in ein anderes Land. Aber dort wütet die Pest. Erschrocken verlangst du, daß die Pest verschwinde. Und bleibst mutterseelenallein, denn inzwischen ist dir die Sprache abhanden gekommen, du findest keinerlei Kontakt. Die eindeutige Formulierung muß ständig noch erläutert werden, da bleiben Unklarheiten nicht aus.« Sollte ich ihn bitten, meine Irrungen gutzuheißen, also alles, was mir geblieben war. Ich lebte ja im Labyrinth eines einziges Wunsches, war über diese erste Phase überhaupt noch nicht hinweg.

Die Treppenstufen waren mit einem flauschigen roten Teppich ausgekleidet. Ich drückte mehrmals auf den grünen Klingelknopf an der Wohnungstür. Es rührte sich nichts. Kurze Zeit später tat sich aber doch die Tür auf. Im weißen Rahmen stand ein hochgewachsener, vierschrötiger, bleicher Mann. Dunkler Abendanzug mit Nadelstreifen, tadelloses Hemd. Unter der getupften Fliege am bulligen Hals lugte eine starke schwarze Kordel hervor, an der ein vergoldetes Monokel hing. Nein, nicht der Großvater war's, der war längst tot. Ein Vetter, ein Onkel, ein Augenzeuge oder Farseur, wer weiß. Innig hielt er meine Hand. Für mich Zeit genug, um seine schmalen Lippen, die rotgeschwollenen Lider und die sommersprossige Glatze zu studieren.

Sein Zimmer war hoch und geräumig. Vollgestopft mit Stapeln von Büchern. Er schien allein zu hausen. Der

Hausherr ließ sich hinter seinem Schreibtisch nieder und goß Whisky ein. Wir stießen an, dann kippte er sein Glas in einem Zug hinunter. Beide warteten wir darauf, daß der andere den Anfang macht. Statt der unvermeidlichen Unterhaltung hätte der elegante Herr besser auf der Stelle ganz einfach ein Wunder vollbringen sollen. Eine große Summe Geld? Eine neue Identität? Das erlösende Wort zu all den unglücklichen Verkettungen? Ganz gleich, wenn sich doch nur alles mit einem Schlag hätte ändern lassen.

Ich musterte seine gefurchte gelbliche Stirn, die blassen Lippen, die glänzende Haut seiner Greisenhände mit den spitzen Fingernägeln, den dicken Ring mit dem schwarzen Stein, das weiße Brusttüchlein. Endlich machte er den Mund auf, oder redete er vielleicht schon länger? Ein krächzendes Wispern. Zögernd gab ich Antwort auf seine Fragen. Die Lagerzeit? Interessierte ihn denn dieses abgedroschene Thema überhaupt? Stimmt, dort hatte man einen ganzen Mantel für eine einzige Tablette hergegeben, einen Ring für ein Brot. Welches Großvaters letzte Worte waren? Diese Barbaren werden den kürzeren ziehen, das hatte er gesagt, die Unmenschen werden keinen Erfolg haben, und es wird auch wieder Freude geben, dann aber auch wieder Barbarei, so hat er wohl gesagt. Seine Worte waren längst verweht, tote Worte, neu ersonnen vom Kind einer anderen Zeit.

Mein Gegenüber zündete sich eine teure Havanna an. Er schaute mich an und schien doch durch mich hindurchzublicken. Bei der Begrüßung hatte seine kleine rundliche Hand die meine lange gedrückt, bis er mich unversehens kurz in die Arme schloß, wie unter alten Kriegskameraden. Dann hatten seine spröden Finger mein Gesicht abgetastet. Während ich noch meinen

Mantel aufhängte, hatte er dort in der Diele mit beiden Händen mein Gesicht betastet. Nun aber griff er von Zeit zu Zeit spielerisch zum Perlmuttgriff einer dicken Lupe, die auf seinem Schreibtisch lag. Er führte sie jedoch nicht ans Auge, wie er auch das Monokel nicht zu Hilfe nahm. War er womöglich blind und konnte mich nicht sehen? Nein, er sah mich nicht. Er brach eine neue Flasche an und goß sich selber ein, ohne zu fragen, ob ich ebenfalls noch etwas wollte. Wiederum leerte er im Nu sein Glas. Dann zeigte er mir seine Bibliothek, die über alle Zimmer verteilt war, in Regalen, auf Tischen, Betten, Schränken, auf dem Fußboden und dem Radio. Zuweilen murmelte er etwas vor sich hin. Das Gedankengerüst seiner Sätze wenig einprägsam. »Sauerteig… das sind wir… Sauerteig… Außenseiter… nicht immer ganz ehrenwerte Delinquenten… dein Großvater damals in diesen elenden staubigen Gäßchen, wenn die Abendstunde die Erleuchteten weckte… ich habe dieses Stück Geschichte, das du nicht mehr kennengelernt hast, zur rechten Zeit hinter mir gelassen.« Gedankenverloren dozierte er über die Aufhebung des einen Wunsches durch einen noch maßloseren, verrückteren und durch wieder einen anderen, bis der Magier überrumpelt aufgibt und nicht mehr nachzählt.

Benebelt gingen wir auseinander. Ein lauer Schleier aus wirren Worten und ziellosen Gesten hing über der frühen Morgenstunde.

Als ich das malerische Viertel verließ, fühlte ich mich auf einmal nicht mehr ganz so ausgelaugt und zerrissen wie zuvor.

Anmutige kleine Brücken. Die Reklametafeln der lokalen Lichtspielhäuser. Biedere Häuser, vor den Fenstern keine Gardinen, das häusliche Ritual so dem Blick des Betrachters zugänglich, wie eine Momentaufnahme der Ewigkeit: Die Großmutter richtete die Bestecke in Schlachtordnung aus, der Alte schmauchte hinter seiner Zeitung, der Junge fiedelte müßig an seiner Geige, das Fräulein im Unterkleid schmuste mit der Katze, der Vater zerknüllte Bilder aus Afrika, der Junge bürstete den Aktenordner, der Großvater hing an der Garderobe, das Milchfräulein maunzte schläfrig im grünen Topf, der Vater posierte steif unter dem Detektivschirm.

Selbst die Lust kannte hier keinen Schleier. In erleuchteten Schaufenstern boten sich niedliche, verworfene Puppen in aller Blöße zur Schau, die sich mit professioneller Perfektion als Rätselwesen gaben. Kühle hellhäutige Däninnen, scheue olivfarbene Libanesinnen, wehmütige Kambodschanerinnen, unstete leidenschaftliche Brasilianerinnen.

Der Weltfremde wagte nur verstohlene Blicke. Er meinte seine alten Schulkameraden zu hören, wie sie ihn mit schlüpfrigen Tips anstachelten, als wollten sie ihn in einen dieser parfümierten, samtbeschlagenen Verschläge stoßen. Ein hämisches Aufflackern der eigenen unausgelebten Pubertät. So als sei diese ganze Zeit der Hoffnungslosigkeit nichts als ein langes verbissenes Warten auf irgend etwas Undefinierbares gewesen, ein steter Irrlauf in Angst und Pein. Erst diese Barbarei namens Lager und Tod, dann eine Barbarei, die Ideale und Träume und Hoffnung im Munde führte. Vielleicht war es der Fluch seiner Biographie, der ihm jeden Zugang zur Normalität versperrte, vielleicht war das der wirkliche Grund, daß ihm alles Natürliche dumm und jungenhaft vorkam. Was seine Augen sahen, war nichts als die glitzernde Verpackung eines Märchens, in das er, ein später Weltenbummler, hineingeraten war. Er wußte, daß – wie überall – unter der glatten Oberfläche Würmer nagten, daß sich Leid und Revolte vielleicht schon bald auf dem ganzen Erdenrund in einem irrsinnigen Aufschrei Luft verschaffen konnten. Die verschreckten und unreifen Greise aus dem Schattenreich des Ostens gemeinschaftlich vereint mit all diesen verlebten Kindern des Westens, die in den Spielen einer falschen Freiheit dressiert worden waren.

Eine feuchte Brise, diesige Schleier über den Wassern. Es war ein langer Rundgang gewesen, grau und fad hatte sich der Nachmittag hingezogen. Unter den Schatten, die am Ufer umherirrten, erkannte ich meine eigene Gestalt: dieser fremde Herr mittleren Alters, der sich in seinem verwaschenen Regenmantel verkroch. Ein launisches, verschlagenes Kind mit ausgewachsenen Gliedern, das sein Naschwerk verloren hat wie auch den einst unbändigen schwarzen Schopf, so pendelte die Gestalt, aus dem inneren Takt geraten, unerfahren und frierend umher.

Nachdem er rund zwei Stunden an dem wenige hundert Meter langen Kai auf und ab getorkelt war, wandte er sich wieder den Gassen, Brücken und Passagen zu. Er sprach irgendeinen Passanten an, ließ sich irgend etwas erklären, langte schließlich bei seinem armseligen Hotel an, stieg die Holztreppe hinauf, durchquerte das große Zimmer, in dem gekocht, Wäsche gewaschen und gebügelt wurde, betrat seine Mansardenzelle, packte seine Sachen zusammen und ging hinunter. Der Inhaber erklärte sich bereit, die beiden Taschen ein paar Tage aufzubewahren und schloß sie in einem verwanzten und vollgestopften Abstellraum weg. Der Reisende zählte seine Barschaft, Geld, das er zum Abschied von jenem Vetter erhalten hatte, der eher wie ein Großvater aussah und den reichen Onkel spielte. Dann griff er nach seinem Reisesack, in dem er seinen Schlafanzug, Schirm, Pullover, ein Taschentuch, Handtuch und Papiere verstaut hatte und verließ das Hotel. Bestieg die Metro und fuhr zum Bahnhof. Er suchte sich einen Platz in einem leeren Abteil, schluckte ein Aspirin, bereit für das nächste Abenteuer.

Nach einer Weile setzte sich der Zug langsam in Bewegung. Im viereckigen Spiegel: ein abgekämpfter, apathischer Fremdling. Unsichtbar die Tarnreflexe, die Spuren eines streng genormten Daseins – Zeichen eines Leidensweges, die nur eingeweihte Weggenossen richtig lesen konnten. Einen Moment lang meinte er seinen eigenen Großvater vor sich zu sehen, den alten Propheten, für den das Leben mit seinen kleinen Übeln und Freuden das Allerhöchste war. Ja, er hätte vielleicht erfaßt, was nach dem Inferno des angebeteten Hakenkreuzes kommen sollte, und hätte die verdeckte Kontinuität erkannt, diese unberechenbare, tückische Pein, die diesmal unter dem Wahrzeichen der unabänderlichen und allumfassenden Menschheitsbeglückung daherkam. Draußen wurde es langsam dunkel, die Schattenbilder im Spiegel verschwammen, das malerische Greisenhaupt mit dem weißen Bart war auch nichts anderes als ein Vorwand gewesen, um Ihnen, Maestro Aschenbach, noch eine Zeitlang ausweichen zu können. Es war der Versuch, eine möglichst eindrückliche Erinnerung dazwischenzuschieben, um die Begegnung etwas hinauszuzögern. Doch vergebens: Vom Mond herab, der mittlerweile im düsteren Spiegel Posten bezogen hat, trifft mich jetzt der skeptische Blick einer blaublütigen Berühmtheit. Zwar ist mein Haar nicht ganz so dunkel wie das Ihre und ich habe auch keine Brille auf der Nase, doch die hohe Stirn zeigt Ähnlichkeit, bis auf die Narbe, die Sie tragen. Der Schädel im Verhältnis zum Körper überdimensional, auch wenn der Leib mit zunehmendem Alter scheußlich in die Breite gegangen ist. Und diese Augen haben zwar nicht den Siebenjährigen Krieg mitangesehen, aber schon zeitig die Hölle geschaut, kann ich Ihnen versichern, auch später noch, nur in neueren, raffinierten Verkappungen. Unmöglich, es-geht-nicht-mehr, hatte ich oft und oft geklagt, selbst noch, als mir die Aufpasser die kaum mehr für möglich gehaltene Erlaubnis gaben, mich aus dem Staube zu machen. Diese Reise war kein Ausweg mehr aus einer tiefen Krise, wie im Falle Ihres unschätzbaren Schaffens, o nein, sie war etwas völlig anderes.

»Die übertriebene Neigung zur Perfektion«, so haben Sie einmal das Wesen des Künstlers definiert. Für uns im Schattenreich war dieser überzogene Anspruch die Vorbedingung fürs tägliche Leben, ein ständiger Selbstschutz, der zum Tick geworden war, eine unerschütterliche Überzeugung, um allen Verformungen standzuhalten. »Hochleistungsmoralisten« waren wir gezwungenermaßen, um immer noch einen Tag und noch einen weiteren auszuhalten.

Also keine kalten Güsse am frühen Morgen, auch keine hohen Leuchter zu beiden Seiten des Manuskripts, sondern an den Schreibtischstuhl gefesselt wie an einen Marterpfahl. Talent ein Name für Überleben? Im verwaisten und wunden Herzen der Wirklichkeit hielten wir uns zuweilen für Helden, für Leute, die, wie Sie einmal gesagt hatten, in der Lage sind, »wenigstens eine Zeitlang groß zu scheinen«.

So ein frivoles Seelchen, das sich auch noch mit fremden Federn schmückt! Dieser Herr, der da wie ein Schulmeister in feierlichem Überschwang zu Ihnen spricht, läßt ja nicht einmal seine engsten Vertrauten spüren, daß er ein leidendes lüsternes Jüngelchen ist, ein Opfer seiner Sinnlichkeit und verbohrten Überspanntheit. Darauf haben uns unsere Schergen gedrillt: Ernst hatten wir zu sein. Immerzu furchtbar ernst, so erst paßten wir zum Schattenreich. Dieser Trick ist uns in Fleisch und Blut übergegangen, hat uns schließlich bis ins Innerste vergiftet. Glück ist in unseren Augen etwas Anstößiges, Leiden dagegen die Vorstufe zur Wahrheit. Dem ganzen Theater einfach nur zuzuschauen, sind wir nicht geschaffen.

Von schmerzlicher Verklärung ist im Spiegelbild freilich nichts zu entdecken, Maske und Wahrheit, jeweils dasselbe Gesicht, das nichts von dem kindlichen Erlebnishunger erkennen läßt. Irgendwie bin ich mit dem Glücksbringer, den Großvaters Geschichten verhießen, nicht richtig umgegangen; gerade mal eine einzige Bitte habe ich äußern können: Ihnen, Maestro Gustav, zu gleichen. Ein gewagter Wunsch. Einen weiteren zu nennen, war mir nicht mehr vergönnt. Diese Nacht erinnert mich aufs neue an die Bürde jener ersten exaltierten Eingebung, die Sie einst einem einsamen Jüngling vermittelten.

Lido und Badeinsel? So weit bin ich nicht gekommen! Dieser infantile Reisende ist doch nicht das lachhaft vergreiste Ebenbild Ihres zarten polnischen Knaben von ehedem. Nun ja, vor wenigen Tagen oder Jahrhunderten hat mich jener Diplomat, der mir mein Gepäck ins Abteil brachte, wohl mit Tadzio, dem gealterten Tadzio aus dem finsteren Osten verwechselt. Signor, desidera un caffe, alla turca, expresso, bollente, ristretto, lunga, sono tutti i suoi bagali, lasci libere il passaggio... scenda, per cortezia... Scenda, per cortezia, unnütz, mich so in Trab zu halten, ich war nicht Ihr kleiner Ausländer von früher, und weder das Ostreich noch Sie selber und sonstwer oder sonstwas waren noch dieselben wie vordem.

Scenda, signore, per cortezia, per cortezia ... bitte steigen Sie aus, per cortezia, plapperte der Begleiter, buoni giorni, signore, benvenuti, Sie sehen ein wenig müde aus, signore, faccia presto, wir sind da, per favore, scenda, signore, per cortezia. Niemand mehr im Abteil, der Zug hatte sich geleert, die Vorhänge waren zur Seite gezogen, ein neuer Tag schien durchs Fenster. Ich war am Ziel und stieg aus, ohne nochmals einen Blick in den elenden Spiegel zu werfen.

Es gießt in Strömen. Eine billige Absteige für Touristen mit schmalem Geldbeutel. Bett, Waschbecken, Garderobe. Vor dem Fenster eine schmale Straße. Theaterkulisse. Im Haus riecht es nach Kohl und gerösteten Zwiebeln. Wie aus Kannen schüttet der Himmel unentwegt sein Wasser auf die alten, modrigen Gemäuer.

Gedränge in der Bahnstation, am Steig, wo die Boote anlegen. Betuchte Herren in Gesellschaft reizvoller Gefährtinnen. Sie singen, palavern, knuffen und necken sich, hüpfen umher, machen Fotos und grölen aus vollem Herzen, geübt in den Spielen als Äffchen und halber Gott. Da ist die dralle aufgetakelte Zwergin mit blauschimmerndem Haar, deren plumpe Greisenarme vor Goldschmuck strotzen. Grüne gelbe rote Katzenaugen. Grelle Ketten um Hals und Knöchel. Oder der kahlköpfige schweigsame Don Juan, der sich in Detektivmanier hinter seiner Brille versteckt. Und eine junge Stewardeß, die einen verhexten Kassettenrekorder an die Brust gepreßt hält. Könnten diese kreuzfidelen Nutznießer eines läppischen Schwindels nicht morgen schon die abgekämpften Veteranen der östlichen Reservationen

sein? Von Zeit zu Zeit mustern sie den Eindringling ver-
stohlen, sie wittern den mittellosen Fremdling, der keine
Übung hat in ihrem lockeren Treiben. In einer dunklen
Ecke Zuflucht suchend, läßt der Novize seinen müden
Blick über die Küste schweifen, über das Meer, die alten
Schlösser und Gemäuer, deren filigrane rosa und grüne
Fassaden sich im Wasser spiegeln.

Der Regen fällt in feinen Tropfen, ungemütlich. Die
Fahrgäste steigen aus. Rechteckiger Platz unter Gewit-
terschauern. Abgezehrte Tauben, einladende Schaufenster und Cafés unter einem verhangenen Himmel. Brük-
ken, Passagen, Kathedralen, Konditoreien. Elegante
Geschäftsleute, exotische Lokale, Puppen, Apotheken,
das Nobelhotel der Stars. Geld, Gold und tadelloses
Gebiß, ein buntschillernder Satan mit geschminkter
Fratze, der sich die Drogen einer spleenigen Überflußge-
sellschaft einverleibt. Armselige Absteigen, streikende
Gymnasiasten, Spruchbänder: Morgen sind wir so wie
ihr, wenn nicht noch schlimmer! Schaufenster gehen zu
Bruch, die Rockfeuerwerke der Zukunft werden zele-
briert.

Der Leuchtturm, Nebelbänke, ein dumpfes Raunen
aus dem All, Firmenschilder, die wieder und wieder das
altbekannte Repertoire zu präsentieren scheinen. Kunst-
galerien, Läden, Teppiche, Haschisch, Amphibienfahr-
zeuge, Neonlicht.

Freitagnachmittag. Träge Gondeln. Die Admiralität
ein einziger Luxuspool. Gitarren betteln um Groschen
und Blut. In den Auslagen kümmern Trophäen des Wohl-
stands vor sich hin. Hochglanzplakate, ein Bachkonzert,
die blaue Kapelle. Ausgerechnet auf dem Blumenmarkt
geht die Bombe hoch. Ausbrecher in Ketten, die vorbei-
defilieren. Die tausendjährige Synagoge. O gewiß, ihr

216

gebührt die Ehre einer eingehenden Besichtigung. Lautsprecher, die überkochende Stimmung eines Sportstadions: Volkstrubel, als Ersatz für den Karneval, der billige Augenblicksrausch, wie er von den Erdenbewohnern in ihrer Gier nach Spiel und Vergessen allüberall unbesehen genossen wird. Pornofilme, richtig, die sollte man sich wohl anschauen, denn derart anstößige Vergnügungen sind im Schattenreich des Ostens verboten.

Finster murmelt der Canal grande vor sich hin. Sümpfe und Meer, allenthalben Geschichte, Marmorbögen und zartfarbige Arkaden. Eine einschmeichelnde und zwielichtige Stadt. Märchenhaft und tückisch, die Verheißung des Nichts, wie du, Bruder Gustav, einmal sagtest, unsere an Schönheit leidende Seele, die selbstzerstörerisch in ihre eigenen Abgründe schaut.

In den Straßen des tausendjährigen Ghettos. Und wieder neue Schaufenster. Der Tourist kostet den herrlichen klaren Wein, blättert in Büchern, wandert, an zwielichtigen Kinos vorbei, über die Kais. Er weiß sehr wohl, die eigentlichen Freuden und Ärgernisse, ob groß oder klein, hocken unter der Oberfläche, aber dieser Panzerschild bleibt für ihn undurchdringlich.

Vergebens hofft er auf Schlaf. Er fühlt sich unwohl, ein Leiden namens Biographie vielleicht, das ihn daran hindert, die fremde Wirklichkeit wahrzunehmen, sich an ihr zu erfreuen und alles, was er hinter sich gelassen oder noch mit sich herumschleppt, einmal zu vergessen. Noch in derselben Nacht verläßt er diesen einstigen Hort gefährlicher Gemütsverstimmungen. Im gutgeheizten, bequemen Abteil dann richtet der Träumer sein Auge auf einen Punkt in unsichtbarer Ferne.

Am Nachmittag darauf klingelte er ein zweites Mal an der Tür des alten Herrn. Der empfing ihn hastig und zerstreut.

»Setz dich, ich komme gleich.«

Und da war er auch schon wieder. Mit fliegenden Jakkenschößen tippelte der bleiche Grandseigneur herein, in der Hand ein großes Glas Milch, mit dem er sich hinter seinem Schreibtisch niederließ. Er trank in kleinen Schlucken und wärmte dabei seine Hände an dem dickwandigen Glas. Bordeauxrote Fliege, goldene Manschettenknöpfe.

»Ich weiß schon, was du willst ... Erinnerungen an deinen Großvater. Nachdem du mich verrückt gemacht hast mit all den entsetzlichen Lagergeschichten, als wüßte ich nicht selber, wie man in den Nazilagern zu Tode kam, willst du nun weitere Andenken, aus der Zeit davor, stimmt's? Aber wozu, was willst du denn damit? Möchtest du sie etwa am Herzen tragen, in diesem Lager der großen Ideale dort, wo du dein Leben dauernd von einem Tag auf den anderen verschiebst bis Sankt Nimmerlein? Eine Larve bist du! Ständig krümmst du dich, paukst du und trainierst du da im Fegefeuer, aber wofür eigentlich? Fürs Paradies, meinst du? Mann, was hält dich denn noch dort? Wenn sie dich rausgelassen haben, bedeutet das doch, daß sie froh sind, dich loszuwerden. Damit hättest auch du sie endlich vom Hals, es wär höchste Zeit.«

Nun ja, mal sehen zu dürfen, was einen im Jenseits, nach dem Tod, erwartet, eine Chance, die nicht vielen vergönnt ist, wäre es an der Zeit ... aber ich hatte schon längst die Kraft verloren, das wußte er doch, und ein Neuanfang ...

»Erinnerungen an Großvater? Ich war damals noch klein, war gerade ins Gymnasium gekommen. Jeden Tag

218

besuchte ich ihn in seiner Buchhandlung. Auf der einen Seite des Raumes standen Regale mit Büchern und Kleinkram, im anderen Teil gab es Imbiß und Getränke. Er war ein aufgeklärter Autodidakt, bei dem sich die Bauern aus der Umgebung Rat holten. Du sagst also, er sei nicht erschossen worden, sondern an Gebrechlichkeit und Elend zugrunde gegangen. Das sollte mich wundern, er war doch ungeheuer vital. Je ein Stück Braten und eine halbe Flasche Wein konnte er zum Frühstück vertragen. Die Zeitungspacken und Bücher schleppte er vom Bahnhof kilometerweit auf dem eigenen Rücken herbei. Seine Frau, deine Großmutter, die war ewig leidend, eine Nervensäge. Wir nannten sie »die Plage«. Was soll ich dir viel sagen? Und was zählt das noch? Er war mein Lieblingsonkel. Dauernd schalt er mich aus: Wieder keine Mütze auf dem Kopf, ist es denn möglich, winters wie sommers die Mähne im Wind, wie ein Landstreicher! Er war fromm, hatte aber Humor und ein gutes Herz, viel zu gut, und so was von tolerant ... «

Das Glas Milch mit beiden Händen umfassend, nahm er hin und wieder einen Schluck und musterte seinen Besucher, fand aber keinen rechten Zugang zu ihm.

»Aber ja, natürlich darfst du rauchen. In der bescheidenen Buchhandlung bin ich das erste Mal, du wirst es kaum glauben ... dort bin ich das erste Mal auf ›Der Tod in Venedig‹ gestoßen. Kannst du dich erinnern? Die ›Lust zu vergehen‹ und das ›Drama des Schaffens‹. Verlockend für einen Gymnasiasten. Der ›TEUFEL‹: unsere eigene Seele. Ursprung aller Verfälschung, aller Lust und allen Unheils, Antriebsmotor der Kunst wie der Tyrannei. Wie ein wildes Tier bin ich blindlings in diese Fallen getappt. Doch wozu noch viel reden? Was sollst du mit diesen spinnerten Geschichten von vorvorgestern? Ob ein einziger Wunsch, ob mehr oder ganz viele, alles Humbug. Du hast glücklich zu sein, egal wie. Wir haben nur diesen einen kurzen Moment und peng, ist der Ballon futsch.«

»Ich hätte gern einen Whisky, wenn's geht.«

Der Hausherr reagierte erst mit einiger Verspätung, erhob sich und ging, nebenan nach der Flasche zu stöbern.

Die Fesseln dieses einzigen Wunsches also abwerfen? Giert der alternde Autor wie ein unverbesserlicher wehmütiger Narziß nach Lust, nach dem Gift der Anbetung? In den elysischen Gefilden der Schönheit, übermannt von einer unsittlichen Anwandlung und dann neu beseelt durch Liebe und Sonne? Und die Cholera, die Barbaren, die im Anmarsch sind? Die Seuche einer primitiven Welt, die von allen Seiten anstürmt? Entschläft der ausgezehrte Künstler nun im Zustand allerhöchster Verzückung oder als Opfer einer Volksplage, die wie aus dem Nichts entstanden ist? Hätte er, verjüngt durch diese verwerfliche und tödliche Liebe, sich retten können, indem er einen zweiten und dritten Wunsch äußerte? Dieses unerklärliche Hinsiechen...

Der Hausherr war längst wieder im Zimmer und betrachtete seinen Gast nunmehr mit kaum verhohlenem Argwohn. Sein Glas Milch hatte er auf den Schreibtisch gestellt, daneben das Whiskyglas, während ich ohne Sinn und Verstand weiterschwafelte.

»Wäre dieser seelische Zusammenbruch nicht gewesen, hätte er dann vielleicht der Krankheit, die alle und jeden erfaßte, widerstanden? Hätte er fliehen sollen, um sich seinen Traum, seine Mission zu bewahren, oder hätte er unter den zahllosen Fremden verbleiben müssen, in deren Gesellschaft das Schicksal ihn geführt hatte? Ich weiß nicht, ob du den Text noch einmal gelesen hast. Für mich ist er wie frisch. Gerade gestern erst hatte ich mit Herrn von Aschenbach eine heftige Auseinandersetzung zu diesem heiklen alten Thema.«

Kaum zu sagen, ob er mich überhaupt ansah und hörte. In einem fort nippte er an seiner lächerlichen Milch. Jetzt rieb er sich die Hände, als wollte er etwas sagen und wußte nicht, was. Er schien müde zu sein, vielleicht auch nachdenklich oder geistesabwesend.

»Gewiß, auch dieser Konsum-Rummel hier ist nicht das Paradies. Aber da? Ein einziger Schlamassel. Bitte, das ist ja deine Sache. Allgemeine Probleme, individuelle Lösungen, wie du wohl weißt.«

Nach diesen lahmen Aphorismen konnte er mir gerade noch erklären, wie ich zum Bahnhof komme, wobei er nicht darauf hinzuweisen vergaß, daß sich auf jedem Bahnsteig ein Plan befände, auf dem genau angegeben sei, an welcher Stelle der jeweilige Wagen hält.

Bei der Rückkunft sollten die Mitbürger den unbegreiflichen Reisenden mit herablassendem Erstaunen empfangen, unangenehm überrascht von dieser feigen Heimkehr. Es brauchte bestimmt einige einfühlsame Anstrengungen, um ihnen jene fremden Ufer nahezubringen, die ihm immerzu vor Augen standen. Übertriebene Feinheiten waren dabei wohl nicht erwünscht. Einfacher wäre vielleicht, ihnen klarzumachen, daß ihm im Grunde besagtes Atlantis verschlossen geblieben sei, weil er seine eigenen Grenzen nicht hatte überspringen können, vermutlich war er wieder bloß in sich selber herumgereist. Die Zeiten der Happy ends sind vorbei, liebe Mitwirkende, kein Platz auch fürs tragische Finale! Einzig noch für die prompt einzuordnende Bagatelle. Und schon geht es weiter im Text.

Das heißt, zurück in den Käfig. Diesmal werden Fahrgäste und Kontrolleure auf jeden Fall gesprächiger sein.
Jetzt, auf dem Rückweg, sind sie alle zum Reden aufgelegt und guter Dinge, sie hören dir zu, wollen Näheres
wissen, Adressen, Anekdoten, und könnten gar Verständnis aufbringen für die absonderlichen Erlebnisse eines
Herrn Gustav oder Thomas oder Robert. Das hilft dir,
am Ankunftsort lässig und beschwingt aus dem Zug zu
steigen, wo dir schon Verwandte, Freunde, der Großvater, die Geliebte, all die unersetzlichen Toten, entgegen-
eilen.

Der Bahnsteig war gedrängt voll, aber die Taschen
leer; Konserven, Wodka, Zigaretten, der ganze Brenn-
stoff hatte seinen Zweck erfüllt.

Der Wagen hielt tatsächlich genau an der Stelle, wie
auf der luxuriösen Leuchttafel angegeben. Drinnen roch
es nach Abfall und Urin.

Der Träumer mit den zwei riesigen Taschen zeigte
keine Eile. Er ließ erst einmal alle einsteigen, dann
gönnte er sich noch einen Moment, bis auch er sich auf
die Stufen schwang.

Kurz vor der Abfahrt tauchte er noch einmal kurz am
Fenster auf. Im staubverschmierten Rahmen ein bleiches
Clownsgesicht. Eine lachende Maske, so schien es.

LEKTÜRE IM KINDERLAND

Denkbarer Zeitpunkt: ein Sommerabend. Hinter den hohen Fenstern ein glühender Himmel, der im Abenddämmer verschwimmt.

Durch den kleinen Spalt einer Seitentür wird man hinter der Bühnenwand wie durch ein Fernglas einen Blick auf das Publikum werfen können.

In den ersten Reihen ein kleines Häuflein von Rentnern, die sich heiter auf die bevorstehenden Schrecken einstimmen. Sicher eine Art von Lockerungsübung für Instinkt und Redefluß, ein bequemes Nachmittagsabenteuer: Hahja, jaja, die Welt läßt sich nun mal nicht ändern, sinnlos, daß sich so viele aufreiben, wozu dieser Protest bei unseren jungen Leuten, die haben ja keine Ahnung, was woanders los ist. Die anwesende Jugend, auch sie keine große Schar, wird immerhin ein Viertel des Saals einnehmen. Bestens informiert, möchte man vermuten, was anderwärts und in ihrem eigenen Lande vor sich geht. Daß sie, ungeduldig auf den Beginn der Veranstaltung wartend, gleichmäßig mit den Füßen trampelte, sollte durchaus kein Zeichen von Ignoranz sein. Nur das mittlere Alter würde fast überhaupt nicht vertreten sein. Die resignierten ausgewachsenen Kinder in der mittleren Generation, die solchen Vergnügungen nichts mehr abgewinnen konnten, dieses zuverlässige Fußvolk, dem wir verdanken, daß unser planetarisches

Rührwerk nicht aus dem Takt kommt. Bestimmt hatte die Routine zu vieler Alltagssorgen ihren dünnen Panzer gehärtet, der lückenlos und undurchdringlich war und doch von jeder gezielten Kugel auf der Stelle in tausend Fetzen gerissen werden konnte. Immerhin wird durch Qualm und Straßenlärm hindurch, die sich wie eine Dämmwand vom prachtvollen Horizont bis zum Ort des Geschehens heranschoben, ihr vergrämter kindischer Refrain zu hören sein: An staatsfeindlichen Umtrieben haben wir kein Interesse, kein In-ter-es-se! Genausowenig an Inquisitionsgeschichten oder an deren listig entschärften und aktualisierten Neufassungen. Euer Fiasko oder eure Schrecknisse, ob dort weit weg, ob hier und überall, sie in-ter-es-sie-ren uns nicht! Auch nicht das Allerweltsverderben, das uns alle noch kaputtmacht. Laßt uns in Ruhe, laß uns bloß in Ru-he bei unseren Spielchen und eigenen Wehwehchen in unserem goldenen Käfig.

Und auf einmal, gerade als aus den seitlichen Lautsprechern das zarte Wimmern einer Flöte ertönt, wird es dunkel. Eine Duftwolke wird alle Köpfe sacht in Richtung Leinwand schwenken lassen.

Die Zuchtanlage. Tadellose lange Buchten. Entnervte, tückische Wärter. Eine tiefe Stimme füllt den dunklen Saal. Gewaltig die schlichte Ankündigung: *Die Ballade vom Füchslein.*[1]

Das Fuchsjunge. Mattblauer Wuschelpelz und ein stumpfes Blinzeln. Flinke Bewegungen, jugendlicher Übermut, doch dann die rauhe und getragene Stimme des Ansagers: »Blaubepelzt hock ich in meinem düsteren

---

* in Anlehnung an ein Gedicht des sowjetischen Gegenwartslyrikers Jewgenij Jewtuschenko

Zwinger…« Wahrhaftig, ein trübes Blau in diesem milden Abenddämmer, unter einem starren roten Himmel. »So ohne Hoffnung, ohne Freude und Selbstvertrauen, hinter einen Drahtverhau gesperrt.« Verzweifelte Äuglein richten sich auf den Saal, auf jeden Zuschauer. Hinten an der Garderobe wird jemand einen kleinen Überraschungsschrei ausstoßen. Ja, natürlich, einen Augenblick lang sah der junge Blaufuchs im Profil fast aus wie der gehbehinderte junge Mann, der sich immerzu das blasse und verschwitzte Gesicht gewischt hatte. Der Kindskopf wird sich wohl wiedererkannt haben, tja, das war nun mal das Risiko der Veranstaltung. Als hätte der Eingesperrte diesen Aufschrei gehört, wird er gereizt seinen Wärtern das Mikrophon entziehen, so als zerre er sich die Futterschüssel heran. Erregt wird er sich über die schwarze Membran beugen, wird sie wütend mit den Zähnen packen. »Ich geh zu Boden und ich röchle matt, bin ein Schatten. Und ich weiß, es gibt kein Entrinnen.« Dann wird er den Kopf heben, ein resignierter Blick und – ja, unerhört, er zwinkert listig, der Halunke. Ist denn das zu fassen! Wie angekündigt liegt er zerschmettert auf dem totenbleichen Schnee, rettungslos und für immer verloren. Wieder dasselbe scheinheilige Winseln: Nie, niemals komm ich mehr raus, das weiß ich. Und dennoch der listige Blick, dies verschwörerische Blinzeln, das sich ganz anders deuten läßt.

Die Zwingerboxen. Die Wärterhäuschen. Die Vorrichtungen für Fütterung, Bewachung und Alarmanlage. Der Informationsdienst. Die Exportabteilung. Die Selektionsabteilung, Regale voller Akten über die schlachtreifen Exemplare. Die Wärter, riesige, dicke Daunenjacken; ihre Gesichter und Waffen nicht zu erkennen. Und doch wird man im Saal erneut ein kurzes überraschtes Krächzen hören. Sicher die ältere Dame aus der zweiten Reihe, die Alte mit der karottenfarbenen Perücke, sie wird sich vielleicht in dem Aufseher wiedererkannt haben, der an der Pforte die ein- und ausfahrenden Lastwagen aufschrieb.

»Einmal, wir hatten gerade alten Fisch zu Mittag, fiel mir auf, daß der Türriegel nicht vorgelegt war, da bin ich in die sternklare Nacht hinaus.« Ein fröhlicher Flötentriller. In den Augen des Welpen wieder das listige Funkeln. Berge und Wälder, Flüsse und Seen und das Nordlicht. Mächtige Gletscher unter regenbogenfarbenen Reklamen. Ausladende Lüster, die gläserne Autobahnen beleuchten. Treppen, die sich in Schwimmbecken und Bars hinabschlängeln. Übereinandergetürmte Berge von Wohlstandsmüll. Der blaufinstere Busen der Dirne, die hysterisch zubeißt, der unverbrauchte Pelz des Novizen aus der anderen Welt. Das junge Füchslein, ein Traumtänzer voll frischer Kraft unter den Kolonnen von Arbeitslosen am Rande der Gletscher, in den Höhlen der Sucht, an den Schaltern für Krüppel und Dichter. Müde schwenkt der Heimatlose seine brandneue Filmkamera mit den Dutzenden Knöpfen und Aufschriften auf das Abendessen einer stinknormalen Familie in einem stinknormalen Haus in einem stinknormalen Winter. Eltern und Kinder schlürfen ihre breiige Suppe, vertieft in einen dicken Brei aus Schweigen. Polare Stille, die einzig von dem wehen Flötenton gebrochen wird, so als fauchten Maulwürfe tausendstimmig ihren Jammer in den Lauf eines Maschinengewehrs.

»Bin müde, müde, müde«, werden Flöte, Maschinengewehr und der vom Veitstanz der Engel durchglühte Abendhimmel röcheln. »Auf Schritt und Tritt wollten Schneewehen mich verschlingen«, schildert der Exilierte. Brüchige Stimme eines Kettenrauchers. Das schmale ansprechende Gesicht wird mit einem Schlag gealtert wirken und etwas krankhaft Unstetes bekommen. Stuhlrücken im Saal. Gemurmel, Rippenstöße, Niesen. So mancher hat wahrscheinlich für den Bruchteil einer Sekunde das eigene Gesicht, seinen Blick wiedererkannt. Kurzes Erschrecken über diese unverhoffte Gegenüberstellung, das jedoch bald wieder abklingt, da die rasch wechselnde Maske des Protagonisten einen immer traurigeren, düsteren, fratzenhaften und weltfremden Ausdruck annimmt.

»Ich hatte ja niemanden. Schwach ist der Sohn der Zwänge, wenn er frei ist. Ratlos, ohnmächtig und ohne Stütze«, skandierte die greise Raucherstimme. Abermals ein zuckender Flötentriller und das Greinen aus dem Gewehrlauf und dazu wieder jenes trübe Jedermannsgesicht, so menschlich und vertraut. »Der im Käfig Gezeugte sehnt sich ewig dorthin zurück«, wird es im Dunkeln aus sämtlichen Lautsprechern schallen. »Mit Schrecken träumte ich von meinem Zwinger. Von seinem Stacheldrahtverhau. Und von dem Türriegel, jawohl. Zuchtanstalt, Labyrinth und Riegel: meine Heimat, mein angestammtes Zuhause.«

Und dann die Rückkehr, o ja, die Rückkehr... Ein Geschlagener, vernichtet und bedauernswert. Diese Angst, Verwirrung und Demütigung, wie gelungen dargestellt! Die blutüberströmte rauchfarbene Gestalt des Delinquenten – ein Wundmal auf der weißen Leinwand. »Schuldgefühle verwandeln sich in Ekel und die Liebe in Haß.« Die Flöte streift den Himmel; Trompeten, Trommeln und Saxophone heulen düster. Die Leinwand – weiß, leer, gesichtslos, das Tamtam finster und ungestalt. »Unter Wehgeschrei hab ich dich durchstreift, Alaska!

Heute heule ich in meinem alten Kerker.« So wie einst im alten Kerker. Einsam und verloren in verzweiflungsschwerer Freiheit, doch jetzt, im Kerker, noch kläglicher als zuvor. Dort wie hier verloren und den Schlächtern ausgeliefert. »Wer wohl ist in dir, Amerika, nicht preisgegeben und entwurzelt?« Geschlagen und ein für allemal gescheitert hier in Alaska, in schillernder Freiheit, so auch daheim, im Kerker aller Zeiten. Zuchtanstalt, Labyrinth und Riegel – Heimat und ureigenes Zuhause.

Verschläge, Wachhäuschen, die Bewachten und die wiederum von anderen beaufsichtigten Bewacher. Gruppen bei Tisch, Gruppen beim Tanz, Paare in der Umarmung, Bootsausflüge, festliche Umzüge, Geistesgrößen und Schulen und Sportplätze, Geburtskliniken und Schlachthäuser, Gelächter und Begräbnisse, ein tiefwurzelnder, unzulänglicher Zusammenhalt im unausgesprochenen Leid. Eine bescheidene, durch Unfreiheit gestählte Menschlichkeit? So als könnten nur Ohnmacht und Leiden jenes magische Etwas in den Geschöpfen Gottes am Leben halten. »Die Wärterin streichelt mich, doch ihre Engelsaugen sind von Trauer schwer.«

Ähnlich die Jahreszeiten, ähnlich auch die Begräbnisse, genauso die Verlobungen, die Schüler und die Bäckereien – das urwüchsige Sein in seiner mustergültigen Gestalt, jedenfalls bis zu dem Moment, da jemand die Wahrheit herausschreien würde. Da erst würde die Ursprünglichkeit zu Bruch gehen und ihre Attrappen durcheinanderwirbeln.

Die Zuchtanlage. Die üblichen Bauten wie überall. Fortschritt der Zivilisation wie anderswo auch. Automatische Anlagen, Vorkehrungen zur Rationalisierung und Hygiene. Weitgehend auf der Höhe der Zeit auch der letzte Akt. Nicht etwa wie früher mit der würgenden

Schlinge um den Hals, kein Gedanke. Ein Draht bloß zwischen die Lefzen geschoben. Ein kurzer Stromstoß von durchschlagender Wirkung: »Ein Seufzer nur und ein Tränchen.«

Die reizende schlanke Wärterin. Schmale Hände, klare Augen. Wenn sie Futter austeilte, sang sie, daß es einem zu Herzen ging. Beim Saubermachen trällerte sie. Leidenschaftlich klang ihr Lied, wenn sie allein war. Mit ihren langen Fingern streichelte sie das wuschlige Fell der hungrigen Welpen. Brachte ihre Lippen an die niedliche Schnauze eines schlafenden Füchsleins. Ständig singen, ohne Unterlaß. Ihre klare, wiegende Stimme machte die verschneiten Bäume schweben und wirbelte den ganzen Wald hoch in den glühenden Himmel.

Nur wenn sie dem Delinquenten den Draht ins Maul schiebt, hört sie für ein Weilchen auf zu singen. Äußerst präzise und behutsam führt sie die Operation aus. Dann wird sie ihren Gesang wieder aufnehmen.

»Blaubepelzt hock ich in meinem düsteren Zwinger.« Auf der Leinwand kein Bild. Nichts als das polare Weiß, Totenstille. »Blau im düsteren Zwinger«, kommt der Refrain. »Ich wollte, ich wäre arglos wie meine Ahnen, doch als Sproß des Kerkers kann ich nicht ohne Arg und Zweifel sein.« Die leere Leinwand. Langes, erwartungsvolles Schweigen. Wer hinter Kerkermauern lebt, versteht mehr als diese Zuschauer da in ihren bequemen Sesseln, sollte dieser Abgesang wohl nochmals sagen. Abwartende Pause. »Verraten wird mich, wer mich nährt. Die Hand, die mich hätschelt, gibt mir den Tod.« Endlich das Schlußwort, man hatte sich schon erhoben. Das Füchslein hatte am Ende seine Bestimmung gefunden. Schneeige Weiten zum Abschluß. Irgendwo im endlosen Weiß die erloschene Stimme: »Wer mich nährt, wird mein Henker sein. Die Hand, die mich hätschelt, bringt mir den Tod.« Stärker und stärker strahlt das Weiß. Ein immer durchdringenderes, aggressives, blendendes Weiß. Kurz wimmert die Flöte, ein letztes Aufblitzen, Stille.

Die Zuschauer reiben sich die Augen, werden munter. Man reckt die Glieder, Stühle knarren.

»Der Urheber der Ballade ist in seinen Zwinger zurückgekehrt. Wurde nicht getötet... Staatsdichter geworden.« Lange Atempause im Lautsprecher. »Viele sind aber nicht in ihre Zuchtanstalt zurückgegangen. Sie sind nicht glücklich hier bei uns, fühlen sich einsam und unverstanden, und sie verfluchen das Paradies, das es nicht gibt. Das freie Alaska bietet ihnen keinen Himmel. Ihre Wunden sind nicht zu heilen. Wie eine Zwangsjacke bedrücken sie unsere knalligen Verpackungen, und unser buntes Treiben ist in ihren Augen ein Totentanz.«

Die jungen Leute in den hinteren Sitzreihen werden abermals laut mit den Füßen trampeln. Langweilige Phrasen gehen einem auf die Nerven, gewiß. Dafür waren sie nicht hergekommen. Ihnen war auch nicht ganz klar, ob die Vorstellung nun zu Ende war oder erst anfing.

»Doch es kommen auch Grenzfälle vor, die ungelöst bleiben und für die es kein Vor und Zurück gibt. Der Gast dieses Abends ist eine gläserne Kapseln. Eine Flaschenpost, die man ins Meer wirft, in der trügerischen Hoffnung, daß einer sie findet und ihre Botschaft liest.«

Die Scheinwerfer werden zum Tisch schwenken. Wahrhaftig, im Brennpunkt – eine alte, längliche Flasche, an der meergetränktes Spinnweb und fauliger Tang kleben.

Für wenige Augenblicke wird durch die hohen Fenster abermals der Himmel zu sehen sein, ein Meer von

230

Dämmerlicht, aber nur gerade solange, wie sich die Zuschauer dem hypnotischen Zauber des Abenddämmers ergeben.

Wenn sie ihre Blicke dann wieder auf den Tisch richten, wird die Darbietung schon in vollem Gange sein: die Manuskriptblätter haben sich der Flasche entwunden und wie ein Korkenzieher ins Freie geschraubt. Ins unbestimmte, bläuliche Licht. Später erst wird man merken, daß sich das feuchte aufgequollene Papier zu einer menschlichen Maske gewölbt hatte. Gedehntes Schweigen, bis man sich an das blasse, rundliche Brillengesicht mit dem wilden Haarschopf gewöhnt hat. Mühsam bricht sich die Stimme ihre Bahn, klingt zaghaft und kindlich. Nach und nach wird man hinnehmen, daß dies also der Gast war. Dies war der Schreiber.

Ein raffinierter Regieeinfall mithin, der die Zuhörer schockieren und wachrütteln sollte. Nun aber werde der Hauptakt des Stückes folgen, so hofften die Unbedarften.

Nun beginnt also die Lesung, derentwegen sie gekommen waren. *Kinderland* stand auf dem Pergament. Ob Erzählung oder Poem, ein undurchdringliches Gewebe jedenfalls aus zähen Nebelfetzen. Gedacht war es als die Geschichte einer Reise. Jener Reise des Schreibers, der vor dem Tod flieht. Unruhe und Verwunderung unter den Kindern der Freiheit. Ein Deserteur, der sich endlich in die normale Welt absetzen konnte, ins Paradies der Wirklichkeit, die aber keineswegs paradiesisch ist. Nein, jetzt ging es nicht mehr um ein junges Füchslein, vielmehr hatten sie hier das Runzelgesicht eines Büchernarren und verträumten Spätentwicklers vor sich. Seine dunkle Ahnung hatte ihn getrieben, bei ihnen unterzuschlüpfen und sich Erlebnissen auszusetzen, die ihm in seiner problematischen Gefangenschaft und Isolation nicht vergönnt gewesen waren.

Zunächst wird eine Pause für Pepsispülungen eingelegt. Gelächter, Zigaretten im Takt von Auf und Nieder, Grüppchen, die angeregt über Gott und die Welt reden. Natürlich kümmerte sich keiner mehr um den Autor am Lesepult, der gebannt einer greisen Gestalt nachstarrte, die von allen unbemerkt in einem Rollstuhl über den roten Abendhimmel steuerte. Das mütterliche Antlitz einer senilen Gottheit, hoch über den ausgebrannten und vergifteten Gestaden, am Rande prächtiger Wälder und Hügel, dem Reich der Vögel und der Stille, wo die düsteren Kolonien, die großen Zuchtanlagen der Zukunft begannen.

Zu fortgeschrittener Stunde erst wird eine lebhafte Debatte aufkommen. Erregte Stimmen, die als erstes eine Ladung giftiger Altlasten loswerden müssen. Rege Gedanken und erklärliche Fragen immerhin.

»Die Reise? Mal in der Zukunft, mal im Traum, mal in einem Buch. Auf den schnell wechselnden Bändern einer unbekannten stürmischen Vergangenheit, heißt es im Text. Vergangenheit also. Unbekannt und stürmisch. Eine nicht gelebte Kindheit etwa? Man konnte mir nicht zurückgeben, was ich niemals besessen habe, erklärt der Reisende. Der Zweck bleibt trotzdem unklar, zumal an anderer Stelle gesagt wird, daß das Ende der Tour nichts mehr bewirken könne, weder im Guten noch im Schlechten.«

»Nachdem ich in der Düsternis endlich wieder auf meinen Großvater gestoßen war, beschloß ich, ihn zu besuchen, hören wir in einem Textabschnitt. Aber der Großvater war doch längst tot. Und die Reise? Auf dem Bahnhof verabschiedet sich der Held von einem Freund, in dem er den Großvater wiedererkennt. Ich würde ihn bitten, meine Wirrheiten zu verstehen und zu billigen, das einzige Hab und Gut, für das ich einen Nachweis hatte, heißt es da in einem Satz: Hab und Gut. Sogar abgesegnet! Das einzige, das er mit Spöttermiene hätte vorweisen können. Demnach war bei aller Verzweiflung noch Raum für melancholische Gedanken.«

»Der Leser erwartet doch *etwas*. Irgendeine Mitteilung, ein Erlebnis oder ein Problem. Es darf auch ein Code sein, wenn einem nur der Schlüssel dazu versprochen wird. Der Reisende kommt aus einer Hölle. Was er dann jedoch vorfindet, ist für ihn verwirrend. Diese beiden Realitäten lassen sich aber nicht gleichsetzen. So als wären sie die zwei entgegengesetzten Teile eines großen Ganzen.«

Vielleicht hatte dieser krächzende Pfarrer recht. Eben diese Fehleinschätzung, diese Verstörtheit des plötzlich in die Normalität Eingetauchten waren ein Zeichen, wie müde und verbraucht er war. So daß er bloß auf Heilung hoffen konnte. Mochte es auch eine utopische sein, die Heilung durchs Paradies.

»Wird mit dem Minimum an Epik ein Leben im Kokon umschrieben? Eine unwesentliche Erfahrung, so tiefgreifend das böse Erlebnis auch gewesen sein mag?« Die metallische Stimme kam aus dem Überall und Nirgends. Unvermittelt war das Stichwort gefallen. Niemand hatte es ausgesprochen, es war, als hätte die Luft geredet. Ein Rauschen von verhedderten Tonbändern, aufgefangen und weitergetragen durch die Lautsprecher am Fenster. Die Aufzeichnung einer früheren Sendung vielleicht oder ein Signal, daß die bescheidenen Wortspiele der Menschen ins All gelangt waren. Die Zuhörer zeigten allerdings keine Reaktion, als seien solche Zwischenfälle normal oder als sähen sie gar irgendwo einen Sprecher, der mit einem Räuspern den Brustkorb reckte, um dann laut und deutlich von dem rosa Leinwandfetzen abzulesen: »Wird mit dem Minimum an Epik ein Leben im Kokon umschrieben? Geschlossene finstere und feuchte Räume. Die Unterwelt! Zögernde, kontrollierte Gesten. Stil und Rhythmus der Umgebung angepaßt. Eine nichtssagende Erfahrung, so schmerzhaft das böse Erlebnis auch gewesen sein mag? Der Text, die wörtliche Umsetzung müssen doch aber nicht zwangsläufig belanglos sein, nur weil sie von einer solchen Wirklichkeit ausgehen.« Die Bänder sind abgespult, ein letztes hysterisches Zischen, in dem das Finale untergeht.

Der nächste Redner wird dem Vorfall eine kurze Pause widmen, um anzudeuten, daß er den scharfsinnigen anonymen Einwurf aus dem Äther sehr wohl mitbekommen hatte. Alle anderen nach ihm werden jedoch rasch und unbefangen weiterreden, so als sei nichts passiert.

»Ist der Mann, der da auf Reisen geht, ein Kind? Er erlebt einen Jahrmarkt oder ein groteskes Märchen – unsere Welt. Am Ende aber will er zurück nach Hause. Zurück in die Hölle, der er doch unbedingt entkommen wollte? Er malt sich aus, wie Eltern und Freunde, der Großvater und die Geliebte zum Bahnsteig stürzen. All die teuren Toten, die unersetzlich sind, heißt es im Text. Dadurch wird uns angedeutet, was hier mit Heimkehr gemeint ist.«

»Diese Angst, im letzten Moment aus dem Zug geholt zu werden. Wer so eine Situation mal erlebt hat, wird das eher verstehen. Am Ziel angekommen, schaut sich der Fahrgast um: Kinder, die so ganz anders sind als er. Ihre Unbefangenheit, ihre Spiele mit all ihren Regeln wie ihrer Regellosigkeit, und wie hemmungslos sie – ganz nach Kinderart – ihrer Natur freien Lauf lassen. Steckt hinter unserer Normalität vielleicht eine noch größere Tragik als er sie überhaupt kannte?«

»Land und Sprache des Autors, seine Bücher, der heutige Abend, das ist nicht austauschbar. Bei einer früheren Lesung war ich entsetzt über einen Hörer, der sich darüber aufregte, daß in einer Erzählung über den Holocaust nicht genau gesagt wurde, wer die Henker und wer die Opfer waren, wo und wann sich die Handlung abspielte. So als ginge es um etwas allgemein Menschliches. Der Autor hatte darauf erwidert, daß ihn allgemein menschliche Situationen aber interessieren. Nein, nicht der Schriftsteller hatte die Antwort gegeben. Irgend jemand anderes im Saal. Nein, nicht im Saal. Jemand aus dem Präsidium. Der Übersetzer, ja der Übersetzer war's. Der Autor hatte geschwiegen, wie er auch jetzt schweigt.«

Die wendige und zungenfertige Dame war auch beim letzten Mal die eleganteste im Raum. Damals war es Winter gewesen, sie hatte einen teuren Pelz angehabt und eine riesige Kappe, während die anderen in lässiger und unauffälliger Straßenkleidung erschienen waren. Diesmal, in dem ganzen Gemenge von Bluejeans und nackten Beinen, trug sie ein goldseidenes Kleid und einen Strohhut mit langem kirschroten Band. An ihren altmodischen Wertvorstellungen hält sie fest, auch wenn sie die neue Sprache bereits bis ins letzte beherrscht, wobei ihr zustatten kommt, daß sie kein rollendes »R« spricht. Keiner merkt, daß sie Ausländerin ist. Eine feinsinnige Person, möchte man meinen, die mehr versteht als die anderen. Verehrte Freundin, Sie müßten den anderen erst erklären, wie das ist, wenn am Schauspielinstitut bei Vorlesungen über das Typische, über Ethik, Didaktik oder Politik der bedingte Pawlowsche Reflex einsetzt, wie Sie der Vergiftung standgehalten haben und in der Rebellenpose unserer Generation neu aufgelebt sind. Sie müßten schildern, wie wir uns der Manipulation entzogen haben und was uns das gekostet hat, daß wir uns nämlich nicht mal mehr für die Wahrheit einzusetzen vermochten, nachdem wir deren verblüffende Wandlungsfähigkeit erlebt hatten.

»Ein Poem über den Stumpfsinn? Das Thema aller Themen vielleicht. Das stumpfsinnige Übel dieser Welt. Dies perfide, langweilige Übel. Diese Leere und der Nebel, denen unsere mittlerweile abgeschlafften und entmutigten Artgenossen unbedingt einen Sinn unterschieben wollen. Damit sie den Alltag und sich selber überhaupt ertragen können. Wenn dies das Thema ist, dann ist die erzählerische Strategie wohl angebracht.«

»Der verlesene Text spielt auf eine berühmte Erzählung an. Soll das eine Polemik mit unseren smarten, sündigen und schwerblütigen Ahnen sein? Der Maestro Gustav wird erwähnt, und es wird gesagt, daß ›Der Tod in Venedig‹ im Jahre 1912 erschien, was allerdings nicht so ganz sicher ist. Sind die Sätze aus einem italienischen Sprachführer irgendwie als Parodie gedacht? Variationen auf einen klassisch gewordenen Text sind bei weitem keine Garantie, daß sie ans Original heranreichen. Wie wir hören, dient der im Lager verstorbene Großvater, eine pittoreske Gestalt oder ein Phantom ohne genauen Stellenwert für die Erzählung, lediglich dazu, um die Wiederbegegnung mit Maestro Aschenbach, dem – nach den Worten des Reisenden – ›berühmten edlen Vorgänger‹, noch ein Weilchen hinauszuzögern. Das hätte nicht mehr so deutlich ausgeführt werden müssen. Uns wäre eher an einer realistischen Beschreibung des Ost-West-

236

Tunnels gelegen. Es hätte auch eine Reise in den Tod sein können, im Traum, wenn das Fräulein Lehrer so meint. Aber eine klare Schilderung mit erkennbarer Richtung.«

»Ich liebe Volkes Stimme, wenn es lacht. Das ist die einzige Antwort auf alles, was passiert. Hoffnung? Nichts als das Feingefühl des normalen Menschen. Von einem Schriftsteller, der keinen Humor hat, halte ich nichts. Die Wahrheiten, die uns die Kunst wie auch das Leben bescheren, sind ohnehin schwer zu ertragen. Humor als Sarkasmus und Ironie? Mir wäre eine offenere, nicht ganz so herbe Form lieber gewesen. Wir brauchen einen Glauben. Und außerdem Humor. Ich will echtes Leben, mit seiner Unbill und mit seiner Lächerlichkeit. Ein Lachen macht uns unsere Lage vergessen, entreißt uns den Zwängen. Es führt uns vor Augen, wie vergänglich und vergeblich alles ist. Kein anderes Lebewesen hat diese spielerische Freiheit.«

»Ich bin eine Fliege. Mal hier, mal da, ganz kurz. In Sekundenschnelle. Ich kenne weder Ost noch West. Für mich zählt nur der Augenblick. Ein Summen, das im Nu die Zeit verschlingt. Ein Augenblick – mein Leben. Euer aller Leben.«

»Die Welt in der Krise, ein Künstler, der gescheitert ist – die Cholera trägt heute viele Namen. Die Anspielungen auf die berühmte Textvorlage könnten in einen Flirt mit dem Leser abrutschen. Wieviele Blessuren und Gefahren dem Westen heutzutage auch anhaften, er ist kein Venedig an der Schwelle zum schleichenden Tod! Aus dem Osten kommt die Finsternis und nicht das Licht! Hier hätte der Autor härtere Worte gebrauchen müssen, selbst wenn er damit das literarische Feld verlassen und uns sein selbstgewähltes Ende als Künstler vermeldet hätte.«

»Vielleicht kennen Sie die Geschichte: Eines Nachts dringt ein Einbrecher in die Wohnung eines jungen Ehepaares ein. Pistole im Anschlag und drohende Worte: ›Geld her!‹ Der Ehemann gibt seine gesamt Barschaft heraus. Der Dieb malt einen Kreis auf den Fußboden: ›Hier bleibst du still stehen. Bei der ersten Bewegung drück ich ab.‹ Vor Schreck nimmt der Mann brav seinen Platz ein. Der Dieb raubt die Wohnung aus, vergewaltigt die junge Frau und verschwindet. Als man ihn im Auto davonfahren hört, will sich der Ehemann fast ausschütten vor Lachen. ›Der hat geglaubt, ich hätte stillgestanden! Von wegen! Die ganze Zeit habe ich mit den Zehen gewackelt.‹ Viele Künstler glauben, mit ein paar wohlverpackten Anspielungen und Spötteleien dem Bösewicht eins ausgewischt zu haben. Alles Einbildung. Der Gauner geht weiter seinem Handwerk nach. Nein, das muß man anders anpacken.«

»Auf der einen Seite das Gesetz des freien Marktes: Angebot und Nachfrage. Auf der anderen die demagogische Glaubensregel von der Gleichheit für alle. Freiheit als Einsicht in die – mithin tote – Notwendigkeit. Die Vorzüge des Zwingers? Das gemächliche Tempo, keine großen Kontraste, die passive Solidarität unter den Mitläufern. Wie man sieht, werden auch dort Künstler geboren. Kommen sie vom bösen Geist oder duldet der sie bloß? Alle Welt harrt auf ihr verschlüsseltes Wort und weiß es zu deuten. Vom Staat aber werden sie überwacht und korrumpiert. Immerhin wird dort noch für oder gegen etwas gekämpft. Und wir im demokratischen Konsumland Alaska? Wir verbrauchen und verkaufen uns, was das Zeug hält.«

»Der junge Dichter hat die ostentative Nähe zu einem klassischen Text bemängelt. Und dennoch, diese Neufassung ist eine kritische Auseinandersetzung, die einen nicht kalt lassen kann. Der Holocaust und die Welt von heute! Nicht nur die Welt, die der Reisende hinter sich gelassen hat, sondern auch die, in der er gelandet ist. Ein atemloser Dialog mit Vorgängern und mit Zeitgenossen.«

»Der Zugbegleiter kommt dem armen Fahrgast aus dem Osten wie ein Diplomat oder Premierminister vor. Blöde Kinder einer blödsinnigen Welt sind wir, das denkt der Reisende angesichts des Rummels, in den er geraten ist. Maßlosigkeit der doppelten Verneinung? Ein desperater Masochismus wohl. Die Welt dreht sich weiter, sie ist quicklebendig und sie wird es bleiben. Die Verneinung ist ja nur die oberste Schicht der Wahrheit. Da fehlt die realistische Tiefe, eine positivere Einstellung zur menschlichen Tragödie, wo immer die sich abspielt. Dem Ausgangspunkt nach hätte der Verfasser die Erzählung anders weiterführen müssen: als ein spiegelgleiches Gegenstück zum Urtext.«

Der Veranstaltungsraum hätte zu einer Bibliothek oder einer kleinen Galerie gehören können, die einschlägig bekannt war als Heimstatt hitziger Wortgefechte um gewichtige Ideen und Schlagworte. Ein kleiner Kreis von Zuhörern. Exzentriker und Exilierte, schwer auseinanderzuhalten. Die junge Turnlehrerin und ehemalige Zirkusartistin, der kahlköpfige Pfarrer mit der heiseren Stimme, dem jahrelange Kerkerhaft die Lungen zerfranst hatte, die Rentnerin aus dem Taubstummenclub mit ihren durchsichtigen Flügeln, ihren Fliegenaugen und mit ihrem entnervend hektischen Gesumm. Desgleichen aber durchaus ehrenwerte Personen, gesittete Damen und Herren in tadelloser Hülle. Darunter auch die elegante Schauspielerin. Niemand wäre auf die Idee gekommen, daß sie ein politischer Flüchtling aus einem gottvergessenen Land war. Doch nicht bei ihnen mochte der Autor gerade in Gedanken weilen, genausowenig bei den großen Kindern, die ihm so wenig ähnelten und die vollauf beschäftigt waren mit ihren streng geregelten Spielen, auch dachte er wohl kaum an seine teuren Toten daheim. Rasch verschwammen ihre Silhouetten, zerrannen im selben Traumbild, das sie hervorgezaubert hatte; nur die Stimmen waren noch eine Zeitlang zu hören, traut und gedämpft wie im Bauch eines überreizten, schläfrigen Wals. Er lauschte den Stimmen in seinem Innern und um ihn herum und hoffte, es käme endlich eine Frage, die nicht mehr nach außen zielte, die das Übel nicht mehr bei anderen Leuten und an anderer Stelle suchte. Wenn sich doch nur einer meldete, der endlich dahintergekommen war: Sie alle, ob hier, ob dort oder sonstwo, sie alle hatten ihren Anteil, waren Täter. Dunkel überschwemmte den Raum, und in dieser Ruhepause von Zerstreuung und erneuter Sammlung erschien abermals der Rollstuhl, in dem der Herrgott schlummerte: eine gebrochene senile Greisin an der Schwelle zum Tod. Die Gottesgestalt wirkte entsetzlich müde und sie trug das eingefallene Antlitz der Mutter. Ein Gott, zu dem man Zugang findet, wenn man hier wie da unter Fremden weilt, in trostloser, dumpfer Einsamkeit, oder aber auch in heiterer Runde, für Sekunden auf der Welle eines gemeinsames Traums.

»Wenn die Welpen im Zwinger zum Aufstand übergingen, würden wir ihnen dann das freie Antlitz als Gegenmodell vorschlagen, sehr verehrter Aschenbach? So wäre die letzte Hoffnung dahin. Die Katastrophe per Knopfdruck auslösen wird vielleicht einer von hier, ein vom stundenlangen Fernsehen abgestumpfter Grünschnabel, und nicht etwa sein Altersgenosse auf der anderen Seite, der unter der politischen Berieselung verblödet ist.«

»Der Text spricht von den äußeren Umständen, die unabdingbar sind für jedes Talent, also für jederlei Auflehnung. Diese Wendung sollte man sich merken: für jedes Talent, also für jederlei Auflehnung. Eine entsetzliche Deutung: nicht kalte Wassergüsse am frühen Morgen, wie Thomas Mann noch meinte, auch keine hohen Leuchter zu beiden Seiten des Manuskripts, sondern ein rasendes Gebet am Scheiterpfahl. Der Scheiterpfahl, mit dem ein Literat in einer Tyrannei sich gleichsetzt? Vielleicht auch nicht bloß in der Tyrannei. Dies rasende Gebet, das seine Schriften immer wieder hersagen. Wird das Menetekel, einst nur geschaut von einem Künstler wie Gustav Aschenbach, heutzutage Gemeingut für alle Bewohner der Hölle? Demokratisierung der Unterwelt. Der Text liefert dazu Einzelheiten: das soldatisch strenge Reglement, die Farce, die Falle und die Maske. Leben als Überleben, das heißt: Disziplin und private Nischen, daneben aber – Clownskostüm, ein Tätärätä, die lange Nase und ein Eimer voll billiger Farbe, gerade richtig für die Obrigkeit. Ein Eimer voll Farbe, wie's die Obrigkeit verdient. Deutlicher geht es nicht. Billige Farben, gerade richtig für die Obrigkeit, der wir die Ehre einer offenen Feindschaft nicht gönnen. Ein expressionistisches Manifest, hinter dem eine riesige anonyme Menge steht.«

»Aufwiegler und Unzufriedene gibt es auf beiden Seiten, sie hätten sich längst zusammentun sollen, das ist doch paradox. Eine Internationale der Betrogenen! Wer solche Zuchtanstalten mit dem Markenzeichen DER NEUE MENSCH ablehnt, wünscht sich auch nicht den Zaren oder die Großgrundbesitzer zurück und will weder einen religiösen noch einen Polizeistaat haben.

Wem die Ungerechtigkeit und Heuchelei in demokratischen Gesellschaften, der Konkurrenzkampf und der Ausverkauf in unserem vollautomatisierten Alaska ein Abscheu sind, der hat auch keinen Bedarf an den irrsinnigen Experimenten all der blutrünstigen großen und kleinen Tyrannen, von denen einige noch nach Kräften walten. Sollten die Zyniker Oberwasser bekommen, weil Utopien gescheitert sind? Trotzdem bleibt die Freiheit unser einziger Leitgedanke. Wir können uns nichts anderes erhoffen.«

»Die Fliege fand ich gut. Aber ich bin keine Fliege. Ich bin ein Vogel. Über dem Norden, Süden, Osten und Westen. Das schwache Grummeln im Gemäuer? Beachte ich gar nicht, es ist ja weit weg. Zart und unermeßlich, ein stetiger Hauch. Wie der Tod, der euch geduldig erwartet. Geduldig und liebevoll. Um euch Ruhe zu geben. Euch zu erlösen und uns alle zu einen.«

»Ort und Zeit? Geschwätz! Laßt uns lachen darüber, schlägt der Weltenbummler vor, und sei es unter Tränen des Leids. Bevor der Reisende, wie er sagt, die Heimkehr zu seinen lieben Toten antrat, erscheint er noch ein letztes Mal am Zugfenster. Ein Abschiedsgruß und ein gequältes Lachen. Die gramvolle Gewißheit für den Dummen August, wie froh wir waren, daß wir uns in dem blinden Spiegel nicht alle selber als Clowns erkennen konnten. Dieses Lachen am Ende – mag es Humor gewesen sein, wie ihn der Herr Dottore gefordert hatte, der Fachmann für den heilsamen Einsatz des Lachens. War es nun Heiterkeit, war's keine – dies letzte Lachen wird bleiben. Der helle Jubel hallt in den Ohren nach, die Tage bewahren den Rausch.

Schweigen, Schicht auf Schicht. Dünn, so dünn wie Glas und schwer wie Granit. Der krächzende Priester und die Schauspielerin mit ihrer kehligen Aussprache sind unwiderruflich fort. Die Finsternis wächst, zart und schwer, Schicht auf Schicht. Das Glasauge des Doktors, der graue Bart des jungen Dichters, der riesige Schnabel der fetten Ballerina und die flatternden Purpurärmel über den Grenzen – wer sollte sie im Geist noch nachzeichnen. Die Schattengestalten haben sich im aschgrauen Dämmer zerstreut. Kein Laut. Die Stimme teilt sich nicht mehr in vielerlei Rede, die Worte wollen sich nicht rufen lassen. Nur der Mutter fahler Schatten wacht über dem Raum für greise Kinder.

Nach geraumer Zeit dreht sich der Mann auf dem Stuhl herum. Er schaut auf. Der Raum ist leer. Ein zartes und schweres Schweigen. Er richtet den Lichtkegel der Lampe auf den Tisch, auf den Stapel Papier. Ein Blick auf die Abwesenden. Er beugt sich über die Blätter. Hebt allmählich die Stimme. Zaghaft und kindlich. Noch einmal dieser selbe erste Satz, wieder und wieder. Andante, aspera, astral ... Fremde Wort. Eine verlorene Sprache. Flinke Welle, die zwischen den nächtlichen Schatten schlingert. Eine Sommernacht, vielleicht. Durch die hohen Fenster wetterleuchten die Flammen der Sonnenwende.

OKTOBER, ACHT UHR

Einen Schritt weit voneinander entfernt, gehen sie an den engen Marktbuden vorbei. Vorneweg, mit hektischen Schritten, die Frau. Links dahinter, mit langsamen Schritten, der Mann.

Ein gläsernes, rhythmisch zuckendes Knie: Herabfallend öffnet sich rot und nervös der Regenmantel, enthüllt das lange Bein. Der Absatz hämmert auf dem Pflaster, blitzt durch den zuckenden Körper, der vom Stoß und dem Klang der Schritte jedesmal getroffen zu werden scheint, verletzt, als könnte die Gewalt dieser nervösen Befangenheit das Leid einer ins Äußerste gesteigerten Zerbrechlichkeit kompensieren.

Der Mann verfällt wieder in seinen langsamen und zögerlichen Gang. Und trotzdem bleibt bloß ein Schritt Abstand zwischen ihnen, als könne die Eile der Führerin sich nicht durchsetzen.

Pyramiden dicker, lackiert glänzender Paprikaschoten. Haufenweise Paprika und Tomaten und in den Lükken dazwischen, im dicken schwarzen Stoff der Arm des Bauern. Kisten zitronengelber, verdächtiger Äpfel. Bläuliche Pflaumen fallen auf den Zinkteller. Ein langes, über den Möhrenbund gebeugtes Kopftuch. Eine weiße Theke und die weißen Schürzen bei den weißen Käsestücken: Die Finger sind naß, gerötet, käsig angeschwollen. Schlaue und spaßige Schwatzmäuler, die mit ihren großen und knotigen Händen vorsichtig an den Waagen hantieren. Erdschollenartige Korallenwülste, die Wucherungen riesiger Gehirne vom Mars: der Blumenkohl. Die staubigen Kartoffelsäcke zwischen den schwerfälligen und trägen Spitzen der klobigen Schuhe. Eine feiste weiße Wange über dem Kreis blasser und matter Birnen, wie in eine verschwiegene, erdige Farbe eingetaucht. Ein dumpfer Lärm unter dem Glasdach aus grünen Platten, das leuchtend jedes Tischviereck überdeckt. Das zart und wäßrig grüne Licht über den gelben Kugelscheiben der Kürbisse mit den feuchten, zu einem Grinsen erstarrten Zahnreihen der Samenkerne.

Vielleicht hatte sie vom Vortag zu viel erwartet. Das gemächliche Voranschreiten der Stunden war zerfallen, die neutrale Zurückhaltung des Mannes hatte jede Art von Bekräftigung ihres Jubiläums hinausgezögert.

Erst spät in der Nacht hatte er sich vermutlich unvermittelt zu ihren vor Erwartung kalten Augen hin umgedreht. Seine zitternde Stimme füllte den Raum mit verschwommen unklaren Wörtern an. Fetzen schwerfälliger Klangfülle erreichten irgendwann vielleicht die Angesprochene. Zerrissene Reden über Brüderlichkeit, Müdigkeit, Zärtlichkeit, über den Tauschhandel mit Gefühlen ... bis er ihr bleiches Gesicht sah, die antwortenden Lippen.

Gewiß, sie widersprach ihm; das Blau ihres Blickes belebte sich, war wie von Tau benetzt, gleitend, leicht bebend, schwingend, beladen von tränentreibendem Zögern. Ihre immer wieder schreckhafte Solidarität, die schmerzliche Zuneigung würden andauern, behauptete sie. Sie seien gerade deshalb stabil, weil sie schmerzhaft seien, endgültig, so veränderlich sie auch scheinen mögen ... Die Antwort hatte vielleicht einige Zeit lang seine schuldbewußte Resignation überdeckt.

Vielleicht näherten sie sich einander an, legten die Lähmung ab, das übersteigerte Hinausschieben und Verzögern; ihre Bewegungen machten diese ausgedehnten, schweren Umwege nicht mehr, denen jede Anschmiegsamkeit fehlte, sie fanden die leidenschaftliche Konzentration wieder. Die frühere Ungeduld ließ sie tatsächlich fiebern und so fanden sie sich plötzlich wieder: gepackt, ergriffen, hastig und zärtlich.

Dann hatte er natürlich das Licht ausgeschaltet. Doch er schaltete es sofort wieder ein, konnte die dichte Dunkelheit des Raumes nicht mehr ertragen. Die Aufregung hatte ihn zerbrechlich gemacht, die Furcht war zu schwer lastend wiedergekehrt. Und er empfing ihre Stimme, die warm zitterte.

Wie Waisenkinder, sagte sie ... die Beziehung zweier seltsamer Waisenkinder, die sich in der großen Welt verloren, sich in der Wüste verirrt haben, sich verzweifelt aneinander kauern, einer in den anderen verkrochen, bloß auf diese Weise Schutz finden ... immer wieder bricht einer zusammen, während der andere, alle seine Kräfte zusammennehmend, sich für kurze Zeit auch dessen Last aufbürdet, dann wechseln die Rollen wieder ... wie aufschneidende Kinder.

Er löschte noch einmal das Licht, zündete es wieder an, die Wörter fesselten ihre kalten, erschöpften Arme; der Morgen fand sie wach vor, erschlagen vor Anspannung und Schlaflosigkeit.

Das kühle Wochenende hetzte sie im Morgengrauen aus dem Haus. Sie stürzten sich verwirrt in einen noch öden Sonntag, durchstreiften die kalte, rauchige Luft, das dünne und spärliche Licht, den dröhnenden Marktplatz: Die dumpf grummelnden Stimmen klangen wie der Krach der auf dem Grunde des Leinensackes raschelnden Nußschalen, das Knirschen der Kohlblätter, die steif wie gebügelte Hemden eines nach dem anderen abgerissen wurden, die dicke Lederhaut der Markkürbisse, die mit dem kalten Beil gespalten wurden, die lange Reihe der Kopftücher und Mützen, die alle diese immergleichen, in Heiterkeit erstarrten, rauhen Pfefferkuchengesichter vervielfältigten.

Sie treten aus dem Aufruhr des Marktes. Die Frau einen Schritt vor dem Mann, der seinen schwarz-grün-rot karierten Schal über dem Kragen seines sandfarbenen Trenchcoats zubindet. Sie steigen auf dem feuchten Bürgersteig die steil gewordene Straße hoch.

Sie drückt ihre Handflächen an die kalte Mauer. Schmale weiße Hände mit langen perlmuttfarbenen Fingernägeln. Sie stehen an der Ecke einer leeren, still erstarrten Straße. Unter den weichen Schultern ihrer haarigen Pelerine rollt sie sich ein. Die Wangen gleiten, in den Schaum der kalten Luft erhoben, die unter den hervorstehenden Backenknochen hinwegströmt, im Wirbeln der Himmelskörper; am Rande der Schläfen pocht es sachte. Sie sieht ihren Begleiter nicht mehr, hat den Blick irgendwo verloren, nirgendwo, oder vielleicht auf die im steinernen Viereck des Wohnblocks verlassene Schaukel gerichtet.

Das durchsichtige Blau der feuchten Augen, die Hände auf den kalten und schmutzigen Verputz der Mauer gepreßt, eine Armlänge von seiner unrasierten, aufgedunsenen Wange entfernt. Das tiefe Glück ihres seeblauen Blicks, das von seinem antwortlosen Schauen verletzt wird.

Ich war ein krankes und alleingelassenes Kind. Ohne jede Kraft... wiederholt nach einer Weile ihre zerbrechliche abgehackte Stimme, und der Atem läßt eine kleine

runde Dunstwolke um ihre weißlichen Lippen aufstei-
gen.

Der Mann, halb abgewandt, ihr den Rücken zukehrend, versucht, ihre von der Unruhe, einer schneidenden,
aggressiven Klarsichtigkeit aufgefrischte Schönheit zu
vergessen, vergegenwärtigt sich den Krampf einer Nacht,
an die er sich nicht mehr zu klammern bräuchte. Wieder
einmal erneuert die Schwerfälligkeit ihre Bande über seinem vertrockneten und schmalen Körper. Er möchte
nichts hören, die Wörter sollten sich schon, wenn sie
gesprochen werden, auflösen, oder von der Panzerung seines abwesenden, undurchdringlichen Körpers abgewehrt
werden, wie erbärmlich schwache und stumpfe Kanonen-
kugeln, oder sofort aufgesaugt und zersetzt werden, verloren zwischen den trägen Schichten der Gewebe, die
weich übereinandergelagert und verwachsen sind mit
dem Leib dieses mittleren, faden, mit Apathie gesegneten
Alters. Er blickt starr auf die viereckige Brandmauer des
Gebäudes vor dem Spielplatz mit der Schaukel. Es fehlt
ihm die Kraft, sich zu erinnern, ob diese heillosen Wörter,
die besser nicht wiederholt würden, nicht etwa seine Wörter sind, die von einer bloß scheinbar fremden Stimme aus
ihm herausgeschleudert werden.

Auf der Höhe der grauen, blutenden Wand, in die
schwarze Abdrücke eingeschrieben sind, verfaulte Flekken, öffnet sich das schmale Gelände des Spielplatzes.
Gut festgestampfter Boden, holprig und uneben durch
die Ecken und Kanten der nachlässig gefügten Pflaster-
steine, wegen der kleinen Bodenerhebungen mit ver-
trocknetem und schütterem Gras. Rostiges Grün ... Ja,
ihr rauhes und langes Haar fängt manchmal bei Tagesanbruch Strahlen von rostigem Gold ein, die grünlich
schimmern.

Ein rötliches Brett, dessen eines Ende emporragt, während das andere in den Boden weist. Die Mitte wird durch einen zylindrischen Holzklotz festgehalten, über den das Brett sich erheben würde, sich hinabsenkte, hopp-hopp, auf, nieder und auf, und wieder auf, hopp, bang-bang ... Ein elender Zufluchtsort zwischen den Wohnblocks. Daneben, der metallische Rahmen der unbenutzten Schaukel. Eine Improvisation. Dicke Rohre, die als Pfosten in den Boden gerammt worden sind. An Ketten hängen zwei ungleiche, nicht zusammenpassende Stühle: einer ist länglich und der andere kurz und schmal, ein Kinderstuhl.

Ohne Zutrauen nähert sich das Mädchen der Schaukel. Sie kommt vom Land, ist etwa sechzehn Jahre alt. Das Schwarz der lebendigen Augen, das beladen ist mit der Fremdheit des Vormittags. Ein glattes Gesicht unter dem schwarz geschwungenen Feld des Kopftuchs.

Sie legt den doppelten Quersack ab. Zwei Kamelhöcker, die neben dem Holzklotz abgelegt sind. Die eine Hand unterm Kreuz, richtet sie ihr Rückgrat auf. Ein gelb geblümter Rock über den blauen Trainingshosen. Rosa-feuchte Lippen, die vor Müdigkeit leicht angeschwollen sind. Die schwarzen Bogen der langen widerspenstigen Augenbrauen. Sie steht neben dem großen Stuhl. Legt den Gurt um, hakt ihn ein. Man sieht die dicken bläulichen Finger die verrostete Kette umklammern.

Erschiene es bloß nicht so übertrieben. Wenn bloß die Worte nicht alles unglaubwürdig machten, als Schwindel erscheinen ließen ... Glaub mir, je älter ich werde, um so jünger fühle ich mich. Jetzt erst begreife ich die Macht des Zufalls, die Schwere, die Spannung der Tage. Ich kann das Lachen annehmen, es erschreckt mich nicht mehr wie früher. Auch die Vergnügungen erschrecken mich nicht mehr, die Grausamkeit des Spiels nicht und auch nicht die Verwirrung, die Worte stiften, das Gleich-artige, all das, was scheinbar aus einer Art magischen Leere hervorgetrieben wird.

Das Mädchen auf der Schaukel wartet unbeweglich, betrachtet die ringsum emporgewachsenen Mauern, die bis ganz hoch hinauf ragen, wo sie ein kleines graues Himmelsviereck abstützen. Sie entdeckt das an die Ecke des Gebäudes vor ihr gelehnte Paar. Begegnet dem Blick des Mannes, der ihr lange und ohne mit der Wimper zu zucken folgt.

Immer noch ist sie seiner angespannten Aufmerksamkeit aus-gesetzt: neugierig aber ruhig, dankbar für die Ruhepause und die Kühle. Sein zerzauster Kopf bleibt irgendwo unten, sie sieht ihn nur noch kurz, einen Augenblick lang und noch einen Augenblick lang, da der Stuhl zum Boden zurückkehrt; ein Augenblick, und das Mädchen ist wieder hochgeflogen, noch einer, bis sie wieder her-abfällt, sie fliegt über den beiden hin, die in der Kälte am Boden erstarrt sind.

Jetzt erst habe ich mehr Kraft geschöpft. Jetzt erst, so scheint es, könnte ich versuchen, dem zu genügen...

Leicht flattern die Wörter. Im Genuß des Fliegens könnten sie sich vermehren, Luftgirlanden entstehen, immer breiter werdende Schärpen, eine Wolke unsicht-barer und kreisender Insekten, die wachsen; anfeuernde Glückseligkeit, Anspannung, Gift, die Bitternis und die befreiten Nostalgien, immer wieder Nachschub bis zur Sättigung der großen Leere, wenn der schwarz gewor-dene Himmel noch dichter würde, verstopft von den Unmengen Nichtigkeiten zu gären begänne, die, kom-pakte Überlagerungen, fortwährend anstürmen... doch der Mann dreht sich um, erwartet ihren blauen und feuchten Blick, legt seine Hand über ihre langen trocke-nen Finger mit den glatten perlmuttfarbenen Fingernä-geln. Die Frau lächelt ihm zu.

So viele Jahre schon zusammen. Das gestrige Jubiläum, nicht zu glauben. Wie schnell ... und wie viele noch folgen. Die Chance, das Geschenk ... die vitale Energie, der Genuß am Leben und die Kraft dazu. Die Lebensenergie, das heißt ... daß sie uns erfasse, wir sie wiederfinden. Wie zwei in Ketten gelegte Waisenkinder, die die Angst vermeiden wollen, die Ödnis.

Zärtlich dreht er sie um, sie drehen sich gemeinsam im Knirschen des Balkens, an dem das Pendel sich reibt, auf, nieder, auf, nieder, *die tiefschwarzen Augen des Mädchens steigen heiter, sinken herab, sind angefüllt vom Blut des neuen Tages, Gleichgewicht, und wieder hoch, nieder, die Beine in den Trainingshosen wippen über dem hochfliegenden Stuhl, dem Stuhl, der herabsinkt.*

Jetzt erst müßte all die Freude kommen. Ich glaube, daß ich jetzt erst die Kraft dazu habe. Auch für das Leiden möglicherweise.

Sie schweigen, betrachten sie: *nachdenklich wiegt sie sich, wie gedankenverloren.* Das Kinn des Mannes zittert vor Kälte, die Lippen werden schmal, die empörende Vereinsamung: Er fühlt seine sträfliche Hilflosigkeit; seine Finger umklammern die Finger der Frau, die sofort antworten – ein hastiger Druck.

Versöhnung: eine graue Wand mit grünlichen Flekken. Ein sanftes Pendeln, vorwärts, rückwärts, und wieder vorwärts, rückwärts ... Das Schwingen, das Mädchen, die Kälte des Morgens, die knirschenden Ketten, auf, nieder, auf, der gläserne, eingefrorene Himmel. Eine lange, ausgedehnte und verzögerte Pendelschwingung; bald wird sie wieder gleichmäßig werden, zum Stillstand kommen.

Das golden schimmernde, rostige Haar, das über der roten Pelerine weht. Niemand würde das Pulsieren der

Himmelskörper unterbrechen, die unendliche Bewegung, das traurige sanftmütige Herz der Wahrheit. Blaue Träne, in der sich die geduldig knirschende Schaukel wiegt: ein undurchdringlicher, nicht entschlüsselbarer Himmel: Die Finger des Mannes drücken darart zu, daß die dünnen und langen Knochen schmerzhaft leiden: Die Frau vermeidet es, in seinem erschrockenen Gesicht zu lesen, das wieder Intensität und Kraft gewinnt. Die Schritte in ihrem Rücken werden zahlreicher; Getrampel, Stimmen. Die Straße erwacht ungeduldig, feindselig. Einen Augenblick noch wiegt sich die Stille. Unberührt.